Gould's Book of Fish

I am William Buelow Gould & I mean to paint for you as best I can, which is but poorly, which is but a rude man's art, the sound of water on stone, the fool's dream of the hard giving way to the soft, & I hope you will come to see reflected in my translucent watercolours not patches of the white cartridge paper beneath, but the very opacity of the souls themselves.

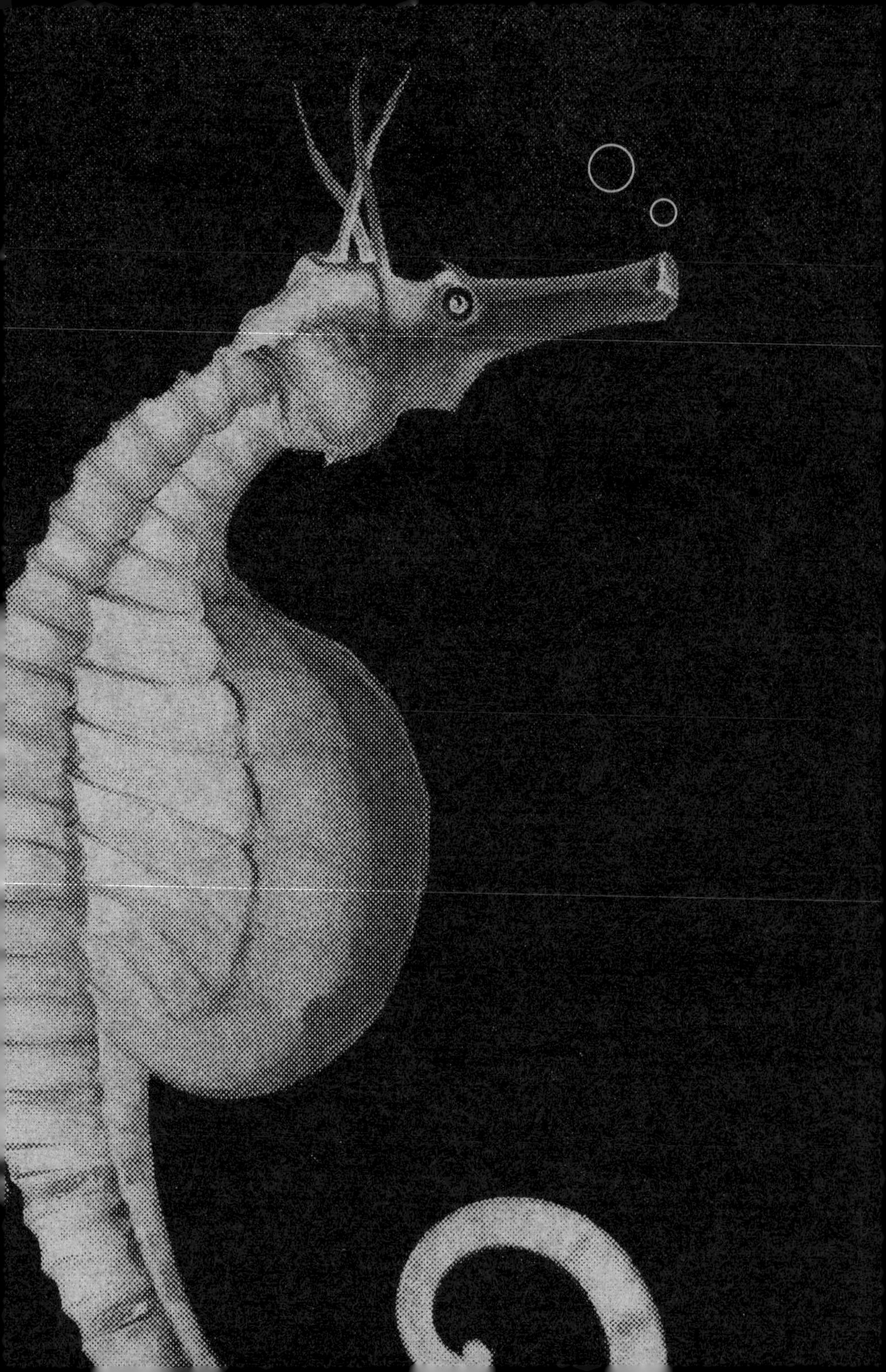

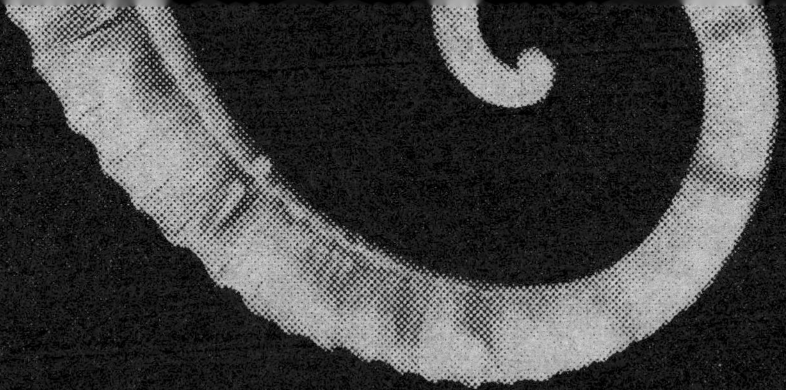

Pot-bellied seahorse

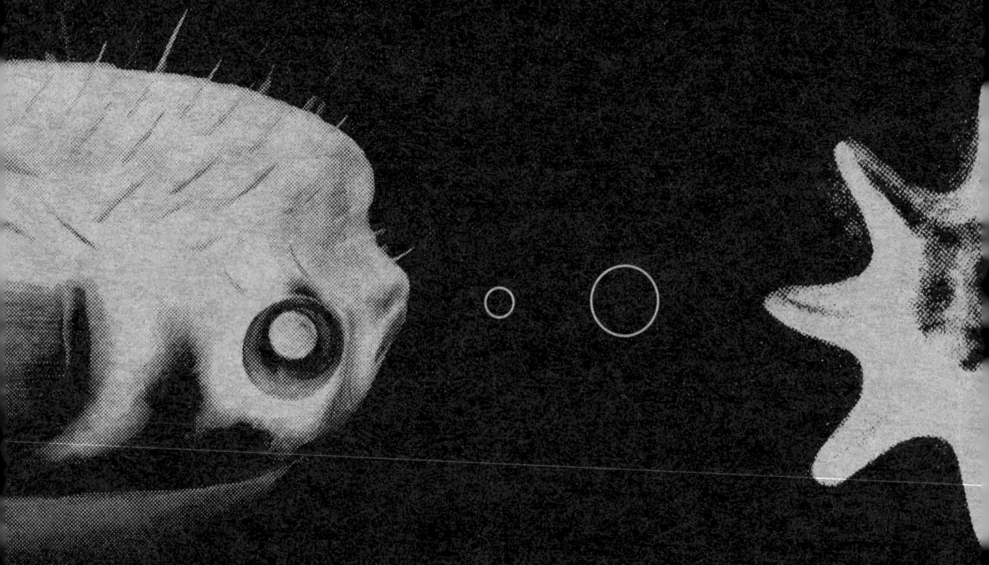

PORCUPINE FISH

Kelpy

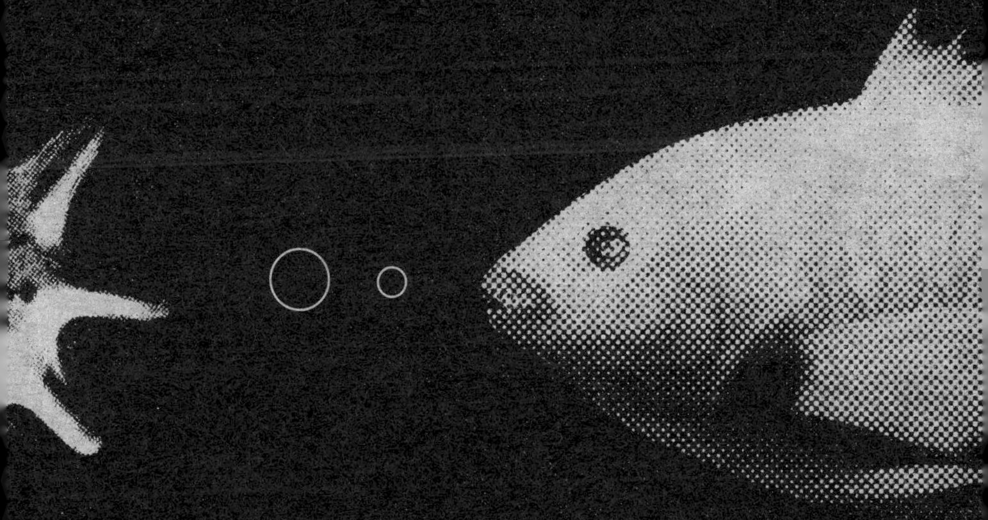

Stargazer

Leatherjacket

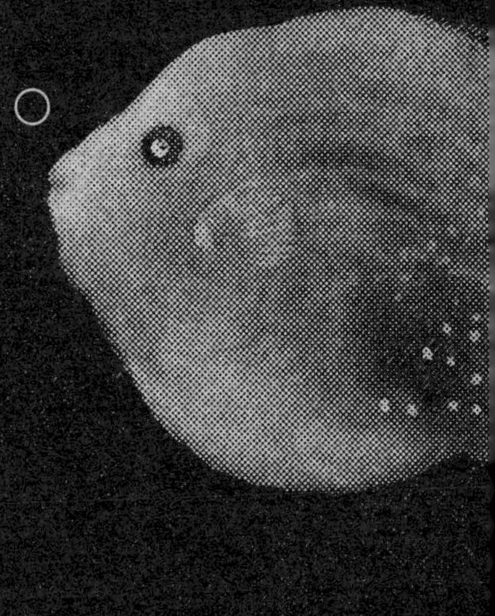

Serpent eel

SAWTOOTH SHARK

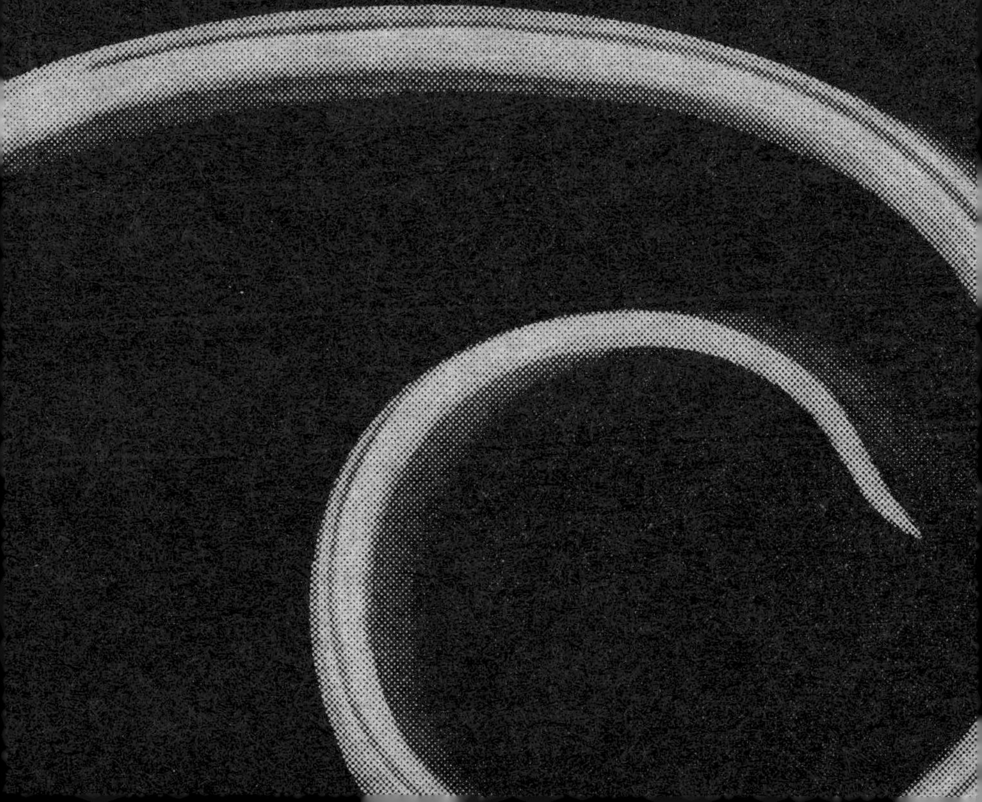

Crested weedfish

Striped cowfish

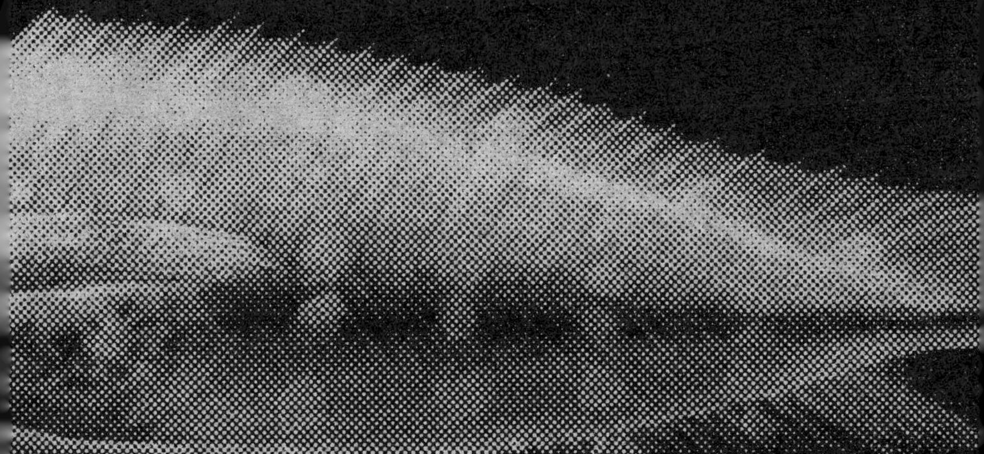

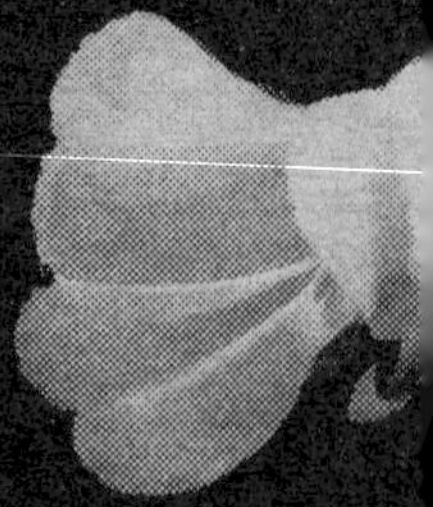

SILVER DORY

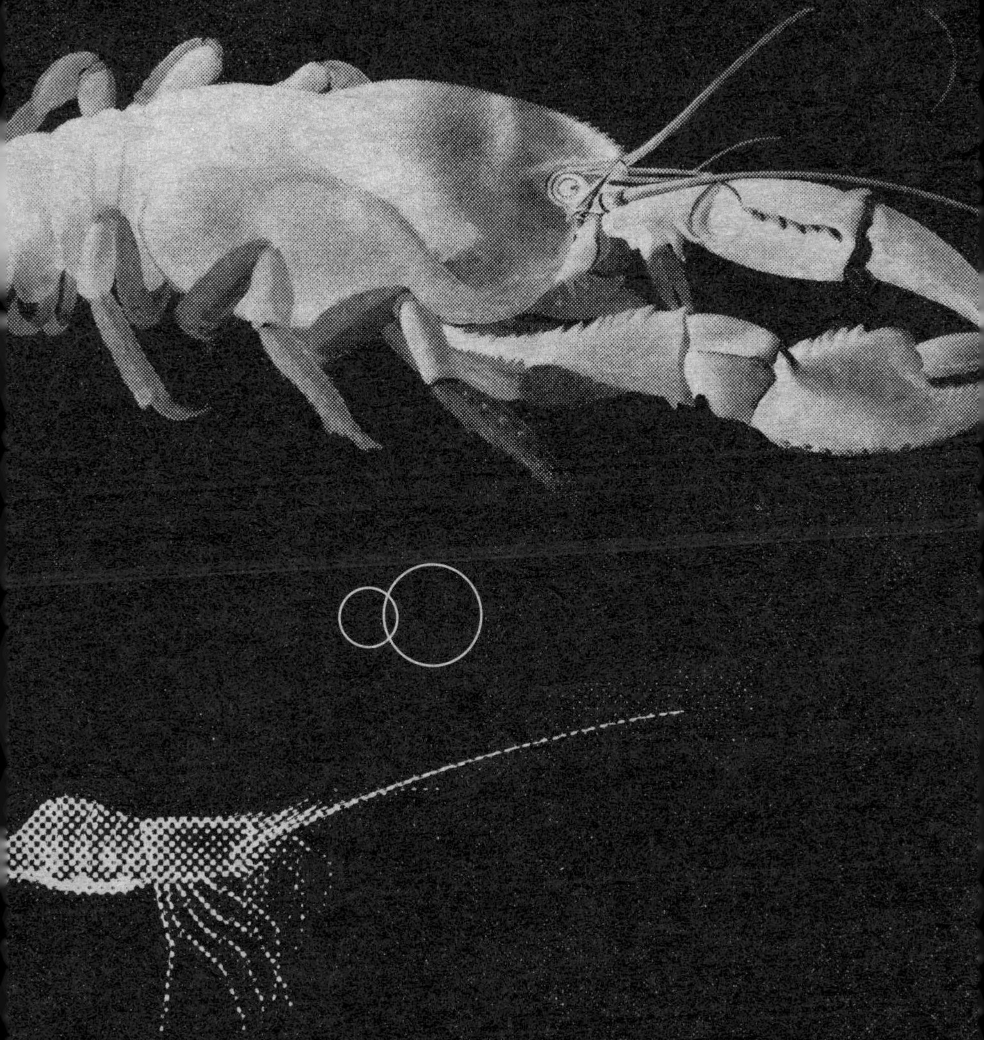

FRESHWATER CRAYFISH

Weedy Seadragon

古尔德鱼之书

〔澳〕理查德·弗兰纳根 著

张竝 译

Gould's Book of Fish

南海出版公司

新经典文化股份有限公司
www.readinglife.com
出　品

献给罗蕾、琼和伊丽莎，

畅游于日益浩瀚的奇妙之环。

我母亲是条鱼。

——威廉·福克纳

目录

Contents

膨腹海马 1

水马鱼 33

刺鲀 79

瞻星鱼 115

单棘鲀 143

蛇鳗 167

锯鲨 193

金黄六棱箱鲀 213

鸡冠胎鳚 247

淡水龙虾 267

银海鲂 289

草海龙 315

后记 327

膨　腹　海　马

THE POT-BELLIED SEAHORSE

膨腹海马

《鱼之书》的发现——赝品家具与信仰疗愈——康筘——雄先生与《白鲸》——维克多·雨果与上帝——暴风雪——论历史与小说为何毫无共同之处——书的消失——梅茜姑婆之死——我的引诱——一只雄海马分娩——秋日。

1

发现《鱼之书》一事至今仍令我惊奇，明亮如那个怪异的清晨，攫住我双眼的磷光般的大理石花纹；闪烁如那些诡异的漩涡，替我的思绪染色，使我的灵魂陶醉——那一刻拆解的进程启动，我的心灵，更糟的是，连我的生命也由此变成可悲而嶙峋的绞线，而它正是你即将读到的这个故事。

那道柔和的光究竟是怎么一回事？它后来让我觉得我的生命一遍遍重复，好似永生永世陷于法轮不得解脱的印度修行者。难道它会成为我的命运？窃取我的人格？使我的往昔与我的未来无从分离？

是那从混乱的手稿中——海马、草海龙、瞻星鱼早已遨游其外——盘旋而出的迷幻微光，赋予初生的枯日炫目的光芒？是那可怜的虚荣心使我认为人、鱼、万物皆寓于我自身？或者不过是些更乏味的因素——交友不慎，嗜酒如命——使我踏上如今这骇人的路途？

人格与命运，这两个词，威廉·比洛·古尔德写道，殊途同归——这件事上，他又一如往昔，大错特错。

可亲可爱的、傻乎乎的比利·古尔德，还有他那些愚蠢的爱的故事，充斥着太多炽情蜜意，以致无论今时今日，抑或当时当日，他都无以为继。我讲这话怕已是离题了吧。

我们——我们的历史，我们的灵魂——处于腐烂和重生这持续不断的进程之中，这是他那些恶臭的鱼让我认识到的，而我也将发现，本书讲述的正是我那颗堪比肥料堆的心灵的故事。

即便我那支炽热的笔都无法触及我的狂喜，那种惊异是如此强烈，似乎一打开《鱼之书》，我的其余世界——这个世界[①]！——便没入了黑暗，整个宇宙仅余的亮光便是从那些熠熠生辉的旧书页中照进我惊骇的眼眸的那一缕。

我没有工作，彼时塔斯马尼亚[②]的工作很少，如今则更少。或许

① 本书仿宋体、粗体分别对应英文原版斜体、大写字体。——编者注（若无说明，本书脚注均为译者注）

② 即 Tasmania，澳大利亚的海岛州，位于澳大利亚大陆以南 240 公里处，与墨尔本隔巴斯海峡相望，首府为下文提及的霍巴特（Hobart）。1642 年，荷兰探险者阿贝尔·塔斯曼发现此岛，以荷属东印度总督安东尼·范·迪门之名将其命名为范迪门地（Van Diemen’s Land）。英国殖民期间将这里用作流刑地；截至 1853 年，约 8 万名罪犯被流放至此。——编者注

我的心灵更为奇迹所动。或许就像一个可怜的葡萄牙农妇看见了圣母是因为她不想看见其他任何东西，我也渴望对我所处的世界视若无睹。或许，若塔斯马尼亚是个寻常的地方，你有份正当工作，能耗费大量时间通勤，只为花更多时间埋头于寻常的烦心事务，等待返回寻常的囚牢，若这儿也不曾有谁梦想过海马是何等模样，变成一条鱼的反常之事就不会发生在你身上。

我说的是或许，但坦率地讲我并不确定。

也许这种事在柏林和布宜诺斯艾利斯随处可见，只是大家羞于承认罢了。也许纽约的公营住宅区，柏林恐怖的摩天楼，悉尼的西郊，圣母始终无处不在，而每个人都假装她不在，希望她快些离开，别再让他们难堪。也许全新的法蒂玛[①]就在里夫斯工人俱乐部这片广袤荒地的某处，是“二十一点热”大字闪烁的角子机上方的灵光。

会不会待所有人的脸庞都聚精会神于角子机屏幕之际，便再也无人目睹背后一位老妪呈现基诺[②]之形，飘浮于空中？也许我们已丧失能力，丧失所谓的第六感，它可使我们见证奇迹，目睹幻象，理解我们是另一种存在，比我们所被告知的更为宏大。也许进化的方向已经倒转，且持续得比我想象的要久，我们早已成了悲哀蠢笨的鱼。就像我说的，我并不确定，我唯一信赖的几个人，如雄先生和康笳，也都不确定。

说实话，我得出的结论是此生没什么是可以确定的。尽管将要发生之事可能会被你看作一桩又一桩反面证据，我仍旧重视真相，但正如威廉·比洛·古尔德在他的鱼早已死于他徒劳的追问后仍不依

① 即 Fátima，天主教中对圣母玛利亚的一个称呼，源于发生在葡萄牙的法蒂玛的圣母显灵现象。

② 即 Keno，一种赌博游戏。

不饶地索求那样，真相又在哪里呢？

至于我，如今已被他们夺走了那本书和一切，而书除了是不尽可靠的童话故事，又能是什么呢？

很久以前，有个名叫希德·哈梅特的人发现他并不是自己所以为的那个人。

很久以前存在着奇迹，上文的哈梅特正是相信自己被卷入了其中一个。那天之前他都是靠小聪明谋生，换种不那么仁慈的说法，他的生活就是一场持续的幻灭。那天之后他将承受残酷的信仰之疾。

很久以前，有个名叫希德·哈梅特的人从一本奇怪的鱼之书的幽光映射中看见了自己的故事，以童话起头，以童谣收尾，骑着木马驰往班伯里十字架[①]。

很久以前发生过可怕的事情，但年代已久，位置偏远，谁都知道那并非此时此地，也无关你我。

2

在那之前，我专注于购买朽烂的旧家具，用一切能想象到的侮辱把它们弄得更旧。我用锤子敲打百无一用的碗橱，使可悲的岁月痕迹更为明显，在老旧的金属制品上撒尿，加剧铜绿的侵蚀，借万般咒骂让自己好受一些，做这些时我会想象这些家具就是买下它们的有缘游客，他们错以为入手了浪漫往昔的残骸，殊不知它们不过

① 18 世纪的英国童谣，版本众多，最常见的是《拇指汤米好听歌曲集》中的：骑着木马去班伯里十字架，看看汤米能买什么。一便士白面包，一便士白蛋糕，两便士苹果派。另一个常见版本则是：骑着木马去班伯里十字架，去看一位骑白马的窈窕淑女，她手指上有摇铃，脚趾上有铃铛，走到哪儿都有音乐响。

是腐朽当下的明证。

梅茜姑婆说我能找到活儿干就是个奇迹，我觉得她会明白的，因为不就是她在我七岁的时候，带我来到北霍巴特椭圆球场，沐浴着晚冬红宝石般美丽的光亮，凭奇迹协助北霍巴特队赢得那场橄榄球半决赛吗？她拿着小瓶子，往泥泞的草地上洒卢尔德疗愈圣水。了不起的约翰·德伏罗是队长兼教练，我则裹着魔鬼队红蓝相间的围巾，好似埃及人的猫尸木乃伊，唯剩好奇的大眼睛露在外面。比赛进行到四分之三场时，我急忙奔上前，透过球员们密林般的大腿和止痛剂的芬芳气息窥视，听了不起的约翰·德伏罗发表激动人心的演说。

北霍巴特队输了十二个球，我就知道他会对队员说些过耳难忘的话，了不起的约翰·德伏罗是不会让他的追随者失望的。“别老想他妈的妞儿，”他说，“你，罗尼，别惦记乔迪。还有你，诺比，早把玛丽忘了早好。”诸如此类。打到四分之三场，听见所有那些女孩子的名字，明白那些名字对这些巨人来说意义不凡，感觉真的特别奇妙。等到他们后来赢了，一脚踢向空中，我就知道爱与圣水确实是所向披靡的组合。

还是回到我在家具方面的工作上吧，就像伦妮·康筎（以免她家人读到这儿受到冒犯，我得赶紧说，这并不是她的名字，但没人记得她完整的意大利语姓氏，而这叫法倒是莫名适合她窈窕的身材，还有那套她选来贴合自己玲珑曲线的黑色紧身衣），也就是我当时的假释官所说的那样，这工作前景不错，特别是满载肥头大耳的美国老人的邮轮在此停靠的时候。那些美国佬大腹便便，怪异的细腿套着短裤，更怪异的大白鞋点缀着肥硕身形的末端，犹如可爱的人形问号。

我说可爱，但我真正的意思是他们有钱。

他们也有自己古怪的口味，但就做生意而言，我足够喜欢他们——他们也足够喜欢我。有一阵，康笳和我的旧椅子生意还挺成功，那时又一个政府部门的塔斯马尼亚总部关门，椅子就是她去拍卖会买下来的。我给椅子刷上几种亮色磁漆，用砂纸打磨掉，再用蔬菜刨丝器稍稍刨刨，往上面撒泡尿，冒充成震教①风格的家具，谎称是跟在南半球海洋上永无止境地搜寻着庞大的利维坦的楠塔基特捕鲸船一起上岸的，以此回答那些问号。

游客买的其实就是故事，美国故事——他们只会花钱买这种类型的故事——是“我们找到幸存的它们并把它们带回家”这么一个欢快激昂的传说，而且有一阵子这还是个不错的故事。以至于我们库存告罄，康笳被迫给我们的投机活动添了条生产线，跟初来乍到的一个越南家庭达成交易，我则干净利落地敲下故事，用上我们名为范迪门古文物研究协会的正宗的鉴定标签，而这是个凭空捏造的组织。

这个越南人的故事（他叫赖富雄，但康笳出于尊重，总坚持我们称他为雄先生）跟任何古老的捕鲸传说同样有意思，他们一家逃离越南的经历更危险，挤上人满为患的破渔船逃往澳大利亚的旅程更绝望，还更擅长鲸骨骨雕——我该补充一下，这项副业我们做得还挺成功。雄先生用老旧的现代图书馆版《白鲸》②里的木刻版画当作骨雕的模板。

但他们一家的甲板上没有梅尔维尔，没有以实玛利、魁魁格、

---

① 即 the Shakers，为贵格会支会，崇尚自给自足，开发出诚实、实用、简洁的家具风格。

② 即 *Moby-Dick; or, The Whale* (1851)，是美国作家赫尔曼 · 梅尔维尔（Herman Melville, 1819—1891）创作的小说，下文提及的以实玛利（Ishmael）、魁魁格（Queequeg）和亚哈（Ahab）均为其中的人物。

亚哈，没有罗曼蒂克的过往，像我们其他人一样只有困扰和梦想，充斥着太肮脏、太不可救药的人性，因而对那些贪婪的问号来说毫无价值。说句公道话，他们追求的只是将他们同往昔、同他人隔绝开来的东西，并不想和痛苦或人性有任何瓜葛。

我开始意识到，他们需要故事，那些早已将他们囚禁其中的故事，而不是与讲故事的人同台上演合谋逃离的戏码。他们想要你说“捕鲸船”，这样他们就能回答“《白鲸》”，将同名迷你剧里的影像召唤出来；这样你就会接着说“古董”，这样他们就能回答“多少钱？”。

就是那样的故事。

能掏钱的那种。

不像雄先生的故事，问号们可不想听，雄先生却似乎十分接受这一点，部分是因为他的梦想并非像他在海防市时那样当蒸汽起重机操作员，而是成为诗人，这使他沉浸于浪漫主义之中，假装接纳这无情世界的冷漠。

因为雄先生的宗教信仰就是文学，不开玩笑。他是高台教的信徒，一个将维克多·雨果视为神祇的佛教宗派。除敬拜神祇的小说之外，雄先生似乎对另外一些十九世纪法国名家的著作也了如指掌（还暗示自己和他们心灵相通），而我除了听说过他们的姓名——有时候连这点都做不到——其他一无所知。

这里是霍巴特而非海防市，游客们根本不喜欢雄先生这样的人，自然也就不会为他口中的蒸汽起重机、他父亲会捕鱼的鹤、他的诗，或他对上帝与高卢文学之间的关联的见解而掏钱。于是，雄先生就在他位于卢塔纳的那家老锌矿公司楼底下挖了间小作坊，着手制作赝品古董椅，雕刻人造鲸骨，为我们这个更龌龊的虚构故事添砖加瓦。

雄先生，他家人，还有康筛，我，为什么就该在乎呢？

游客有钱，我们需要钱；作为回报，他们只需谎言和欺骗，只求被告知最重要的一件事，即他们很安全，且他们的安全感，无论是民族的，个体的，还是精神层面的，都不是百无聊赖、反复无常的宿命开的并不好笑的玩笑。被告知过去与现在并无联系，不用因为自己有权有钱，他人无财无势而哀戚或愧疚；哪怕谁也解释不了或不愿解释为什么少数人的财富如此离奇地依赖于多数人的悲惨，也不用难受。我们好意佯装一切仅关乎买卖椅子，他们询价溯源，我们则以同样的方式作答。

可这与价格和来源无关，毫无关系。

游客有未说出口的问题要问，锲而不舍，我们只需尽己所能，用伪造的家具答复即可。他们其实是在问："我们安全吗？"我们其实是在回答："不安全，但无用的物件就像是一道屏障，有助于阻碍视野。"因为傲慢不仅仅是个古希腊词，也是人的一种感觉，如此根深蒂固，以至于我们不妨将它视作一种不会出错的直觉，所以他们还想问："如果是我们的错，我们是否会承受痛苦？"我们就会回答："没错，而且会是缓慢的煎熬，但一把假椅子可以使我们双方都好受。"我的意思是这是种活法，就算没那么好，也没那么糟糕，虽然椅子能售出多少我就愿意囤多少，但我犯不上背负整个世界的重量。

你或许会认为这种生意理应得到最大程度的支持，会不可避免地扩张，日益多元化，逐渐成为兼具国际规模与国家价值、享有救赎意义的事业。甚至还会斩获出口领域的大奖。当然，在任何一座精于算计的城市，比如说悉尼，这种心怀梦想的欺诈本该受到褒奖。可这儿毕竟是霍巴特，梦想仍严格属于私人事务。

由于收到当地几家古董行寄来的好几封律师函，以及诉诸法律的可以预见的威胁，向一个衰败帝国的退休保民官们施予慰藉的高尚事业从此一蹶不振。康笳和越南赝品家具工匠无奈进入生态旅游咨询这一行，而我也开始寻找新的门道。

3

于是来到了那个冬季的清晨，事后看来那个日子有如宿命，只是当时仅仅觉得天寒地冻而已。我在萨拉曼卡码头那侧的区域。在一座老旧的砂岩仓库里，我偶然发现了一家旧货铺子，后来这地方也被游客占据，成了一家精致有余的露天餐馆。

我隐匿于几个不时兴的一九四〇年代的乌木衣橱之后，这玩意儿根本就不会有游客有兴趣当作赦免买下，当我碰巧注意到一个镀锌的铁制储肉柜，出于一种看见关着的东西就想一探究竟的幼稚欲望，我便打开了柜门。

柜内，我只看见一堆久远的女性杂志，这发现蒙满尘埃，令人失望。即将关上柜门之际，在那些褪色的情爱流言和关于心碎、迷失的公主的艳俗传奇之下，我的眼睛捕捉到了几根脆弱的棉线，仿佛梅茜姑婆的胡茬，美滋滋地支着，毫不害臊，却又不乏古老的活力。

再次拉开的时候，柜门刮擦出干枯的一声，我往里更仔细地瞅了瞅。我看见棉线是从一部有些磨损的线装本上探出的，部分书脊已分离。我聚精会神，仿佛那是一条硕大无比的鱼，正无望地纠缠在我的网中，我伸手进去，抬起杂志，从底下小心抽出了一本破旧的书。

我把它举到眼前。

我把鼻子凑得很近。

奇怪，它并未散发出旧书发酵果汁般香甜的气息，而是有股从塔斯曼海吹拂而来的风的咸涩味道。我的食指轻轻掠过封面。虽然肮脏不堪，积了一层细密的黑色污垢，触感却如丝般光滑。正是在拂去沉积数世纪的泥沙之时，诸多奇事中的第一件发生了。

我本应知道这不是一本普通的书，像我这样的废人更是不应搅和进去。我知道，或者说至少我以为自己知道，我的不法行径也是有底线的，一旦牵扯到个人的安危，我相信我已学会如何拒绝这样的胡闹。

可为时已晚。我已经牵扯进去，正如眼前的法律程序所示。因为在那细密的黑色粉末之下，异乎寻常的事情正在发生：大理石纹路的书封散发出一道幽幽的，却渐次明亮起来的紫色光芒。

4

室外弥漫着冬日的忧郁。

大雪笼罩着城市上方的山脉。浓雾弥散于宽阔的河面，似缓缓坠落的褥子覆盖山谷，霍巴特空寂无人的街巷延展其中。透过清晨的凛冽之美，几个身影裹着斑驳的寒衣匆匆走过，随即消隐无踪。山由白变灰，然后便隐身黑云之后。城市渐入酣眠。雪花犹如迷失的梦，在寂静的世界里跳起了华尔兹。

这一番描写并未完全离题，因为我真正想说的是那天冷得堪比墓穴，寂静程度更是十倍于此，在那么一天并无任何预兆警醒我何事将会发生。当然这样的日子没人愿意涉险，前往萨拉曼卡幽暗冰冷的旧货铺子。甚至店主都躲在自己领地的另一头，依偎在一台小取暖器旁，背对着我，悄悄撤下当代零售业教人作呕的圣歌，即维瓦尔第的《四季》，继而响起的是赛马的舒心低沉、起伏跌宕的节奏，那是一种金色舞鞋般的声响。

世界上没有其他人注意到，或与我一起见证那奇迹，当我拂去那本奇书封面上的泥沙之时，这世界似乎缩进了古老的旧货铺子里阴沉沉的一隅，永恒也被压缩进了那一刻。

书封犹如夜色中福氏拟婢鳚的表皮，是一团跃动的紫色斑点。我越是擦拭，斑点便越是扩散，直至整个封面几乎都熠熠生辉。就像夜钓渔夫对付福氏拟婢鳚时一样，斑驳磷光从书本扩散至我的手，直至上面也覆满紫色斑点，迷离闪烁，仿佛从飞机上所见异域陌生之城的万家灯火。我将亮闪闪的双手举到眼前，在震惊中缓缓转动，它们既熟悉又陌生，就好像我已开始了让人心悸的变形过程。

我把书放到储肉柜边的复合面板桌子上，闪耀的拇指沿着凌乱脆弱的书页柔软的腹心一路往上，掀开了封面。令我惊讶的是，书封刚一打开，一幅膨腹海马图便跃入眼帘。海马四周有遍布折痕的文字，好似海带与海草的浮骸。间或还有另一幅鱼类水彩画分布其间。

必须承认，整体布局散乱无序，有的故事用墨水写就，乱糟糟地盖住了铅笔的字迹，有的则恰好相反。结尾没了空间，作者就把书转过来，在已有的文字间上下左右颠倒着继续撰写自己的故事。如果仍嫌不够让人费解（够了够了），页边还挤进了数不胜数的补遗和注记，有时就写在散页上，还有一段写在看上去像干鱼皮的东西上。不管什么材料，作者似乎都是强行征用，旧帆布、不知从哪本书上撕下的边角料、粗麻布甚至黄麻布都被当作纸页，即便在最理想的情况下，盖在上面斑斓潦草的笔迹都很难解读。

这番混乱之下，我要读的这本书似乎既不曾有过开头，也永远没有结尾。就好像看进迷人的万花筒，一切瞬息万变：这离奇的景致有时令人沮丧，有时让人陶醉，却完全没有一本好书所应有的直截了当。

可我不知不觉间就已被伴随鱼类的那些故事裹挟至远方，说是故事，却更像日志或日记，有时写的是真实事件，深藏于庸常之中，有时却支离破碎，以至于起先我还以为那必然是对梦或者噩梦的记载。

这份诡异的记录似乎属于一个名叫威廉·比洛·古尔德的囚犯。一八二八年，在所谓的科学研究的名义下，他受命于萨拉岛[①]这个流放地的外科医生，为在此捕获的所有鱼类绘制画像。虽然绘像的任务是强制性的，写作的任务却不是，是作者自行承担的一个额外负担。罪犯不准记录这样的日志，所以这样做还挺危险。每个故事均用不同的彩色墨水写就，就像这位服刑的抄写员所说，这些墨水都是凭手头的东西各显神通制成：红色墨水用的是袋鼠血，蓝色墨水则是靠将偷来的宝石碾碎，不一而足。

作者用色彩写作，确切地说，我怀疑他是用色彩来感知。我并不是说他遇到葡萄酒般绛紫的落日或波平如镜的海洋那湛蓝的光辉就会忘乎所以。我的意思是，他的世界呈现出令他臣服的色调，仿佛宇宙是色彩的产物，而非相反。难道奇妙的色彩，我心想，克服了他的世界的种种恐怖？

---

① 即 Sarah Island，澳大利亚历史上最臭名昭著的流刑地之一，位于后文提及的麦夸里港（Macquarie Harbour）南部。——编者注

尽管此书文风粗糙，有许多不连贯之处，且难以卒读，美得怪异，更别提那些荒唐甚至难以置信的片段，这些故事隐现的彩虹般的色谱却令我如痴如醉，不过老实说恐怕这也得归功于前述特质，我想必读了至少一半才清醒起来。

我在地板上找到一块老旧的破布擦手，直到擦得通红才去掉闪闪发光的紫斑，把书藏回储肉柜后，我经过讨价还价，以恰当的低价买下了柜子，在如同其他所有的旧货那样重新流行起来之前，生锈的镀锌铁制储肉柜也就值这个价。

我带着笨重的储肉柜艰难地步入淅淅沥沥的风雪之中，究竟目的何在，直至如今我都说不明。尽管我知道我会把储肉柜喷上传统的颜色，再当作古董扩音柜卖掉，赚一倍的差价，我还会哄骗牙医，用可以填满候诊室的陈旧的女士杂志，换一次免费补牙，但我不清楚究竟该拿《鱼之书》怎么办。

说来羞愧，我不得不承认起先我还有个卑鄙的念头，就是把鱼的画像撕下来，装裱好，再卖给古董印刷商。但那个寒冷的夜晚，翌日夜晚，以及随后的许多夜晚，我越是再三阅读这本书，就越没有从中牟利的冲动。

书中的故事让我神魂颠倒，不管去哪里我都会带上这本书，它像是个强大的护身符，藏有某种魔力，不知怎么就能向我传递或阐明什么关键的事情。但究竟那件关键的事情是什么，为什么显得如此重要，那时候我茫无头绪，至今仍然如此。

有一点可以肯定的是，我把书拿给史学家、爱书人、出版商，询问他们有没有价值，以为他们也会因这样的发现欣喜，结果让人心寒的是，所谓的神魂颠倒也只为我个人独享罢了。

虽然所有人都同意《鱼之书》很古老，书中的大部分内容，包括它声称要讲述的故事，扬言要呈现的鱼儿，尽力描写的罪犯、看守、刑罚执行人员，同已知事实相符的程度却不乏争议。有人告诉我，这本易引发争端的书哪怕有些古怪，也只不过是很久以前某个神志错乱之人无足轻重的产物。

我设法说服博物馆对纸张、墨水、涂料进行测试，一页页地采取碳定年法，甚至CT扫描，他们承认所有的材料和技术应该都与时代相符。可是故事本身却彻底推翻了其可信度，博物馆的专家认为这本书并不是具有重大历史意义的珍本，转而夸赞我的造假水平，祝我继续在旅游业一帆风顺。

5

我最后的指望只剩下杰出的殖民历史学家罗曼·德·席尔瓦教授，将《鱼之书》寄给他之后，我有好几天时间都是信心爆棚，接着却又在等待回复的日日夜夜里心灰意冷。终于，在一个细雨蒙蒙的周四下午，他的秘书打来电话，说教授有空，我可以去他的大学办公室面谈二十分钟。

我发现眼前男子的声望和长相不仅仅是发生了龃龉，而是完全相悖。罗曼·德·席尔瓦教授不时抽搐，身材小巧，肚子圆滚滚，染得漆黑的小脑袋竟然梳了个泰迪男孩式的鸭尾巴，像是埃尔维斯·普雷斯利人偶与神经质的来亨鸡的不幸合体。

显然，《鱼之书》正站在被告席上，教授则展开了一场严厉的控诉，坚决不允许我们的面谈堕落为对话。

他背对着我，在抽屉里翻找了一会儿，然后——这个突然的动作本该戏剧性十足，结果却仅仅显得拙劣——把一只挂了锁链的铸铁球砰地砸到办公桌上。撕裂般的声响传来，听上去像是木头折断，但德·席尔瓦教授入戏已深，作为真正的专业人士，他是不会让这声响或其他情况阻碍他的。

“你来看看，哈梅特先生。”他说。

我一言不发。

“你看见了什么，哈梅特先生？”

我一言不发。

“哈梅特先生，你看见的是不是球和锁链？罪犯身上的球和锁链，不是吗？”

为了表现得随和，我便点了点头。

“不对，哈梅特先生，你看见的根本不是这种东西。你所看见的，哈梅特先生，都是假象。这球和锁链是曾经的囚犯于十九世纪末打造的，专卖给来亚瑟港[①]流刑地体验哥特式恐怖氛围的游客，你所凝视的就是这种货色。你看见的就是这种旅游纪念品式的俗气赝品，哈梅特先生。一件和历史完全不沾边的庸俗玩意儿。”

他不再吱声，而是蜷起小小的食指关节，捅入毛茸茸的鼻孔，一丛湿乎乎的黑毛往外戳着，足以困住飞蛾，然后他又说了起来。

“历史，哈梅特先生，是你看不见的。历史拥有力量。但赝品没有。”

我受到了触动。对拥有我这种背景的人来说，它看上去俨然就是我自己创造的卓越艺术的前世。而且似乎还卖得出价。我站在那儿，琢磨雄先生在伪造和制铁方面的水平如何，我是不是该给康筘打个电话，告知她我偶遇的这个有利可图的新门道，我又该如何用

---

① 即 Port Arthur，澳大利亚塔斯马尼亚州的小镇。

委婉的说辞把我们的美国朋友在这样一个物件中必然会发现的情色要义传达出来（“对那些人来说，是不是没有任何东西和性无关？”康笳曾这么问，对此，雄先生的回答是“人”），此时罗曼·德·席尔瓦教授把《鱼之书》丢到球和锁链边上，我觉得他对这本书完全缺乏敬意。

“而这，这也好不到哪儿去。是以前的赝品吧，我猜，哈梅特先生，”说到这儿，他悲哀又意味深长地凝视着我，“不过，到底该怎么来形容，我还拿不准主意。”

他转过身，双手插入口袋，盯着窗外楼下的停车场，过了很长时间才再次开口。

“但不管怎么说都是赝品。”

他背对着我喋喋不休，我觉得这种说话方式必定是用好几代学生磨炼而成的。他对着窗子和停车场，说《鱼之书》里的流放地至少表面上看起来和那时岛上存在的情况相吻合，唯有十恶不赦的罪犯才会被驱逐到那里；地理位置也和所知的信息相符，孤零零地处在一座大港口上，四周是范迪门地西侧难以穿越的荒地，地图上都未曾标明，只说是片蛮荒之地，殖民地的绘图员称其为特兰西瓦尼亚。

说完他便转身面对着我，第一百次将缀满皮屑的鸭尾头往后抹。

“但据历史档案显示，一八二〇和一八三二年间，萨拉岛是整个大英帝国最可怕的处刑之地，《鱼之书》中几乎所有的描述都无法和这座地狱之岛已知的历史相吻合。你这部稀奇古怪的记录里提到的名字，鲜有能在幸存的当时的官方文件中找到，那些能找到的却和这……这部可悲的骗人之作的描述完全对不上号。

“如果我们想要详查历史档案，”教授继续说下去，但我此刻已经知道他痛恨《鱼之书》，他是在事实而非故事当中寻找真相，他眼中的当下具有追悔莫及的宿命论色彩，历史只不过是其借口，而留了他这种发型的人难免满腹浅薄的怀旧情绪，最终势必归于这样一种感觉，即生命再庸常不过，不消怀疑，“我们发现萨拉岛并未遭受独裁者的劫掠，也并未成为享有独立与地位的商港，所以也就完全谈不上什么独立的贸易国度，而且它也并没有像那部灾难编年史中所说的被末世的大火夷为平地，就是你那本《鱼之书》。”他就这么唠叨来唠叨去，躲藏在唯一一样他自觉能带来优越感的事物间：字词。

他说《鱼之书》也许有一天会在澳大利亚既毫不光彩也无足轻重的文学骗子史中找到一席之地。“在民族文学的这个领域，”他说，“澳大利亚算是能理直气壮地傲立于全球。”

“不用我补充，”他这么补充的时候，软塌塌的巨大鸭尾就像马上要呕吐的醉汉，耷拉在他的脸上，几乎将他狡黠的笑容遮蔽，“如果你把它当作小说出版，不可避免的事情就会发生：它会获得文学奖。”

纵使《鱼之书》有缺点，哪怕我不太愿承认，我也从不觉得它迟钝和浮夸到能被错当成国家级文学的地步。我认为教授的那番话就是在取笑我，于是匆匆告辞，拿回《鱼之书》，离开了。

6

起先，我有些被听来的论点说动，同意此书肯定是一个精心设下的疯狂骗局。但我这样的人对欺诈之术略知一二，知道招摇撞骗并不仅仅是撒谎这么简单，还要懂得满足人们的预设，这本书如果是假的，那就完全说不通，因为书中没有任何内容与过去应有的面貌相匹配。

这本书已成为一个我决定解开的谜团。我去塔斯马尼亚档案馆查阅资料，档案馆利落而寻常的门脸一副城市派头，与收藏其中集权国家的完整资料毫不搭调。我在馆内几乎没发现什么有用的东西，除了睿智又可敬的档案管理员吉姆·皮尔斯先生，我还和他喝了酒。

至于《鱼之书》，除了德·席尔瓦教授所说的“无解的怪异之处”，还有这位编年史作者的身份问题，即德·席尔瓦教授口中“空缺中的空缺”，在我听来这话毫无意义，正如威廉·比洛·古尔德在他眼里一样。

吉姆·皮尔斯先生一边在囚犯档案里找到了好几个已故的威廉·古尔德，一边在希望与锚酒馆向我引见了在世的威利·古尔德；又在海洋之子酒馆引见了专门画鸟的酒鬼水彩画家，对方（画家而非鸟儿）是兔唇；还在新月酒馆小巧舒适的雅间引见了老板皮特。

仅有一位历史上的（也就是已故的）威廉·古尔德的人生在某些方面似乎和《鱼之书》的作者有所呼应，鉴于他们的犯罪记录相似，左胸上方也都有红锚蓝翼的刺青，周围刻着“爱与自由”。这位威廉·古尔德[①]是个累犯，也是个艺术家，一八二八年来到萨拉岛流放地的定居点，专门负责为外科医生绘制鱼类。

这些细节虽和《鱼之书》所描述的人生相符，但从这位历史上的古尔德随后的犯罪记录来看，他的人生与令我神魂颠倒的种种却风马牛不相及。有时候我觉得《鱼之书》的作者，这个讲故事的威廉·比洛·古尔德，生来就带有某种记忆，却缺乏任何能对此进

① 即 William Buelow Gould (约 1801—1853)。——编者注

行解释的经历与历史，依凭一种奇怪的信念，总在设法杜撰本不存在之事，认为想象能化作经历，从而解释并且疗愈他那难以慰藉的记忆。

后来，我又在幽静的奥尔波特图书馆发现了第二本《鱼之书》，也归在囚犯艺术家威廉·比洛·古尔德的名下，可以想见，经历了原先的那番困惑，我对这一发现会有多么震惊，书中奇妙的画作竟与那册萨拉曼卡的《鱼之书》一模一样，唯有一个细节例外，相似的程度太高，我只觉得喘不过气来。

我把始终在帮助我的皮尔斯先生拉到一边，向他解释我为什么会如此剧烈地抽气。

我告诉他我发现鱼之书显然不止一本，而是有两本；这两部作品似乎互为镜像，纯然一致，却又有本质区别。一本（奥尔波特图书馆的《鱼之书》）一个字也没有，另一本（萨拉曼卡的《鱼之书》）却都是字，就像海中都是鱼一样，这些成群结队的文字汇成一部编年史，解释了这些图画怪异的起源。一本以文字的权威性来表达，另一本则以沉默的权威性来表达，根本无法判断哪一本才更神秘。

“确实，”吉姆·皮尔斯先生说，不加评论地给了我几片胃能达，“两本书呈现彼此扭曲的映射，更增添了这种神秘性。”

我冲回家，从浴室镜子背后快速取出藏匿的储肉柜版本，又前往附近的一家酒店，以便沉浸于酒精和鱼类之中。

至此，我必须稍事停留，指出《鱼之书》第二个异乎寻常的属性，除自行发光的封面之外，它的另一个显著属性就是它似乎在映射生命。我提到过这本书似乎根本就没写完。但这并非全部的真相。即便现在我动笔前还在犹豫，这个属性独特得不可思议——是对结束故事的抗拒。

每次打开书本，一张写有我迄今尚未读过的启示的纸片就会掉落，或者我会偶然遇见不知怎么未曾留意的一条注解，或者没发现有两页粘在一起，而当我小心翼翼地揭开时，新的要素就会出现，迫使我从截然相异的角度来重新思考整个故事。这么一来，我每次打开《鱼之书》，新的章节就会不可思议地冒出。那天晚上，和往常一样，我独自坐在共和饭店（以前是帝国饭店）的酒吧里，可即便处于这份盲目激情的残余之中，我仍然很清楚，从这些让我越读越恐惧的内容的特性来看，我眼前的会是我即将读到的最后一章。

离结局越来越近时，书页开始在我的手指间发潮，又变得湿漉漉，最后当我感到自己心跳加剧，呼吸加速，上气不接下气时，我竟有种难以理喻的感受，仿佛自己正在阅读的这些文字恰恰写在大海深处。

我带着这种难以置信的感觉终于来到了我眼中的结尾。我意识到色彩斑斓的章节再也不会奇迹般地冒出，我又惊诧地凝视着那个关于威廉·比洛·古尔德与他的鱼的恐怖故事，点了杯希腊茴香酒，以求稳住颤抖的双手，咕嘟咕嘟一饮而尽，将杯子放在瀑布牌啤酒巾上，然后晕晕乎乎地踉跄着走向洗手间。

等到返回的时候，我却发现台面已经被清空了。

我只觉得喉咙发紧，突然难以呼吸。

7

没有瀑布牌啤酒巾。

没有喝干的希腊茴香酒酒杯。

……没有《鱼之书》！

我想要吞咽，口中却无比干涸。我想要站直，却又摇摇晃晃，为眩晕的恐惧所困。我设法让自己不要恐慌，心跳声却震耳欲聋，一波又一波汹涌的恐惧撞击着我灵魂的海底。原本放《鱼之书》的地方仍然空空如也，也就是说，除一大摊咸涩的水渍之外，空空如也，而这也被酒保用海绵抹得一干二净，然后又拧进水槽。

这时候我才意识到《鱼之书》来自何处必归于何处，矛盾的是，虽然《鱼之书》对我来说已经终结，对他人则刚刚开始。

那时一切尚未明朗。更惨的是，那天晚上无论酒保还是顾客，饭店里没人对那本书曾在那儿抱有任何印象。一种孤寂的恐惧，犹如被抛弃一般决绝而磅礴，紧紧地攫住了我。

随后好几个星期都是痛苦又消沉的，我要求警方对这再明显不过的偷窃行为展开全方位调查，却只是徒劳。我心怀幻象，憧憬而绝望，回到萨拉曼卡的旧货铺子，兴许在奇异且短暂的渗透作用之下，这本书重经吸收，回到了过去。我一次又一次地返回共和饭店，耗费数小时在吧台下寻找，将垃圾桶颠倒过来，驱逐后门迷迷糊糊的街头滑板小子，就这么孜孜不倦地搜索，一而再再而三地质问顾客和员工，直到被强行驱逐，严禁返回。我长时间紧紧盯着下水道腐臭的排水口，妄想那本书或许会在那里幻化变形。

但几个月之后，我不得不面对这糟糕的真相。

《鱼之书》，连同它那变幻无穷的玄妙，徐徐展开、日益纷繁的恐怖传奇，已杳然无踪。我失落了至关重要之物，却相应地患上一种怪异的疾病：传染性惊人的无望之爱。

8

“旅游？爱好？”邦迪医生问道，嗓子里好似塞了团棉花，从我刚进入他的诊所那一刻起，仅过了五分钟，我就对他的嗓音以及方方面面都痛恨了起来。我重新坐起身，穿上衣服，他说我的健康没什么问题，也许我只需要开发一些新的爱好——别的爱好。他就这样说个没完，我想没想过加入体育俱乐部？男性互助团体？

那种喘不过气来的感受又出现了，在奥尔波特图书馆，还有《鱼之书》在酒馆里消失不见的那个宿命般的夜晚，我也曾被它紧紧地攫住。我冲出他的诊室。考虑到邦迪医生不愿承认我已患病的事实，那我拒不承认他治疗的价值似乎也在情理之中。不管怎么说，我没钱旅游，也没什么欲望去培养一个爱好，而且极端厌恶大庭广众之下的羞辱，比如隐含在铁人三项中的，还有在印第安棚屋里被迫熊抱汗流浃背的新纪元路子的牙医的，见他们庄重地用羽毛拂拭对方，一个劲儿地哭诉从未认识过自己的父亲，也是这种情况。

吃饭始终让我犯恶心，一到晚上，我就凝视着永远无法踏足的漆黑海洋，而漫无边际的清醒时刻总是充斥着与海洋生物有关的噩梦，很长一段时间我都在生病，谁也解释不清。

惨剧总喜欢扎堆，世事大抵如此。梅茜姑婆沙门氏菌中毒身故。我在她的墓前待了很长时间。我想，那书就像她那些冷冻法式咸派，被她激情洋溢地从冰柜里取出，哪怕保质日期截至二十年之前，她就这么候着微波炉起死回生的奇迹。那书就是北霍巴特橄榄球场，等着卢尔德疗愈圣水滴下，无爱的记忆浮现。我开始觉得，那书正在等着我。

或许，我的病正是像这样成了一种使命。或许，唯有沉浸于古尔德奇妙的文字和图像之中的快乐，才可以解释我随后为何会决定重写《鱼之书》，写这本书无法引起公众的兴趣，无法获得学界的认可，得不到经济上的回报，什么也没有，除了这可怜的激情所昭示的愚蠢。

凭借记忆，好坏参半，可靠与否，照单全收；参照我之前转录的糟糕的笔记，有些是完整的部分，有些仅针对长篇大论进行简短描述；使用权宜之计，将奥尔波特图书馆的无字版《鱼之书》上的图画复制下来，我便开始了这项凄凉的任务。

也许雄先生给维克多·雨果设神龛也有道理：制作一本书，即便是你眼前这件低劣的复制品，也会让你明白，于那些栖居于书页间的人唯一恰当的情感就是爱。或许读书和写书是人类尊严最后的防线，因为它们终究能让我们想起上帝消散于这无尽羞耻的时代之前，曾提醒我们的话——我们并不仅仅局限于自身；我们拥有灵魂。而且不止于此。

或许并非如此。

因为提醒人类他们并不仅仅是饥渴的尘埃，对上帝来说显然是个太过沉重的负荷，而且其实唯一的奇迹在于他竟然坚持了这么久才放弃。我并不是冷漠无情，毕竟我也时常对自己粗鄙的创造感到倦怠和厌恶，但我既不期待也不希望这本书能从上帝失败之处接手。我的渴望仅仅在于建造一艘船，无论是否粗陋，让古尔德笔下所有的鱼都能借此重返大海。

但我也必须承认我内心的疼痛正在日益加剧，因为眼下我再也无法确定何为记忆，何为启示。你即将阅读的这个故事有多忠实于原版，对于寥寥几个经我允许拜读了《鱼之书》原本的人来说，是争议所在。康笳——虽然不太可靠——认为没有区别。至少相异之处无足轻重。当然，你将要阅读的这本书和我记忆中读过的是同一本，我设法既保留那场阅读的惊异，又忠实于古尔德笔下不凡的世界。

尽管我对雄先生有所指望，他却没有结论。一个湿漉漉的下午，我们坐在希望与锚的炉火前，我向他提出了这些令人困扰的问题，由于他是我认识的唯一对书有所了解的人，我以为他会说出一些看法，让我愈渐不安分的心消停下来，但雄先生异乎寻常地提出，作品和作者不可分离，同时还讲了一个故事，虽然这么解释有些晦涩。他一边啜饮保乐茴香利口酒（法国人的又一样古怪遗产），一边说福楼拜被包法利夫人的原型是谁这个问题纠缠得不厌其烦，终于呐喊道——“包法利夫人，c'est moi！”照雄先生的说法，这个声音恼怒和欢欣兼具。

这件令人费解的逸事让雄先生有些得意，虽然他随后马上给出翻译（“包法利夫人就是我！”），不懂法语和文学的我和康筎还是不明就里，康筎干脆声明她对两者一窍不通。

“或许，”我试探道，“德·席尔瓦说得没错。就只是个骗局。”

“去他妈的德·席尔瓦，”康筎说道，酒精加上怒火，让她的脸涨得通红，“全他妈见鬼去！”

“确实，”我说，“确实。”

但事实上我并不能确定。

书是神圣智慧之舌，我从这个令我安心的结论开始，以一种隐隐的直觉收场，即所有的书都是宏大的愚行，注定永远遭到误读。

雄先生说一本书起先或许会提供一种理解生命的崭新方式，成为一个原初的宇宙，但很快就会沦为写作史的一笔注脚，阿谀奉承者吹捧，同时代人鄙视，两方都不会阅读。前路坎坷，命数荒谬。

读者若是忽略，它们就会死，子孙后代若是褒奖有加，那它们注定永远受到曲解，而作者会先变成神，再难以避免地变成鬼，维克多·雨果则另当别论。

说完，他喝干最后一杯保乐便离开了。

之后康笳满怀柔情地凑上前，紧挨我站着，依偎着我，于是我们摇摇曳曳，宛如蛮荒大海上的小舟，她偷偷把手伸到我的裆部，拽我的蛋，就好像那是喇叭的牵绳。

噗——噗！

后来我们就来到她床上，脸和躯体上交织着成堆尚未售出的越南震教家具投射的阴影，打造这些家具的难民认为上帝就是维克多·雨果，艾玛·包法利就是古斯塔夫·福楼拜，而康笳的激情瞬间挥发。

她双眼放光。

她双唇战栗。

“你是谁？”她突然嘶喊，“谁？”

她吓到了，吓坏了，她看见了什么人，但是谁我也不得而知。她的躯体骤然丧失生气，顺从得骇人，而我，可鄙啊，继续了一小会儿，恐惧才压倒猖狂的兽欲，我停下手。

“你为什么要走？”康笳喊道，但此时她的嗓音已截然不同，我意识到不管先前怎么样，她终于恢复过来了。

“别走，回来。”康笳说着，向我张开臂膀，我如释重负，又爬了上去。可后来她又双眼放光，躯体僵直，一再地喊：“你是谁？你是谁？你是谁？”她就这么哭泣着，这次我只想逃离这怪异的循环，于是起身匆忙套上衣服，康笳一个劲儿地说着，语气温柔，很是沮丧：“为什么啊？你为什么要走？”我走是因为我给不了她能带来慰藉的家具，没有伪造的桌椅拿来交换她充满内疚的哀伤，因为我既没法对她也没法对自己答出我是谁，她是谁，更别提答出这本《鱼之书》讲的是什么。

我该如何告诉她，深夜，当忧郁随晚间的露降临，我便被一个强烈的异想俘获，认定威廉·比洛·古尔德仅仅为我而诞生：他的生命因我而存在，我的《鱼之书》则是因他而存在；我们的命运始终一体？

我知道，有时一切都显得难以捉摸，这本书，它层层叠叠的轻纱，每一层被掀起、分离后势必仅仅露出又一层，最终抵达的便是虚空、没有文字的虚空，便是海的声音、广袤的印度洋的声音，透过它，我的心灵之眼便看见古尔德正向萨拉岛前行，而萨拉岛却在后退；那声音，那景象，缓缓地跳动，强，弱，强，弱。

康箔幽暗的起居室里，我跌坐在一把赤褐色的扶手椅上，因自己生命可耻的沉沦，不知不觉坠入了沉睡，一个执着的问题在头脑深处无休止地循环播放。

我是谁……？它在问。我是谁……？

9

我在寻求答案，对我而言，那是一个愈发难解的谜，为此我栖身于愚昧过时之流与不受待见的病弱老人唯一的去处：陈旧的酒馆，那里新设的老虎机闪闪发亮，伴随着空洞的、磕磕绊绊的声音，这声音独属于那些迷失于此、向预示死亡的外层宇宙飘游的灵魂。

我穿行在这迷离闪烁的冥界，邀请那些眼下并未沉迷赌博的人和问题不如我严重的人共饮，说说他们怎么看待我的故事和翻拍自奥尔波特图书馆版《鱼之书》的图片，然后我会把这些磨损的图片摊在吧台上，配合我的故事。我还会向他们提问。

小部分人觉得图片虽然粗糙，但不算太差，而我转述的故事却太疯狂。我在一系列询问中从学院派那里学来了避实就虚的论述法，会设法说服酒吧里的同僚，或许疯狂之中蕴藏着真实，真实之中也蕴藏着疯狂。

“你母亲是谁，你幼儿时期她对着你耳语了什么秘密？”我会要求他们回答。“她是不是一条鱼？”我会大吼。“是不是？”

“世界原本就很愚蠢，”有人说，这话并非回答而是揶揄，“自那以后不过越变越蠢。”

“和我一起在时间之中旅行吧，”我会这样大声喊叫，做出回应，“你们这些死气沉沉、一副鲻鱼眼的男人，闪烁绿鳍鱼光泽的女人！和我一起远离这片土地，这儿只有湿乎乎的啤酒垫，让人失忆的娱乐，我们去能找到自己心灵的地方！你们的灵魂想要穿越的那片遥远土地在哪里？究竟是什么在你们腹中敲击，侵扰你们的梦境？往昔哪片阴影折磨着你？你们是什么样的海洋生物？”

可说实话，他们都帮不上什么忙。我的问题数不胜数，他们却连一个回答都给不出。我还没张嘴，他们就忙于回避，匆匆跑过，将剩余的遣散费、残疾抚恤金和失业救济金悉数耗尽，将玩老虎机的零钱灌入聚苯乙烯可乐杯，直至杯沿，然后坐到屏幕前，催眠般沉迷，目睹自己坎坷的命运在旋转轮盘的完美影像中得到精准的呈现。

少数几个稍感兴趣的人会辱骂我，嘲讽我所谓古尔德《鱼之书》意义无穷的说法，另一些认识我的人则会让我回去骗美国佬，不要再自欺欺人。有个陌生人狠狠朝我的脸砸了一拳，打得我从椅子上摔了下去。周围人唯一的反应是哄堂大笑，见那人把我的啤酒倒在我身上，还唱“快游，快游，小鱼儿！快快游回大海去！”，他们笑得前仰后合，全都在笑，除了雄先生，他刚走进来。

雄先生把手伸到我胳膊底下，将我拽到了外头。我呻吟着躺在湿漉漉的沥青路面上，他摸进我的外套，找出我的钱包，清空现金。他站起身，说奉维克多·雨果之命，他一定会赢钱回来，足够重操伪造画作的勾当。他便这样融入了室内时断时续的霓虹灯光之中。

人群络绎不绝地游经我俯卧的身形边，进入电玩吧，我意识到对他们来说，我的银海鲂和瞻星鱼画像全然无用；在他们看来，就跟两个柠檬一个菠萝凑成一排一样毫无意义，像仅差一张牌就能组成同花的臭牌一样令人失望。他们眼里那些鱼所缺乏的就是头顶上的标志，以闪烁的字母宣告我们共同的宿命——

游戏结束。

10

雄先生亏光我所有的钱后回来了，承诺会尽快还清，并带我去了卢塔纳他那个锌矿公司的家。我们悄悄进去，他的妻子和孩子都在睡觉。他去厨房煮汤，把我一个人留在客厅餐厅两用的小小屋子里。

角落有座维克多·雨果的神龛。绿色的天鹅绒布料上有个红色塑料框，里面镶嵌这位伟人的影印版画，他身旁陈列着两根未点燃的蜡烛，四根烧过的熏香，几本平装小说，还有几粒皱缩的杏。

神龛旁放了个水族箱，雄先生在里面养了一只大号膨腹海马和一个外形近似的生物，足有一英尺长，浑身披满叶片状精巧的鳍，后来他告诉我那是草海龙，我都在《鱼之书》里见过。我凝视着这两个静静漂浮的陌生生物。

膨腹海马骨架一圈又一圈，吻部呈管状，小小的鳍拼命挥动，仿佛初入社交场的女孩对着通红的脸颊急摇的扇子。他靠双颊上的胸鳍行进，那既是他的鬓角又是方向盘。雄先生端了两碗热腾腾的汤出现在我身边。他把汤碗放到桌上后，向我解释海马有变形的能力，雄性会产下在育儿囊里孵化的数百只小海马。

接着，就像收到信号一般，那海马开始分娩。我注视着，心醉神迷，他在我眼前焦急地来回抽动，每隔一两分钟，一两只黑色的海马宝宝就会随着他痛苦的伸缩，从鼓鼓囊囊的腹部中央的孔喷射而出：这些黑色的小棍当即就能游动，我只能辨清大大的眼睛和长长的管状吻，那么多的卷曲身形起起伏伏。他们就像古尔德遗落的话语，而我觉得自己和那只结束漫长分娩的可怜海马有些同病相怜；他之前突起的腹部此时一片平坦，笨手笨脚地一阵忙活后，他早已精疲力竭。

我的目光移到了草海龙上，我不得不同意雄先生的说法，这确实是一种美艳绝伦的生物。草海龙和鱼一样水平行进，不像海马般垂直游弋，但动作一样优美：它盘旋起伏，向前或横移，好像气垫船与直升机的合体，简装版的战斗机。它晶莹的色彩精妙绝伦，粉红的躯干，紫黑与银蓝间散落着明黄斑点，四周淡紫的叶片翻腾。然而它那宁静的优雅也像是一种怪异的忧郁。奇妙，却也闪着悲伤。

我那时候并不是草海龙，所以还无法体会它身陷囹圄、永世不得脱身的感觉。我幻想自己理解它恐怖的定力；而今生过后我才能真正理解个中原因：那种无论善恶皆无法逃脱的感觉。然而知晓一切的草海龙，似乎并非在为无人理解所烦恼。

我将脸凑到玻璃上，看得更仔细，想要探寻它坠落的谜团。在我的想象中，草海龙的美是进化的必须；或是为了吸引配偶，或是为了与斑斓的礁石相融合。现在我知道美是生命对生命的反抗，草海龙完美至极，自成一曲。

转变来得极其突然：对我所感受到的震动而言，所谓的醍醐灌顶实在是太轻飘飘了。这是梦，只是过了很久我才意识到不可能醒来。草海龙用细长的吻触碰玻璃另一侧我的脸紧贴的地方。它奇特的眼睛彼此独立转动，却从不同的角度齐齐聚焦到了我的身上。它想告诉我什么呢？没什么？有什么？我感到了谴责，心怀愧疚。我对着玻璃耳语，发出几近愤怒的嘶响。它是想向我提出我无法回答的问题吗？或者它是在用某种超越语言的剔透的交流方式对我说：我会成为你。

那我，我心想，会成为你吗？

除了叶片状的鳍，我知道自己喃喃的时候草海龙仍旧纹丝不动，仅仅用它那微小的动作和桀骜的双眼，以一种令人生畏、无所不知的目光直勾勾地凝视着我。

我没再说话。

或许我凝视得太久。

不管怎么说，一种短暂的感觉袭来，既有恶心的眩晕，也有天马行空的自由。我没有分量，支柱，结构；我坠落，翻滚，穿过玻璃，透过水流，进入草海龙的眼中，而它也进入我的内心，随后我看见那个污秽不堪的人紧紧盯着我，而此刻的我自负地希望，他终将讲述我的故事。

水　马　鱼

THE
KELPY

古尔德笔记本最初的三十二页均已不见；

他的日志始于第三十三页。

水马鱼

入侵澳大利亚——不幸的误会——黑头桶——国王与我——让－巴伯夫·奥杜邦的错误——汉堡鸟——平奇贝克船长与法国大革命——黑色战争——匪徒克卢卡斯——背信弃义——金龟子——砸机器者的惨死——文字的篝火。

1

在入侵当时的范迪门地的过程中，我扮演了一个小角色，如今本土人都喜欢称这里为塔斯马尼亚，对我所讲述的那类故事羞于启齿，虽然迄今未曾记录在案，但我相信自己的角色值得记录反思。

一八〇三年我还是个孩子，第一次跳下了捕鲸船，班克斯先生用枪顶着我的后背，免得我意志力不够坚定，一头栽入波涛汹涌的里斯登湾，从那一刻起，不管是我还是这个国度似乎都惹上了麻烦。

我踉踉跄跄踩着水上了岸，手上擎着红色联合旗，把它插在坚实的海滩上，以这面在我头顶上方飘扬的旗帜所代表的光辉的联合之名，宣告这片在我面前延展的广袤国土的所有权。但当我敬礼完毕，骄傲地抬头仰视之时，却见招展的只不过是张泛黄的床单，沾染着绵长的云翳，而那恰是鲍文中尉[①]和萨摩亚自己的莫卧儿公主拉拉－鲁荷慵懒午后的写照。

我因偷窃私人财产而获刑七年，因不服管教加判十四年，再因取笑王权又添二十八年。没错，这并非我自然生命的期限，那样本应称得上仁慈，如今却只剩永恒的囚禁。

情形差不多就是这样。第二年我确实一口气成功脱身，跳上前往美洲的捕鲸船，再返回英格兰，在那儿活得像个过街老鼠，随后二十年不停更名改姓，直到再遭捕获，发配至此。真的，如今唯一令我奋斗不止的并非终会获释的希冀，而在于想到他们总算要体面一回给我个痛快，他们早就该这么干了。

鲍文中尉狂怒之下，认定随后抵达的数百个黑人携家人一同狩猎袋鼠就等于宣战，随即下令将炮口对准聚集于海岸上的这班暴民，以致沙滩上留下了四十五具男女老幼的尸体，谁知道他们还有多少同胞会死于遥远的营地。

班克斯先生开心地发现大多数黑人的尸体和大量手工制品都完好无损，比如长矛、精致的贝壳项链、苇编的篮子、兽皮，我被铐

① 即约翰·鲍文（John Bowen，1780—1827），英国皇家海军军官，在前文提及的里斯登湾建立定居点。——编者注

在一棵树上等候宣判，其他囚犯则忙着切割和腌制黑人的脑袋。对于终于呈上来的六只水桶，班克斯先生很满意，见桶里的脑袋上下浮沉，他说这下我们可以更好地理解可耻的人种问题。

当海水再次舔舐我溃烂的脚踝时，我回想起那些翻滚的黑人脑袋以及在震惊中凝结的混浊眼眸，无论他们还是我都无法看清这些脑袋将使我惹上怎样的麻烦。当疮痂如牡蛎般汇集于铁链下方的踝骨上，让我再次感受到四周钻心的疼痛时，我便知道潮汐起了变化。这座囚牢就建在涨潮水位线下方砂岩崖壁的底部，想必你在那些街头小册子里读到过这类臭名昭著的水牢，丛林悍匪马特·布拉迪[①]就被残忍地关在那里，随后开始了他的亡命生涯，而牢里将注入足够的水，没过我的头顶。

倒并不是说我会淹死：我会像过往的人那样，抓住脑袋上方的栏杆，一连好几个小时，将自己固定在涨潮时囚牢顶部留有的呼吸空间。有时候我也会松开手，在自己小小的王国里漂浮，盼望就这么一死了之。有时候我边漂浮边数自己得到了哪些好处：这每日两次泡澡近来似乎把我身上的跳蚤都清干净了，另外牢房虽然潮湿，有股咸涩的海草味，但也不至于令人联想到更加普遍的屎配公山羊的臊臭。

两个好处：一来对我的心算能力已是足够的挑战；二来漂浮于刺骨的海水中，浑身打战，仿佛我已经在为下了绞刑架后倒退的步子彩排，我有时就会这么天马行空，继续开开心心地给鱼儿画像。

随便你叫我什么：其他人都这样，我无所谓；我根本就不是

① 即马修·布拉迪（Matthew Brady，1799—1826），生于英国，曾是家仆，被判盗窃罪后流放至澳大利亚，曾被囚于萨拉岛。长于马术；越狱后成为丛林悍匪，因其对待被劫者的态度获名“绅士布拉迪”。——编者注

我。人的故事对现世一文不值，他背负着毫无意义的甲壳，在里头成长，在里头死亡。刺鲀是这么说的，他也一如既往地将肿胀的脑袋探进不欢迎他的地方。下述有可能是也有可能不是我的真实故事：无论如何都无关紧要。不过刺鲀已死，丹麦老头也一去不复返，我只想在我跻身他们的行列前，讲讲我那些无足挂齿的画作的故事。

这倒不是因为我觉得未来就像这座幽暗的水牢，你可以挨着许多人在潮湿的砂岩表面上刻下自己的名字，再如最后的潮汐般消失，无影无踪；想出这些字词本身便是虚荣心作祟，相信它们至少可以作为证据留存，象征自由损毁后的残骸，教子孙后代缅怀。不管怎么说，我已走得太远，不会再在这样的游戏中投注希望。事实是起先我有个奇异的欲望，想要稍作坦白，后来这就单纯成了个坏习惯，就像挠挠爬满跳蚤的卵蛋一样，避无可避，也不太雅观。

我并不是想让你认为他们没有悉心照料我。远非如此。有时他们会拿碗或杯装块寡淡的变质腌猪油，就这么朝我一扔。有时我会报以微笑，若觉得精神抖擞，还会扔一坨专为这种场合储藏的屎回敬。有时这样一个愉快的回应后，他们也会狠狠地揍我一顿，我还会表示感谢，因为这证明他们还是有点在乎的。太感谢你们了，亲爱的，我说，谢谢谢谢谢谢。他们也哈哈大笑，在殴打和扔屎之间，我可以告诉你我们相处得其乐融融。“岛上的监狱就胜在这点，”我对着牢门低语，“我们都困在这屎坑里，狱卒兵士甚至指挥官本人，对不对？对不对？”

“瞎说！”狱卒波布乔伊在另一头插门闩的时候吼道，但我是不会听见的，因为他还不准进入这个故事，一旦他进来，像我这样，我向你保证他也逃不了。

我很清楚一开始就应该讲明白，为什么我要画鱼，为什么鱼的画像会变得对我这么重要，不过说实话，我自己也不明就里，整件事根本不可理喻，更别提解释了。我能告诉你在这片流刑地上，从未存在过囚犯的画像，画画本身遭到禁止，会招致最最严厉的惩罚。

你稍微想想，就会发现一个奇怪的事实，没有哪份图像记录能熬过这样的时间、这样的地方，无论描绘的是伤残者、颓丧者，还是指挥官本人。诚然，登记处存有流刑地的文字记录，但这个神秘的档案室的位置得向囚犯严格保密，免得他们对自己的档案动手脚。据说在这名副其实的迷宫般的储存库中，岛上的每个囚犯，过往的每一件事，种种细节无不经分门别类，编缀成册。

但我不愿假装笔下的鱼就是登记处的替代物，是它上下颠倒的版本。我的野心没那么大，也并非包罗万象。

一幅画，一本书，充其量也就是向你敞开的大门，邀你步入空荡荡的房屋，一旦进去，你就得靠自己的能耐来想象剩下的一切。我所能怀着确信向你展示的只有一丁点发生在我身上的事，而诸如原因之类的问题，都是留给头顶黑帽、假发扑粉的法官，还有末流批评家的废话：内疚，罪孽，动机，灵感，何为好，何为坏——谁知道？谁在意？我所能说的就是，在殴打与涨潮之间，狱卒波布乔伊从登记处偷来一张廉价的羊皮纸交给我，指示我在上面描绘康斯太布尔[1]风格的田园风光：一群快快乐乐割晒干草的乡巴佬，就像波布乔伊本人，四轮马车穿过阳光点缀的英式溪流。他可以拿去售卖，或用于交换。

笨手笨脚的波布乔伊位列人类和长颈鹿之间；他个子极高，进

---

① 即约翰·康斯太布尔（John Constable，1776—1837），英国风景画家。

牢房就得对折，看上去像是朝我匍匐而来，全然违背当下处境的要求。我得使劲弯腰才能低过波布乔伊，差点在我们脚下泥泞的岩池里吹出泡泡，惊扰聚于暗处的伙伴，那些和我共享底层世界的螃蟹、玉黍螺、贻贝。

“谢谢谢谢谢谢。”我对如我一般栖居于海洋黏液中的万物说，随即立马赶在涨潮之前投入工作，因为我每天得完成的不是一幅画，而是三项任务：一是替波布乔伊绘制怡人的田园风光；二是给我自己画一幅鱼儿的肖像；第三项我总是来不及，需要说的和希望说的永远说不完，而这正是用以搭配我的鱼儿的笔记。

2

鉴于囚犯私自记录岛上情况实属违法，比起绘画会招致更野蛮的惩罚，我必须小心行事。波布乔伊每天都会将我所用的颜料和纸张连同新鲜出炉的康斯太布尔伪作一并带走，还会检查颜料是否用得过多，剩余纸张是否如我所说仅用于打草稿和擦屁股，他对我这么个糙屁股囚犯很慷慨，时不时赋予我用纸来擦屁股这样罕见的特权，毕竟身为艺术家，我娇弱的洞眼可不习惯羞辱。

每天我都会多顺走几张纸，用在藏得隐蔽的鱼之书上，还会把专门保存的同一张皱巴巴的纸放在牢房特定的角落，牢门一敞开光线便会射到那里，我在纸上独具匠心涂抹的浓郁绿色和棕色就能派上用场。湿乎乎的色泽能证实我描述的个人卫生情况，我觉得无论我的饮食还是对波布乔伊满腹的怨恨均与此一致。幸好，波布乔伊尚未提起进一步调查的兴趣。

虽有颜料却无墨水，我只能拿手头可用之物来将就——比如，今天，我就把胳膊肘上的痂剥下几块，用鲨鱼肋骨磨成的羽毛笔蘸着缓缓渗出的血，写下了你正在读的内容。人们说血稠于水，那粥不也是，我已不再认为自己所做之事有何象征意义，和压制燕麦没什么两样。若是有一瓶优质的印第安墨水，我他妈就会高兴得多，痛苦也会少一点。另一方面，我笔下的故事全然不是非黑即白，因此用猩红的汁液书写也不见得有多不合适。所以请千万别害怕，和近来我体内渗出的那些污秽相比，苔藓状的痰、黄黄的脓、溏泥般的稀便，我的血还真的是纯净而美好，令我想起有些东西始终都是这般纯净而美好，只要你朝疮痂与伤口底下看看。

不管怎么说，色彩就是一场悲剧，不该拿它太当回事："上帝如牛顿所示是色彩。"阿克曼胡言乱语的好哥们比利·布莱克这么写道。[1] 就连比利·布莱克的老婆都没见他洗过澡，他的观点有时候就和他这个人一样臭不可闻。据我所知，自从牛顿用棱镜将白光分解成各种色彩起，彩虹的各色光线对我而言就只不过成了这个荒谬无稽的堕落世界。

等到水涨至我的腹部，我就把我的鱼和这些该死的想法全都藏起来，然后对着门狂吼，直到波布乔伊过来取他那幅囚犯版康斯太布尔。这个地方对鱼之书来说简直太棒了！我把稿子藏在牢房顶部的凹槽，那儿有条细缝，就在第一排砂岩石块的背后，有三条面包这么宽。有时候涨潮期间，我在牢里四处漂浮，尖尖的鼻子差点撞到天花板的横梁，我就想象我和自己的鱼之书一起待在那个凹槽里，

---

① 引文即 That God is Colouring Newton does shew，出自英国诗人、画家威廉·布莱克（William Blake）诗作《致威尼斯艺术家》（"To Venetian Artists"）。比利（Billy）则是威廉的昵称。——编者注

想象那是远离尘嚣的家园，是我可以藏身的家园。我觉得波布乔伊知道，只是佯装不知而已：他每天都来取囚犯版康斯太布尔，这也算是我应得的补偿。或者他也许只是担心抬头查看会撞到脑袋。

但波布乔伊知道我在画鱼，我坚信这一点。

3

跟我一间牢房的国王并未对波布乔伊透露分毫。事实上国王几乎什么都不曾透露，什么都不说，几乎不存在，只是全身心投入与天使的沉默交流之中。对此我颇为感激。

他相当特别，国王这人。他庞然的存在让人无可躲避。你可以从头到脚感受到他。有时我觉得他不过是四壁上悄悄蠕动的黏液。有时我心怀一种怪异的喜爱，对他的成就的钦佩也毋庸置疑。他不仅在我的心目中日益伟岸，而且不得不承认的是，虽然他的身形也愈发庞大，他的动作却仍轻柔而富有诗意：国王流动，国王浮沉，国王在浪里翻卷。他是如何做到的，这种成长，这种尊严，我不得而知。我们其他人皱缩干巴，犹如被象鼻虫钻空的谷壳一般，仰仗被投喂的一星半点食物渐渐衰弱，国王却在膨胀。作为同伴，我觉得他如同圣贤，难以捉摸。有时我觉得，他日积夜长的体量可能表明他比我想象中更像西方神明。

论辩时，国王会设定一个广阔的范围，让我这样的对手自行抽丝剥茧，直至逻辑交错，陷入自相矛盾的死局。诚然，他或许也没什么新的见解，但他的表达方式相当出色。

举例为证：一天，我像根针一般，向他指出苏格兰长老会信徒产出了数不胜数极具神学价值的作品。他像往常一样，不时做出回应，但我知道他在想，这帮不从国教的燕麦佬没有一部名副其实的神学著作。我本人一无所知，好在碰巧在一本伦敦书店寄给外科医生的名册中捕捉到了信息，标题是“阿伯丁论苏美尔人”。有了这些微不足道、恐怕毫不相关的知识武装，我便单刀直入：“想必你读过阿伯丁针对苏美尔人的杰出论述吧。”

他什么也不说，什么都没承认。这其实是在指责，保持沉默甚至能说明更多。我感到一股热气升腾，随即面红耳赤，结束了，我们都很清楚，我的骗子嘴脸被揭露，而他往往不会对这个话题多说一句，此后也再未提及。

他身上有种威严，俨然一副皇室的派头。我发现甚至波布乔伊也会被国王的气场震慑，哪怕他的理解当然不及我；他猛揉鼻子，用柠檬擦脸，而且我敢肯定他绷紧了屁眼，在两种情况下你也会这样：当位高权重者在场，或闻到恶臭时。

其实，国王若是更外向、更平易近人一点，我自然会更喜欢他。他根本不愿在波布乔伊身上耗费精神，虽然我老是跟他唠叨社交生活显而易见的好处，他仍不想跟我一起扔屎块，也不想被波布乔伊胖揍。不过，这是他的选择，我知道他自有理由。橡树又怎能如柳树一般弯折呢。正是从不呼朋唤友、点头哈腰的做派，令国王格外出挑。

另举一例：他的脸色。囚禁于此，我们大多变得比外科医生的铅白还要苍白。国王却显露出王室遗传的紊乱之相，或许是哈布斯堡的某种色素沉着吧，他的脸色日益加深，皮肤也愈来愈黑，近来更是绿得吓人。但苦难对他来说并非苦难：抱怨或沮丧从不会从他口中吐露。

浮游在悲惨的囚牢内，我回望往昔，有时，好吧我承认，也会对刚来此地的那段时期心生羡慕。因为我终于相信轨迹就是此生的一切，虽然那时候看起来并不乐观，我人生的轨迹仍犹如射入下水道的炮弹——哪怕是在屎中横冲直撞，也确实是在横冲直撞。

我透过波布乔伊呆狗般的眼睛，看出他也清楚我是第二回折腾鱼了；他看得出我是在凭着对那本被从我手里残酷夺走的第一本鱼之书的记忆绘制。但波布乔伊并不清楚我为什么要画鱼。波布乔伊不清楚的是我会在此写下什么，那是以鲜血蚀刻的生命的编年史。

4

写之前，我问国王：

“这样一部宏大的编年史，我该如何起头？难道唱一出新的创世记不成？还是歌唱鱼，歌唱人，他们注定遭到流放，许久以前已远离英格兰，来到范迪门地，关入这座岛上监狱；落入早已遭人遗忘的诸神之手，土地和大海使他经历多少苦难，因为他所犯的罪行勒令他遭受同样的惩罚？”

不。我看得出国王觉得还不如在裤子里拉坨屎，把屎抹在纸上，而不是去写这样的垃圾，因为究竟谁还想再次歌唱这样的国家？

国王和我一样都很清楚，而且比我更清楚，这地方和那些可悲的人若是被旧世界同一套乏味的歌曲和图画一而再再而三地生吞活剥，被灌输我从布里斯托巡回审判厅听来的同一套乏味的故事，说他们有罪他们该受谴责他们一文不值，反而会更快乐，而所有新的歌手新的画家跟戴黑色假发的法官说的都是同样的胡话。法庭分崩离析之后很久，他们会重新歌唱法庭，重新涂抹法庭，从此将你和你心爱的人永世囚禁，快活地又唱又画：一文不值！一文不值！一文不值！

“艺术家！哈！心灵的狱卒！”我冲着国王咆哮，“诗人！哈！灵魂的癞皮狗！我在这儿写的，在这儿画的，是实验与预言，不要用所谓文学与艺术的无效标准来评判，那些原则早已七零八落。”

为了进一步阐明我的观点，我就威胁国王，这一招对波布乔伊很有效，而见我随时准备向任何批评的字眼投掷一坨反击，他并没有犯蠢多言。不过，和往常一样，他还是说到了点子上，所以我并没有歌唱新的国家和高贵的种族，而是开始讲述以下这份肮脏的真相：

我是威廉·比洛·古尔德，一个谋杀犯，画家，还有无数无足轻重的身份。由于缺乏美德，我只能告诉你我是你会信任的最不值得信任的向导，死在自己的时代之前，而且是个伪造犯，于一八二五年七月十日那个闷热的午后在布里斯托巡回审判厅阴沉的角落里获刑，法官指出我的名字对《新门纪事》[①] 以及里面的其他获刑者是不错的添补，随后摘下黑帽，对我判以绞刑。

法庭里采用大量深色木料，煞有介事。为了弱化木料阴惨的氛围，我原本应该对它讲一讲我正在对你讲的故事，即当你发现天堂地狱全都蕴含于无足挂齿之处时，生命最适合当作笑话来欣赏，而我现在所要讲的就是这样的故事：肮脏的床单，对袋鼠的捕猎，鱼的眼睛。但我什么都没说，明显高估了沉默的力量。法官认为我是在忏悔，便将我改判成流放至范迪门地。

---

① 即 *The Newgate Calendar*，18—19 世纪英国流行的一类道德故事集，收录关于罪恶与犯罪者的故事，起源于伦敦新门监狱的月度死刑公告。——编者注

两分能耐，五分绝望，我早已不再是当年单纯的比利·古尔德，曾被委以重任，要描绘那伟大的海神普罗透斯。就像那个满口狗屁拉丁文的外科医生提醒我的那样，普罗透斯能奇迹般地化为任何一种海洋生物。我想画的是鱼，你瞧，是林林总总的海洋生物：鲨鱼，螃蟹，章鱼，鱿鱼，企鹅。但当我完成这幅生涯巨作，我往后一站，竟惊恐地发现所有形象融于一体，勾勒出了我自己的脸庞。

我是普罗透斯，还是普罗透斯只不过是个和我一样的蠢货？我永世不朽，抑或不过是个无能之辈？

因为你瞧，我并非天生就是恶人，只不过是干柴烈火后的私生子，是一个蠢货，是凭空消失的戏法，就像我如今的名字，不管你抬起三个杯子中的哪一个，下面都……空空如也！

将法国犹太织工引至爱尔兰集市的命运可谓奇异，而正是在所谓的命运的见证下，那织工（“父亲”一词于我而言内涵太过丰富）潜身谷仓，本以为能驱马骑乘一整天，结果在兴头上却突然中风。只见他猝死在鞍子上，彻彻底底从故事中消失，如来时一般匆匆。和他认识不过半小时的女人，原本还在煮小麦粥的帐篷里胡吃海喝，笑得开怀，此时却吓得叫也叫不出声，骂也骂不出口，哭也哭不出腔。她一把将他推开，用他那件上等的绒布马甲擦身子，起先她觉得这马甲真不错，再加上这套打扮和诱人的长睫毛，还有法国口音，他看上去可真有派头，可现在她只能跑出谷仓，忧伤地游荡，直至在野外遇到了一大群人。

她五短身材（至少别人是这么告诉我的，而且一开口就像台疯转的织机），看不见是什么吸引了那群人的注意，或许是突觉好奇，也有可能是为了从刚才的经历中分散注意力，她便推搡着冲出人群，直到瞧见一座临时搭的木台。

人群的喧闹出其不意地退去，她转身回望，想搞明白发生了什么，会不会是自己让他们安静了下来。她看见身后那些人的目光并未聚焦在自己身上，而是齐刷刷越过她，指向高处，她便一扭身子，转了回来，循着他们的视线往上望去，看见那台子其实是临时搭的绞刑架。

就在那一刻，她听见暗门吱呀一声开启，目睹一个骨瘦如柴的人从天而降，罩着脏兮兮的长袍，脖子缠绕绞索，手捧软塌塌的鳕鱼。就在那人的身子触底之际，紧绷的绞索与下坠的躯体突如其来的重量合谋，打算拧断他的脖颈，她听见虽轻却无可否认的骨头断裂之声。此后她梦见那瘦削的人张着嘴下坠，从口中发出的却非号叫，而是一道闪烁的蓝光。她注视蓝光飞跃野地，跃入她惊得敞开的口中。

那倒霉的女人由此确信自己受到死刑犯恶灵附体，便失去生的希望，只勉强挨到将我生下、送入济贫院时，她认为我出生时浑身发蓝，必是那恶灵的化身。

我便在济贫院长大，这里都是年老的女人，有疯癫的，有心善的，有的两者都不是，人人满口不离生与死的故事，跳蚤爬遍衣服，毕竟在这阴暗潮湿的济贫院里，跳蚤和故事即是她们全部的所有，就像两者都让我浑身发痒，布满疮痂，留下肮脏细小的瘢痕。这些故事伴随我长大，包括她们最爱讲的干活干到一半送命的纺织工，绞刑犯，他手上软塌塌的鳕鱼，蓝光和我，除此之外便几乎再无任何养分。

有那么一段时间，济贫院的老教士错将我当成学者。他常给我读圣人历，每一天都对应一位圣人，就是苦难折磨、惩戒的典范；传奇的殉道贞女，她们丰盈但永远圣洁的乳房遭到淫荡的罗马长官摧残；中世纪僧侣凌空飘浮的行为让人不胜其烦，于是他们只得被捆绑，以免搅扰同伴用餐；隐士仅因放屁便整整四十个昼夜鞭笞自己，一举成名。确实，没有什么比这一切更能替我为迎接范迪门地的现实做好准备。

教士用教学支撑我，就像绞索支撑绞刑犯。他教我二十六个字母，会一边要我大声朗读圣经和祈祷书，一边替我洗脚底板和瘦骨嶙峋的小腿肚，对我低语：你什么时候要射了，一定要告诉我，拜托。

我只是满口“A-B-C-D-E-”作为回答，心想上帝之言应该都在这些字母里，他搅一搅，就能炮制出完美的祈祷和神圣的经文，而我只要每天把这二十六个字母发送给他就行，A-B-C-D-E，可当教士把他皲裂的枯手像折断的粉笔一般探入我的大腿内侧时，我洗净的脚照着他只剩牙龈的臭嘴就是一下。

老教士疼得直叫唤：“上帝或许能听到你的字母，可魔鬼却拥有你的舌头，你根本不喜欢学习，你就是别西卜[①]！”此后，他就再也没碰过我和我的脚了。

有个老女人大受震撼，她痛恨这教士，于是领我去了她的藏书室，里面有一打六便士小册子，上头允许她享有这样的特殊优待，后来她就一本接一本地借给我看。

我开始担心每晚睡觉时六便士小册子里的字母会在蓝色的封皮底下变幻形态和意义，因为从它们身上我发现上帝确实是把二十六个字母揉在一起，如愿组合出任何含义，所有的书因而成了圣书。上帝若果真如那教士所言蕴含奥义，或许奥义就深藏在那些故事源源不断的欲望之中。

① 即 Beelzebub，圣经中非利士人的神，新约称之为“魔王”。

六便士图书在随便哪个集市小摊上都能见到，我仍对它们爱意不减，可更爱它们属于所有人这一点。无论《老寡妇希卡思里夫特童谣》还是《伊索寓言》我都读得津津有味，在对那位吟游诗人[1]、蒲柏[2]、法国启蒙运动一无所知之时，这些书对我而言就是文学，就是艺术。即便如今，橘子和柠檬[3]，圣克莱门茨骑着木马驰往班伯里十字架在我听来都是诗歌，我始终无法摆脱其间的魔力。

后来那教士与教会官员合谋把我卖给一个石匠，我羸弱的身体不适合干那里的重活，等我越过河流逃跑的时候，想必石匠觉得总算可以摆脱这个磨洋工的小混球，所以压根就没尝试把我逮回去。

起先我在伦敦讨生活，把自己贩卖给我觉得理应付钱为我洗脚的人，或者供应给我觉得可怜的人。决定谁该付钱谁不该让我觉得自己手握权柄，但我实际一无所有，唯见难以抚慰的卑劣的瘙痒爬满我的心灵，肮脏的小小瘢痕层出不穷，将我难以名状的羞耻裹覆。

有一段时间我四处劫掠，觉得这样的冒险让那些肮脏的小小瘢痕被兴奋恐惧愉悦掺杂的感受所覆盖。我就这样成了恶棍，你瞧，一个彻头彻尾自以为是的坏蛋，还充满自豪感。我游荡着，先是寻找黄金和荣耀，之后寻找解释，我的贪婪无边无际，而这只不过是因为任何捕获或许都是我活着的证明，我不是什么无名小卒，由一个无名的女人生在一座无名的小镇上，这里唯一的养料就是撩人的故事，得靠只剩牙龈的老太婆从六便士小册子里窃取自上帝的老掉牙歌曲中剥离出来。

我在生命的黎明什么没见过，许多事情让人震惊，甚至近乎奇

① 即 the Bard，指莎士比亚。
② 即亚历山大·蒲柏（Alexander Pope，1688—1744），英国新古典主义诗人、翻译家，代表作有《云鬓劫》《呆厮国志》等，曾翻译荷马与编辑莎士比亚作品。——编者注
③ 即《橘子和柠檬》（“Oranges and Lemons”），英国传统童谣。

幻，可夜幕降临后，我新发现的世界里，无论烂醉如泥的酒鬼、乞丐、皮条客，还是年轻女孩和偷她们手帕的毛贼，没有一人能回答我反反复复的为什么。我明白过来这就是最愚蠢、最无意义、最具摧毁性的问题。既然只有脚踏实地的努力能带来回报，我便放弃为毫无意义的问题搜寻答案。我对旧世界日渐厌倦，一天深夜在一家小酒馆里对斯皮塔菲尔茨的几个姑娘宣扬六便士小册子的种种优点，结果脑袋上挨了几下，强制征召官（英格兰之光）更是通情达理，威胁要找我更大的麻烦，我便觉得其实我还挺想作为水手加入鲍文中尉的使团，协助驯化范迪门地。于是我被说服踏上新世界的冒险，据说那是一片进步和未来栖息的土地。

5

起先所谓的绘画纯属偶然，后来反倒成了我唯一还算擅长的事。我原本觉得这不是什么累活，意识到实情并非如此的时候，学其他手艺已经太晚。成功而不乏误解的入侵澳大利亚之举过后，我偷偷摸摸返回，在新世界的路易斯安那沼泽地偶遇一个克里奥尔人，我对鱼这么有热情，他要负特定的责任。这人名叫让－巴伯夫·奥杜邦[①]，长相平平，身材矮小，最突出的特点是无论去哪儿总会戴上大号的蕾丝袖口，因此它们总是又破又脏。

让－巴伯夫·奥杜邦劝我，说我二十来岁，年富力强，肯定希望免受险恶未来的摆布，拿出随身的一小笔钱投资他和一个名叫乔

① 推测原型为约翰·詹姆斯·奥杜邦（John James Audubon，1785—1851），生于法属圣多明各的艺术家、自然学家、鸟类学家，代表作有图鉴《美国鸟类》。——编者注

治·济慈的英国人经营的生意，就是在肯塔基的小村子里运营一艘蒸汽船。我给了他钱，他回头就购买了几件高档风衣，而这丝毫没有使我对这个脏兮兮的鹌鹑男起疑，毕竟我是个名副其实的恶棍，只要能干上一大票，而不是什么小偷小摸，我就会轻易上当。

尽管我们都想当资本家，我却是通过奥杜邦接触了绘画，因为奥杜邦的生意和他口中父亲的故事一样离谱，据说他父亲跟我父亲一样，也是法国人，还是王储，用假名，在福吉谷和华盛顿打过仗。我们自诩顽固的务实人士，对济慈口中好做白日梦的兄弟约翰[1]大肆嘲笑，他想在旧世界当个诗人，和我们不同，不可能有所作为。可一旦蒸汽船的锅炉爆炸，无论我们有多务实，胸怀多少资本家的欲望都没辙，当地农民比起奥杜邦和济慈的蠢办法，更喜欢用篙推或马拉驳船的传统方式，况且四处游荡的黑佬和乡巴佬都爱步行，不愿花钱。

不过船提不起人的兴趣，接着又因此停滞不前，反倒使我们有时间做其他事，主要就是进林子打鸟，再把它们带回来。我注视奥杜邦用铁丝支撑这些血淋淋的尸体，摆出飞升俯冲的戏剧性姿态，把翅膀这样拉那样拉，再将这些饱受摧残的脏兮兮的身子描绘成漂亮的鸟儿。

我觉得他是个出色的画家，就这么告诉他，但他听到称赞时面露不悦，还用浓重的克里奥尔腔把我臭骂了一顿。他讨厌艺术。他说，这不过是画作被偷了卖了后才安上的名字。他只是个画鸟的人而已。

我还认识到一点，不过不是从让－巴伯夫·奥杜邦，而是从他没射中的那些鸟儿身上明白的，我发现当个活靶子相当重要，因为

① 即约翰·济慈（John Keats，1795—1821），英国浪漫主义诗人，代表作有《希腊古瓮颂》《夜莺颂》等。——编者注

人最爱的还是自己的对立面。因此我在美国体会到当个地下世界的英格兰人的好处，之后返回英格兰的地下世界，我又扮成美国的探险者，而在范迪门地，他们只期待我是来自他方的艺术家，不管有多平庸，当然所谓他方就是欧洲。如果回欧洲，我觉得我只能演个殖民地来的乡巴佬，天真烂漫，饱受误解。

奥杜邦对鸟类及其习性和种群了如指掌，他笔下的鸟利落硬朗，毫不拖泥带水。奥杜邦的鸟儿从他肮脏的蕾丝袖口底下现身，犹如小鸟从鸟妈妈披满羽毛的翅膀底下探出脑袋，完整，美丽，忧郁，鲜活。我从奥杜邦那里学会在被描绘的动物身上寻觅其本质，它的自负执着野蛮，或它的愚蠢与疯狂。因为对他来说，所有的生命绝不仅仅是样本：它们犹如主题丰富的百科全书呈现在他眼前，他承认有时候这并不简单，最麻烦的就是如何理解主题所欲表现的那种真实，然后尽可能忠实且精确地捕捉。为了做到这一点，替单单一张画像注入完整生命的气息，他需要故事，而他闪现的灵光并不会在树木、森林、支流中寻找故事，而是在美国那些如致命的糙皮病一般霎时遍布这片土地的新兴城镇里搜索，在他身边人的梦想和希望之中探求。

奥杜邦描绘婚姻，求偶，礼仪社会的种种空洞表象，而这一切都化作鸟，他的鸟售卖一空，这个点子真聪明，等于是在绘制新兴市民阶层的自然史。我觉得，我能画鱼群，模仿当地自由定居者游弋的方式。但鱼儿向我呈现了现世真实的状态：孤独、恐惧，无家可归，无处可逃也无处可藏。我若是将两条鱼画在一起，这算不算鱼群呢？我会见识到波浪之下的大海吗，那副只有潜下去寻找鳌虾的土著女人才能目睹的面貌？

不。

它们只算两条鱼：每一条都孤独，恐惧，仅仅被我从它们眼中看出的对死的畏惧所联结。奥杜邦画的是崭新国度的梦想，总会不乏买家；我的鱼则是往昔的噩梦，完全没有市场。我的画不如让－巴伯夫·奥杜邦的作品那么聪明，也永远不会有多少受众：那是死亡的自然史。

最后船烧了，我们怪愤怒的债主，他们怪我们：不管怎么说，全完了，我最后一次见到让－巴伯夫·奥杜邦的时候，他从缝隙里往外挥舞着肮脏的蕾丝袖口，被囚禁于当地一家关押债务人的监狱里。可这次鸟儿并未神奇地现身。济慈坐在外面，给奥杜邦大声朗读他兄弟悲哀的诗句，写的是新世界背弃的允诺，听上去并没法给让－巴伯夫·奥杜邦打气，他正在牢房里对抓他的人哀求，用他那悲切的克里奥尔口音喊道："我似英格知本家。我似。"

外头的济慈根本没注意这样的争论，继续慷慨陈词："他们的朽花并无芬芳，鸟儿的歌声并不甜美。"

"我有矿，"委屈的奥杜邦一个劲儿地叫嚷，"就算下了咒，我耶回付钱。"

"永不出错的大自然，"济慈仍在继续，"这次恐怕错了。"

6

二十年过去了。

应该对我那段生命来一个全面总结，但我刚给国王读了迄今所写的内容。他不置一词，这举动意味深长，令人不寒而栗。他生来懂礼节，绝不公开批评，但我捕捉到他幽暗的眼神，他的轻蔑溢于言表，他的智慧一如既往富有教益。

我看得出他不想让我犯傻，把他没兴趣听的（我猜你也没兴趣），也就是那些年发生在比利·古尔德身上的事情记录下来。你或许以为比利·古尔德生命中的每一刻都具有同等分量，但国王知道没这回事。绝大多数时刻犹如凄惨的梦境，醒来便消失，因为这一切乏善可陈，无从回忆，除了一八二五年因造假在布里斯托被捕这个结局。

我不是造假者，这样的指控令我不悦。我是个逃亡的恶棍，曾经画过画，被指控沦落到仿造布里斯托银行票据的地步让我备感羞辱。不过，我一向认为和强权抗争最好的方法就是别抗争，因伪造获刑，流放至范迪门地，那我就当个伪造者吧。毕竟，我还能干什么呢？

声称自己是个艺术家，似乎和信口雌黄的判决颇为匹配，也可能让我住得更舒服，不用和人铐在一起干苦工，所以我看上去完全不像我这种普通囚犯，这是我到那时为止犯下的唯一一次伪造罪——把自己仿冒成艺术家。

但开局不顺。

我第一次尝试绘画，师法的其实是在描绘法国恐怖时期的小册子里翻到的罗伯斯庇尔的石版像，运输囚犯的指挥官平奇贝克船长见我有这门手艺，便命我给他画幅肖像。我的画令船长勃然大怒，结果在驶往澳大利亚余下六个月的航程中，我又被铐了回去。我试图弥补，把他画成更具男子气概的丹东，但船长觉得我就是在进一步羞辱他，因而不可饶恕。

从恶臭的底舱被人带上来的时候，我这才从大副那儿听说船长之前受了好一阵屈辱，因为一个法国捕鲸者给他戴了绿帽子。

我开始痛骂其他种族荒淫苟且的行为，平奇贝克船长却让我闭嘴，喋喋不休地讲起了法国人的种种恐怖之举，尤其是令人闻风丧胆的溺刑。这种做法出现在大恐怖巅峰时期废旧的奴隶船上，上头塞满了旺代的叛军，每到夜间就会在南特的海港沉没，而一到清晨又会别具匠心地浮起，泡水的尸体则已全部清空，重新填满源源不断的叛军，正如平奇贝克船长所说，暴政永远都会催生反对者，如同雨水滋养青草。

等到终于讲完漫无边际的故事，他就带我去见识他口中的小溺箱，也就是形如棺材的盒子，凿上孔，人锁在里面，箱子拖在船后，这样我就能体验一把身为法国人的感觉。

我想说的是，当被装入咕噜咕噜、又湿又黏的黑色橡木箱子，在海里待了整整一分钟的时候，我这才第一次隐隐意识到艺术对我的未来究竟会造成什么样的影响。不过这么说不对。我只是决心放弃爱惹麻烦的法国佬和穿裤子的人，换个模板来临摹，同时屏住呼吸，直到感觉自己即将炸裂。

我被拖出水面后，船长告诉我，如果我还想给他画像，他就会亲自把我喂给尾随船只的海洋律师，也就是鲨鱼。我被从小溺箱里拽出来后，一个充当治安官的囚犯[①]当着船长的面狠狠地踢了我一脚。我蜷起身子，觉得平奇贝克船长对暴政的理解有误，心想只要有一个暴君，就会有一千个人想要被奴役，不管旺代的叛军是谁，被淹死只能说是活该，因为他们完全误解了人性的真相。

我不希望你因此认为我将自己重塑成画家是个彻头彻尾的谎言。毕竟，我观察过让－巴伯夫·奥杜邦画画，甚至曾替他捉刀，完

①“充当治安官的囚犯”原文为 convict constable，恰好与 convict-Constable（囚犯版康斯太布尔）写法极其相似。——编者注

成了一对白头海雕，以助他支付一笔紧急的债务。我曾跟雕刻师舒吉·阿克曼[1]待过一段时间，不过那不作数，只可能带来更多的犯罪指控。我觉得还可以提一提花半年学习制陶的经历，但我现在不想多说，因为一想起这事我就难过，以前我意气风发，随着旧日的启蒙翩翩起舞，如今却只能跟拇指寡妇还有她的四个女儿玩乐。

其他地方无论工作还是女人方面也许都会有前途，老实说我本来还是向往的。但我只能顺其自然，从惨痛的经历中尽可能体悟艺术的规则。

置身于恶臭的夏末热浪之中，我抵达范迪门地污秽不堪的现代世界，周遭都是粗陋的新建砂岩仓库、海关办公室、镣铐囚徒和红衣士兵[2]，我被分给马车工匠帕尔默，他所在的朗塞斯顿充作岛屿北部的首府。在他手下，我给马车画上闪亮的纹章，为新世界的那帮杂种创制家徽，因为他们希望穿上旧世界荒唐的制服。狮形纹章，常青橡木，鲜红的手掌，竖直的剑，全都毫无来由地糅合在车门上，无须任何解释，还搭配荒谬的拉丁箴言，出自一个因犯兽奸罪而坐牢的爱尔兰神职人员：*Quae fuerent vitia, mores sunt*（往昔的罪恶，如今的礼节）；*Vedi Hobarti e poi muouri*（见霍巴特便死）；*Ver non semper viret*（春天不会永远繁花似锦）。这就是我第一堂了不起的艺术课：殖民地艺术的技法，化新为旧，化未知为已知，化此半球为欧洲，化可鄙为可敬。

---

① 推测原型为鲁道夫·阿克曼（Rudolph Ackermann, 1764—1834），生于神圣罗马帝国、后定居英国的马车设计师、发明家、石版印刷商、出版商。——编者注

② 即 redcoats，意为红色军装，指英军士兵。

7

六个月后我便逃之夭夭。我向南进发，靠两条光腿返回霍巴特城，希望能从那儿坐船逃离，就像二十年前那样。和野蛮人的战争尽显疲态，可远未终结，野蛮人的进攻很有一套，加之许多殖民者都住在漆黑的密林边上，那儿恐惧自会引起猜疑，所以他们都相信野蛮人是巫师。荒蛮的乡土乃是他们的乡土，但那里如瘟疫般播散着枪杀红衣士兵的逃犯与丛林悍匪，以及枪杀丛林悍匪的红衣巡逻队，还有自发组织的勇士出于乐趣向野蛮人放枪，若是失败，便见谁都杀。

更可怕的是偶尔出现的伪装成农家的武装场院。我有一次往一户走去，希望能找个夜间遮风挡雨的地方，结果全靠火枪从厚厚的外墙缝隙发出警告的射击，才免遭冲我奔来的猛狗撕咬。

于是我决定不再穿越腹地绕过大路，而是沿着东部的海岸线走，路更远，但安全得多。我来到碧绿的大海边，它将光劈成银色的弹片，散入闪耀的雪白沙滩，这儿时常能看见野蛮人惨白的骨节和头颅，海豹猎人前来劫掠黑女人，又将她们屠戮。这样的景象对我来说倒是奇特的安慰，因为这意味着海滩是安全的，除了偏远的西部地带，如今野蛮人都会设法避开海岸。不过入夜之后我仍然不敢生火，就怕野蛮人发现杀了我，哪怕当时正值早春，霜冻得厉害。

我离开朗塞斯顿四天，因迷失方向一筹莫展之际，遇见了一个自称咆哮汤姆的织工。第一天晚上他想和我亲热，我让他离远点，他倒也没怎么生气，说我本来也不是他喜欢的那种小娘们。

翌日下午一个来寻水的捕鲸队朝我们射击，我们只得向内陆行进。我们跟着星星一路步入夜色之中，后来云层密布，我们就停在了一处裸露的岩层上。苍蝇密密麻麻，但我们已经迷路，也累得走不动了。我们倒头便睡，像两个死人。日出时，我们才发现离我们昨晚停下的地方不到一百码的地方有一具黑女人的尸体，所以苍蝇把这儿当成了家园。

她被桩子穿刺，竖着插入地里，经历了一番可怖的折磨之后才被扔在那儿等死。阳光照在蠕动的蛆虫上，她的尸身因而闪耀白惨惨的色泽。咆哮汤姆开始尖着嗓子恸哭。他是头野兽，我花了很长时间才让他停止哀号。

当晚，我们坐在可怜兮兮的火堆边，胆战心惊，除了最小的木棍不敢往里添任何东西，一宿无言。次日我们撞见一片开阔的土地，树木成荫，头顶的天空我在旧世界从未见过，如此完美的瓷蓝，看上去如此脆弱，仿佛随时都有可能分崩离析，显露璀璨背后的恐怖。

我们老远就嗅到了牧羊人棚屋焚烧的气味，往前走了很久才看见树皮泥巴屋闷燃的废墟，住户烧焦的尸体放在一长条树皮上，他的朋友一边从灰烬里往外拖，一边止不住地哭泣。哭泣的男人是个赦免犯，在下一座山谷有一块偏远的牧场，有时候会过来看看他牧羊的哥们，两人都来自罗斯康芒。这次他抵达得太晚：野蛮人进入棚屋，捅伤他朋友，再点燃屋子，留人在里头活活烧死。他朝野蛮人射击，他们便一哄而散。赦免犯指着一棵倒下的树，后面躺了个被他打死的野蛮人。他以前从没杀过人，不知道哪件事更让他难受，是朋友的死，还是杀野蛮人。

从朗塞斯顿出发七天后，我们遇见了克卢卡斯，这个残暴的家伙替自由定居者巴特曼干活，帮他围捕野蛮人。他说，他捕海豹那时候起就能说他们的土话，对他们的行事方式有些了解。我们手无寸铁，饥肠辘辘，又一次迷失了方向。克卢卡斯携带挥舞自如的手枪和火枪，活得还挺滋润，愿意把沙袋鼠肉和面粉分给我们，也知道去霍巴特的路怎么走。他那一身打扮和范迪门的匪徒没什么两样：裁切粗糙的袋鼠皮和袋狼皮随便缝在一起，长发上顶着袋狼皮帽。他眉开眼笑，说巴特曼一声令下，他就冲入野蛮人的篝火营地，开枪拿下十几个，再放在他们自己的火上烤。他说他不像他在巴斯海峡见过的一些海豹猎人，没那么野蛮，比如芒罗，那家伙把他女人琼波的一块大腿和耳朵切下来逼她吃，作为试图逃跑的惩罚。我们向他说起那个被桩子穿刺的女人，他琢磨了一会儿，笑了，说有些土著女人堪比亚马孙女战士，活该如此。

我们就在黑查理开阔地往南不远处扎营，前方是皮特河口湾，狂暴的雷雨轰然落下，强劲的闪电骤然亮起，我们看见了霍巴特背后头顶白雪的惠灵顿山。我们落汤鸡一般狼狈，天还没亮就出发了。日出之后没多久，我们就见到一棵曾经的大桉树，根部直径达两码。白惨惨的闪电猛然将它击断，它的残骸，即树干和所有树枝，都震成碎片，黑白相间，溅落到两百码开外。到处都是碎裂的木头、木片、木棍，粗大的树枝和小小的碎屑。这棵范迪门地的大树就这样成了无数裂片，再没人能说清它从前有多宏伟。

8

借着寒夜的掩护，我们终于抵达霍巴特，匪徒克卢卡斯在沃平[①]码头区一家卖酒的黑店安排了藏身处，老板是个名叫死神卡普

① 即 Wapping，位于伦敦东区，泰晤士河北岸，曾是伦敦主要码头区之一，此处名为“处决坞”（Execution Dock）的绞刑区四百余年来都是处决海盗、走私犯、哗变者的场所。——编者注

瓦[1]的利物浦流亡者。他答应设法在这个月内让我们俩登上捕鲸船离开。

两天后条子靠克卢卡斯通风报信把我们逮个正着。织工咆哮汤姆原来是个逃亡在外的娈童，获刑十四年，被转运至萨拉岛。我被抓时正在痕迹酒馆画壁画，用紫藤缠绕的白头海雕偿还高额朗姆酒债。我获刑三个月，和其他犯人铐一起，待在桥水这个名字极具误导性的地方，成天用木橇拖大石块，横跨德温特河建一条堤道。不到一个礼拜，负责堤道的佩里谢上尉就给我卸了镣铐，雇我替军官和自由定居者的妻子，以及刚刚猎杀的动物画像，怪异的袋鼠、鸸鹋还有雉鸡凭借记忆召唤而出，像丝巾一样铺在桌上。

那段时期，霍巴特城泥泞的街巷和恶臭的贫民窟颇有点艺术家聚居区的味道，在政府的支持下也有那么一些人在创作：实施堕胎的博克，曾给担惊受怕的年轻女子服用水银，如今在为殖民地志得意满的统治者画像；杀人犯温赖特，无论替贞洁的少女画铅笔素描，还是用掺了士的宁的鸦片酊毒死老婆，都同样擅长；伪造者萨弗里，撰写赞美殖民地的矫揉造作的垃圾，通过模仿阅读者的愚蠢就能拍上他们的马屁。[2]某天你会见到这些艺术家跟其他犯人铐在一起，在萨拉曼卡码头区用劈斧砸石头；接下来一周他们又会拿着本子和颜料冲出某间麦夸里街上端的店铺，设法摆出专业审美大师的派头，可是——破旧的斜纹裤搭配粗劣的老式亮黄色外套，脏兮

① 推测原型为弗朗索瓦·卡普瓦（François Capois，1766—1806），曾参与海地革命的海地军官。——编者注

② 此处提及的三人依次为：托马斯·博克（Thomas Bock，1790—1855）、托马斯·格里菲斯·温赖特（Thomas Griffiths Wainewright，1794—1847）、亨利·萨弗里（Henry Savery，1791—1842），均是生于英国、流放至范迪门地的犯人。博克被看作澳大利亚第一批职业艺术家，温赖特的经历为查尔斯·狄更斯、奥斯卡·王尔德提供灵感，萨弗里是澳大利亚首位小说家。——编者注

分的头发犹如斧劈刀砍，斑斑点点的脸上胡子拉碴——这一切都让他们注定失败。

我呢，正好相反，扮演拿钱干活、手艺精湛的雇工，低调有礼，从不会僭越本分，老老实实待在范迪门地阶梯的最底层。竞争不算太激烈，我的姿态也没多大威胁，市场上的几个小孔就这么为我打开了。

9

我发现对我服务的需求越来越大了：给双眼浑浊的大家长画临终肖像；给服丧的自由定居者家庭画婴儿的尸体，我和入殓师面对同一项最最无望的任务，也就是在那些苍白的脸上找到柔软的笑容；得奖的种马，野猪，还有裸体女人的速写，情欲绵绵，公牛般的小伙子会流连忘返，所以下笔讲究的是风格，而非实打实的勾勒。

报酬的数额不尽如人意：佩里谢上尉从每一笔佣金中抽取十分之九。不过，这工作总比光脚套着锁链，拖着大石头穿过桥水刺骨的烂泥、白霜和雾气来得容易且暖和。再说了，不管佩里谢上尉的罪孽有多深重，他对我晚上外出一事的确睁一只眼闭一只眼。

现在想来，我在霍巴特城随后的日子无外乎囚禁和脱离之间乏味的循环往复：有时候我会被皇家警察逮住，一般都是因为我逃跑或者犯了点小事，更多时候是被怒火中烧的酒馆老板和卖酒的黑店店主扣下，要求画画来抵偿我狂饮欠下的巨额账单。总体来说，就是这个模式，酒，债，囚禁和关押在地窖和酒桶仓库里，我就在那儿画画，以此来交换我的自由，无瑕的记录，以及崭新的机会，好与我或许能在周遭结识的女士们共度良宵，而她们俊俏与否，我从不计较。总体来说，还算不错。我刚说乏味？没错，确实，但它好就好在富有节奏，让人心里踏实。就像孩子玩的陀螺，或迟或早总会停。

由于我的艺术产出必须和饮酒的频率相当，所以我的画作很快就成了霍巴特城各家酒馆的一大特色，不输它们被烟草和鲸油熏脏的四壁。比如在希望之锚，我被关在柴火棚，必须以荷兰画派的风格画出一堆死肉，用来偿还我的朗姆酒债。我绘制了一幅原创作品，充满具有乡野韵味的常见之物——后腿朝上倒吊的死兔子，几只雉鸡，一两管火枪，一只棕色细颈大肚玻璃瓶用以增添家庭气息，外加一只停栖的白头海雕。

接下来一年我的艺术水平即便没什么提高，至少还是有缓慢的变化，原本的东拼西凑最后就成了风格。我在既悔且饮酒馆以斯托克镇风格画了一幅花朵的壁画补偿酒馆老板奥古斯托·特拉维索。花和几名主顾纠缠交错，比起对霍巴特城蓬头垢面、不可理喻的醉汉的忠实写照，看上去确实更像是在以田园画的风格向大革命的救国委员会致敬，鲜花簇拥的马拉们和罗伯斯庇尔们齐聚一堂，优雅而理性。不过这些监狱常客呢（保佑他们腐臭的灵魂），还是被恭维得乐呵呵。

毫无疑问，我在霍巴特城短暂的职业生涯的顶点就是那幅为铁公爵酒馆画的戏剧性作品，这位好心肠的酒馆老板的老婆跟西西里了不起的瓦莱里奥私奔了，后者靠走钢丝和卖催情药粉为生，我的画就描绘了马戏团生活的腐化堕落。这是幅吓人的壁画，一个软绵绵的裸女被一只狰狞白头海雕拖入地狱，地狱里充斥燃烧着的各色杂技演员，海雕下方镌刻一句箴言：*Ex Australis semper aliquid novi*

（澳大利亚总有新花样）。

“霍巴特要是哪家酒馆墙上没有古尔德的作品，”黑店店主死神卡普瓦先生见到这幅极负盛名的惊世之作时说道，“那准是因为他倒在那儿的阴沟里了。”

他热情地在我背上拍了一把，这次向我坦白，说有个特别的活我若是能做就付钱给我。我只花了一上午的时间，就在一块方正的泪柏木板上绘制好了招牌。画上一个怒气冲冲的白人女子（模特：亚瑟夫人，岛屿殖民地副总督乔治·亚瑟[①]的太太）拼命地给木澡盆里的黑人婴儿搓身子，婴儿则冲她微笑，下方是商家的标志——劳动无用。这块招牌是用来庆贺死神卡普瓦先生老码头区一带的那家酒馆合法了。

我清楚我不过是按死神卡普瓦先生的指令办事，现在也劝慰自己不管怎样，他最后的结局肯定会惨不忍睹。大家知道他不是正经人，因为他追求娘娘腔，还整天和不检点的女人、脑子不好使的家伙厮混，品位也是够呛，用臭名昭著的拉里金汤[②]制作酒精，这种口味奇冲的劳工啤酒用苦艾调味，是穷人的苦艾酒。不过，后来命运似乎鲜活起来，如夏日的海风，店招高悬其间，啪啪直响，乐呵呵的死神卡普瓦先生就站在底下。

若是你允许这样赞美，那我想说这店招实在了不起，它温柔地晃动，轻快又鲜亮，无论谁从底下路过，脸上都会扬起笑容。如若他们见识到它真实预示的未来，而非我们愚蠢地相信它所宣传的拉

---

① 即 Lieutenant Governor George Arthur（1784—1854），任职期间对土著进行了十余年的镇压与迫害，史称黑色战争（the Black War）。前文提及的亚瑟港以其命名。——编者注

② 即 Larrikin Soup, larrikin 在澳式英语中意为以顽皮姿态挑战权威与常规之人，也可指痞子。——编者注

里金汤，那他们畅饮劳工啤酒的时候应该会笑得更欢畅。很难相信那样一幅画会有这么大的力量，后来证明它对我和死神卡普瓦具有决定性的影响，就好像那根本不是一块店招，而是断头台夫人本人在我们脑袋上方盘旋。但在它摧毁我们之前，劳动无用会将我们凑到一起。

对此我们当然不曾预见。死神卡普瓦自己就是有色人种，利物浦的逃亡黑奴，觉得那幅画富有趣味与教益。他说我精确地捕捉到了岛屿的精神。我的账也就清了，可以重返他的酒馆。

次日总督亚瑟亲自下令关闭死神卡普瓦先生的酒馆，说他煽动叛乱。我们宏伟的招牌被付之一炬，死神卡普瓦先生和我获刑十四天，判罚踩踏轮，他的罪名是过失毒杀一位船上的外科医生，我的则是未经通知从马车匠帕尔默处逃走。

若非平奇贝克船长出乎意料返回霍巴特城，这样的刑罚哪怕难以忍受，也还算挺得过来。他现在当上了捕鲸船船长，据说希望有朝一日能一个不小心把捕鲸叉刺入他的法国对手的身体，但我后来发现，这样的复仇欲望，比起他在南方海域追逐的巨物还要庞大得多。夜晚狂饮的过程中，他理由充足，造访好几家当地酒馆，包括铁公爵和既悔且饮，从那些地方的画作中推导出我在透过一系列精心编码的画作，描绘他戴上绿帽子被高卢奸夫们缓缓勒毙的过程，对他进行报复。这是我从殖民地艺术中学到的第二课：当你找到你的主题的本质时，你也找到了观众，可结果却是双重的失望。

翌日晚间，我们因那块劳动无用的木头招牌被传讯之后，平奇贝克船长恰好要跟总督和他仍备感委屈的妻子用晚餐。我只知道这么多，至于细长蜡烛和袋熊高汤间的谈话内容，只能靠猜。

翌日清晨，我被告知亚瑟副总督亲自签署的一份命令刚刚送达。

我和死神先生的共谋关系应该仅限于踩踏轮期间，他蠢得要我做伴，命令则要求把我俩一并押送到萨拉岛流放七年，他多了几项煽动叛乱的新指控，至于逃亡二十年之久的我，便是使用假名，图谋妨碍司法。

殖民地建立时诸如哗变、叛乱、玷污国旗之举被频频提及，均由一人所为，若是呼唤他的名字，曾经我也会应答。可如今被判至萨拉岛，我想应答的只有我自己。当问我对判决有何感想时，我这样回答：

“我是威廉·比洛·古尔德，我的名字是一首终将被唱响的歌。”

因藐视法庭，我的刑罚加倍，七年便成了十四年。

10

金龟子是种相当残忍的机器。它会让你感受到身体是由疼痛，而非血肉所构成。原因不仅仅在于纯粹肉体上的疲惫，或者锉得生疼的效果，只需穿着配发的马裤上上下下地踩上几个小时裆部就能感受到，并化作一坨鲜红的生肉；还在于这份邪恶的巧思全无意义，到最后你也清楚这种残忍的劳作完全没有其他目的，除了让你运转这恶魔般的踏轮。

金龟子形如伸展的庞大水车，悬于地面上方不远处，好像怪异的擀面杖裹在构成踏板的一层层木条间。其高达两人，长达二十余码，因此最多可供三十个人同时受刑。

我们爬上垫脚的矮梯至肩高处，在肘部的位置，抓住有整个踏轮这么长的被汗与血抛光过的桉木手柄，再踏上旋转的水轮，便变得如水一般。此后十个小时，我们攀爬这地狱的圆环，从未超过下一步落脚的高度，设法不去听彼此的呻吟，轮轴的轻敲，锁链的咔嗒咔嗒咔嗒。置身于夏日的酷热中，我们汗如雨下，因而梯级变得黏滑，我们渴得发狂。

第二天将近夜晚时，格拉斯哥来的一个砸机器的犯人突发痉挛，抬腿时只剩痛苦。尽管他数次哀求，守卫仍拒绝放他下来。最后他抬不动腿，人就摔了下去，夹在踏轮和垫脚的梯子之间。板条碾过他卡住的身子，可巨大的踏轮似乎不听尘世的律法，继续滚动，我们就冲守卫大吼，请求允许停下步子。可即便命令下达，踏轮强大的动能仍无法立刻停止，继续捶击着这个可怜人，直至卡住不再动弹。

有些人毫不在意，对于终于能够歇一歇这一点开心都来不及，说他若是走运则会送命。其他人疯了似的紧紧抓住，想让轮子逆转，把他拽出来。我们对砸机器的人说话，他略略回了几句。阴沉的话语伴着血块从他口中滴落，他坦言自己要是个真正的恶棍就好了。我们大吼才征得同意，终于设法将他无从辨认的残躯拽了出来，放到踏轮前方集合的位置。

“我父亲是个织工，”他继续说，“让父亲丢了脸，我心里很难受，可是现在织布这一行不好干，其实根本就没人干了。”然后他很长时间都没再发言，我们就琢磨，他是在想事情，还是要死了？

然后他的嗓音再次响起，不过这次听上去更遥远更模糊，就好像全世界机器打的棉花都塞进了他血淋淋的嘴里。“我父亲是个织工，”他重复道，“但现在这个时候偷缎子比用蒸汽机纺棉花强……”可他话都没说完，只是往地上喷了口血。

后来他开始胡言乱语，说什么水马要来抓他了。他叫唤，嗓音又细又尖，像是没上油的弃用的机器踏板。踏轮上的另一个苏格兰人说水马是水里的精灵，状如马，凡是离家太远的人都会被它淹死。

我们被命令回到踏轮上，留下那个织工躺在原处，等人去找医生。他的尖叫声渐弱，变成怪异的嘶喊，嘴里鼓鼓囊囊，仿佛要把驱动机器的蒸汽全都呕吐出来，却是徒劳。

死神卡普瓦开始大声对织工说话，虽然这在踏轮上是严格禁止的，但守卫觉得这样能安抚织工，让他不再喊叫，所以选择无视。死神卡普瓦讲起他母亲来自的国家的故事，还有许多她耳闻目见的异事，那时候奴隶贩子还没抵达，酋长也还没把她出售。我们踩着金龟子上下往复，我也听起他的讲述，试图想象究竟怎么才能像死神卡普瓦的祖先一样飞起来；升空，飞离范迪门地的镣铐和金龟子，吃着鱼的眼珠子，把鸟血抹在胳膊上，从某座魔山上跃下，潜入大海，与鱼共舞，直到成为鱼。

死神卡普瓦说话的时候，时不时扭头瞅一眼那个人，瞧瞧他死没死，眼下毁机器的人自己反倒被机器毁了，但他的眼神始终都那么清澈，比炭火更明亮，而且始终跟随着我们，仿佛我们不应该对金龟子这样的东西唯命是从，仿佛我们身负着什么远比自己档案里所列的廉价的违法勾当深重的罪孽。

11

整整十四天的航程，我们挤在小小的盒子里，绕过范迪门地无人的南部海岸驶往麦夸里港，大海波涛汹涌，我们被迫在戴维港的开阔地找个安全的地方抛锚。

碰巧船长的开普敦情妇深受一个不通数学的卡巴拉派[1]信徒影响，仰仗此人预测未来，坚信真理只存在于三这个数字中。船长便将爱的信使接连寄出，包括三个用金牙打成的戒指，那都是他从曾经富裕的囚犯嘴里拔下来的，残忍又急迫；还有三只活鸸鹋，在运送途中悉数阵亡；以及更离奇的东西，即三条大白鲨的吻部，不过这份礼物更多是为了纪念情妇给予他的快乐，而非讨好对方。船长已经有十八个月没听到消息了；他怀疑自己送的礼物理应更微妙，更神秘，而身为霍巴特城酒馆业的主顾，他自是熟悉船上那个画家的作品，因此冒出了替范迪门的诡异生物绘制一组三联画的念头。

我和死神先生被一同带上甲板，船长曾经在他的店里醉酒，还玩弄他的女人。我最初提议画三只白头海雕，他立马就否决了，紫藤花环的想法也不例外。他警告我不能像那幅亚瑟夫人和黑人婴孩的画一样带任何挑衅的意味，必须显得单纯，不含指涉，却又能以截然不同的方式解读。死神卡普瓦提议画一头野兽、一只鸟、一条鱼，船长似乎觉得这个主意很不错。这一切相加所得的真相，无论是训诫抑或是鼓励，皆超出我的理解范围，不过我作品中微妙的意涵并不该由我来解读。“你是那条鱼，”死神卡普瓦说，我倒没征求他的意见，“不是那张网。”

翌日下午，船长将我召去，给了我水彩工具，让我把他早上在近岸处的狩猎成果画出来：一只橙腹鹦鹉，尚未拔毛做成鹦鹉肉派供船长饮茶时享用，还有一头小袋鼠，即范迪门人所谓的沙袋鼠，完事后也会被做成炖菜。

画作最后所呈现的效果并不大写实。橙腹鹦鹉小巧，色彩斑斓，讨人喜爱，在纸上却比实际要大。这样的结果无法避免：可怜的鹦

---

① 犹太神秘主义思想。

鹉，脑袋被船长的子弹轰掉一半，身子大部分都凝结成了血块。我凭借经验把船长制造的洞眼填上，鸟儿便显得气派非凡，一副进攻的威吓姿态，而鸟喙，说实话是整个身子，都更像白头海雕，而非范迪门的鹦鹉。袋鼠更糟：纸上这漂亮的小兽长了张疑神疑鬼的啮齿动物脸，完全不如它本来的面相那般柔和，还配了个姿势别扭的身子，绳子似的长尾巴则更适合当风筝线，让一切看上去更荒唐了。

平奇贝克船长以前对我的作品不满就会实施惩罚，所以你想象得出，在这样的恐惧下，我出了一身热疹。我没法吞咽，舌头在嘴里打转，像耷拉的熏鳕鱼。我心想那就改一改吧，然后又放弃，只好从头再来，但每次都比前一次更糟——袋鼠越发像是水肿的鹿，解剖结构离谱；每每用心修改，鹦鹉便更像是风之战士，一个好斗的北美精灵，套了件并不合身而且花里胡哨的彩色外套。

薄暮之际，船长来查看我的作品，对小溺箱的回忆瞬间涌入脑际，就像水灌满那可怕的盒子。我说不出话，吞咽口水，感受海水已经灌满喉咙，毕恭毕敬地把画放在他面前的甲板上，不做评论。但这个船长不像平奇贝克船长，似乎还挺喜欢那些意外潜入的超现实元素。画里的世界，他说，比起我们所生活的这个世界，更奇异却也更熟悉，总而言之他觉得这画对他和情妇之间的感情只有好处。

为了完成这组三联画，翌日他给我带了条鱼，水手们喜欢在港口的珊瑚礁旁用钩子和线捕这种鱼，再熏来吃。这条鱼周身盖满大鳞片，色彩相当漂亮；或许正是这第二项特质使船长觉得能讨情妇的欢心吧。有人告诉我，这种鱼最爱的食物是范迪门地附近海域的大片海藻森林，因此囚犯们称它作水马鱼。

12

这鱼怎么看都不像马。看上去就是一条两磅重的漂亮鱼儿，若是饿得厉害，没准值得熏来吃。但这么想并不会使我好受——水马鱼究竟是水马还是只是鱼？鱼只是鱼吗？我凝视着倒霉的水马鱼的双眼，我可不希望被以比班克斯先生剥土著头皮还快的速度，带回到金龟子那儿，傍晚我们就呆坐，等着砸机器的人死，琢磨他是否能挺过这一夜，还盘算该用什么法子说服厨子给我们点猪油，好往磨坏的大腿上抹，这么想的时候，死神卡普瓦又开腔了。

他身上有种道不明的威严，和他不加修饰的外形完全冲突。从画像上能看出，他是个矮小的黑人，下巴略显纤弱，右肩有点扭曲，赋予他一种古怪的气质，既显得令人生畏，又显得多疑，因为他似乎总是喜欢回头瞅上几眼，还会将整个身子扭过去听你讲话，像是随时要给你一拳。

死神卡普瓦是圣多明各人，皱皱巴巴的深紫色脸庞，如他的过往一般迂回。他同我之前遇见的奴隶一样，不管去哪儿总是随身揣着酒瓶子。这个陶土壶暗淡无光，磨损得厉害，照他的说法，里头装着他不屈不挠的记忆，身为一个靠自己获得自由的人，他沉浸在他一度知名的拉里金汤里，以此获得安全感。主人把他从牙买加带到百慕大售卖，他用口交成功贿赂了一个士兵，借此拿到一份伪造的自由人证明，于是逃到英格兰，先在北大西洋找了份鱼叉手的活儿，后来又去利物浦当用人，直到偷雇主银器的时候被逮，不仅丢了工作，还搭上了自己的自由。

他嘴巴有点歪，总是动个不停，夜晚来临，上头命令我们返回营房，砸机器的人也被一并带上，因为医生还没到，我们躺在潮湿的旧草垫上，他就以一种恢宏壮阔、似乎永不会完结的方式，讲起了圣多明各的大规模奴隶起义，五十万奴隶相继打败了当地的白人、法国王朝的士兵、西班牙的入侵者、英格兰六万人的远征军，以及由波拿巴的妹夫率领的又一批法国远征军。

而他讲述的时候，仿佛自己就是个步兵，正端着火枪射击，上膛，再射击，而且一本正经，不停顿也不作强调，恐惧、荣耀、奇异皆在无穷细节的积累中，比如儿时如何目睹起义的凶暴；波拿巴的妹夫如何设法镇压起义；黑人被当街喂狗，活活烧死；号称黑人拿破仑的领袖杜桑·卢维杜尔遭到白人拿破仑的背叛；卢维杜尔手下学识渊博的黑人将军莫勒帕眼睁睁看着妻小被淹死，同时法国士兵把一对木板做的肩章钉入他赤裸的肩头，一边用榔头敲，一边嘲讽他，取笑他：现在真成波拿巴了！可还有一个法国人，海船船长马扎尔，这条命就是他给的，上级让他把一百五十个奴隶悉数淹死，他却拒绝执行命令，而是将他们带到了牙买加。他把他们卖给英格兰的种植园主，于是受到白人和黑人两方的谩骂，因为白人想杀了反抗的黑人以示惩罚，而黑人宁死也不愿活着当奴隶，毕竟作为自由人死去意味着反抗从未停歇。

死神卡普瓦陷入沉默。那一刻我们似乎都回到了踏轮上，只剩踩踏时镣铐的声响，咔嗒咔嗒咔嗒，踏轮慢慢转动时的轻敲，仿佛除了故事之中已逃无可逃。然后格拉斯哥那个砸机器的人又开腔，嗓音却嘶哑刺耳，他让我们杀了他。

起先我们并未理会他的请求，还安慰他说医生总归会来的，他会得到治疗。

但他一直在喘气，仿佛被绑在了新的踏轮上，只能重复踏轮的节奏：

“我要死了！”

一而再再而三，咔嗒咔嗒咔嗒。

仿佛怕我们不信。

13

死神卡普瓦拿起草垫，往砸机器的人那儿走过去。他跪了下来，不和那人对视。他似乎是在注视对方浓密的黑头发，还用手轻轻地将它捋向一边。他的掌侧向下滑到那人的脸颊上，停留了片刻。然后他站起身，将草垫盖在那人头上，跪下来，跨在那个蒙住的脑袋上，在双膝间抻着草垫。

他就这样压着砸机器的人，开始柔声唱起从母亲那儿学来的歌。被压住的人身体扭来扭去，但这反抗似乎很快就弱下来，然后彻底停止。死神卡普瓦又在他身上坐了整整一分钟，之后便不再歌唱，站起身，拖走了草垫。

没人动弹。所有的眼睛都盯着砸机器的人，寻找他的生命迹象。全然不见。死神卡普瓦在他的兜里翻了翻，找到半只石榴石戒指，放入自己的酒瓶。然后他就往草垫上一躺，阖上了眼，而置身于这艘囚犯船甲板上的我睁开眼睛，环顾戴维港起伏的低矮荒丘，知道这一切都已抛在身后，而眼前最可怕的任务就是画那条船长给我的鱼，作为献给他情妇的三联画中第三幅的主题。

他向我展示的那条水马鱼似乎并未意识到自己作为浪漫使者的命运。它蜷缩在盛有海水的桶里，还是活的，似乎隐隐蔑视自己的新角色。我把水马鱼从水桶里捞出来有半分钟，摆放在面前的桌子上，三下两下忙活完后，便将它放入水中，让它还能喘气，不致憋死。我意识到这张干燥的桌子就是水马鱼的小溺箱，而我就是他的平奇贝克船长。和我一样，水马鱼有罪。和我一样，它不明白为什么。

我发现要画得足够精确并非难事，但水马鱼的眼睛始终跟随着我，似乎对我们的种种真实罪行心知肚明，就像砸机器的人的眼睛那样始终跟随着我，直至死亡，不过我倒没有把这条鱼画成那样——画成濒死的肉身上一只控诉的、惊惧的眼睛。不，船长出乎意料地认可了我先前那两幅画，我的胆子也就大了起来，必须承认我画鱼脸的时候开始自由发挥，所以其中既有鱼儿洞悉一切的眼睛，也有砸机器的人在踏轮上注视我们的眼睛；所以既有这两者，也有许多其他东西。也有死神卡普瓦的凝视、龅牙和那半是惊恐半是迷醉的姿态，他总扭身转向自己的往昔，而那个砸机器的人正在自己身下挣扎。全是血腥——鱼眼的血，反抗的奴隶被撕裂的血，莫勒帕钉死的肩头汩汩的血，拿开草垫后砸机器的人眼中的血，也有我对这疯狂世界的恐惧，我，他们，一切的一切，全都困在其中。这有些滑稽，可所有这些眼下全都捆绑在一起，全都作为那条濒死的水马鱼存在，似乎显得也没那么可笑了。

这些想法简直愚不可及，所以当船长把画拿走寄给情妇，让水手们把水马鱼熏来吃的时候，我是开心的。

14

我画生平第一条鱼的时候，又怎么能知道自己正在踏上一条不切实际而且漫无尽头的路？我读过艺术家的生平，和圣徒的没什么两样，不凡似乎是他们身上天生的烙印。据记载，他们出生时指间便流淌着斑斓的色彩，不过是在等待蘸了颜料的画笔和一块画布，好用与生俱来的意象将其填补，那么多无瑕的概念。

但艺术是一种判罚，而非生来的权利。我早年丝毫不见艺术天赋，甚至连兴趣都没有，我的业余消遣与迷恋几乎都可（也确实被）视为恶行。当然，尽管我是其中主人公，成就了自己的故事，哪怕仅仅是因为我实在无法想象谁会想要承担这个角色，我的故事也并非俄耳甫斯神话的再造，而是下水道老鼠的故事的更糟版本。

我是威廉·比洛·古尔德，黑刺李的灵魂，绿色的眼睛，大大的牙缝，蓬乱的头发，咕咕哝哝的态度，虽然我的肖像比起我的长相还要寒碜，我的画缺乏吉尔丁的肃穆，透纳的掌控力，但我若是告诉你，我将试图向你展现这一切的疯狂、无理、邪恶，原原本本，那你就一定要相信我。

我会以自己的方式留下印记，若不这么做便是自毁，若是做了，我知道自己也难逃劫难，因为这不是创作湖畔诗歌[①]，不是比肩奥维德，也不是成为那个天杀的侏儒蒲柏，而是要做到最好，成他人所未成。有灵魂的粗糙作品总是对所有人敞开，非难与辱骂必然少不了，而空无的杰作却容不下任何羞辱，反倒会轻易获得有偿的喝彩，爬满学术的常春藤。他们说讲故事的人会让自己生命的烛芯被故事的烈焰吞噬。不过我该像特里斯舛·项狄[②]一般，绝不屈从于他人的规则。除去绘画，我亦将燃起词语的篝火，只要能为我那些可怜的画作照亮片刻的真相，我什么都会说。

---

① 即 Lake poetry，指 19 世纪上半叶生活在英国湖区的诗人群体创作的诗歌，被视作浪漫主义运动的一部分，代表人物见后文。——编者注

② 典出 18 世纪英国小说家劳伦斯·斯特恩风格天马行空的小说《项狄传》。

我是威廉·比洛·古尔德，我欲尽己所能为你作画，虽然它拙劣，是粗人的艺术，是水溅青石之声，是愚人奢望以弱胜强的梦想，可我仍然希望你能看见，我那清澈的水彩倒映的并非其下粗粝的白纸，而是灵魂本身的滞涩。

难道对从汹涌的大海挣扎进自己小船中的苦命水手而言，这还不够吗？回答我——这不够吗？还是你欲求的是崇高之境的明证？或者艺术家掌控自己力量并彻底驾驭它的明证？

你从我这儿是听不到这种屁话的。因为我已经失控，失控得厉害，最好还能招致危险，当我的画笔袭向波布乔伊给我的纸张，留下小小的色点，嗒－啦－嗒－嗒，嗒－啦－嗒－嗒－嗒，我就是在追求自由，绝不含糊，随心所欲的自由，而我的目标并不真切，我的武器只有羞于典当的可怜兮兮的颜料盒，几支寒碜的画笔，几罐更寒碜的颜料，还有伤痕累累的天赋，除却临摹一无所长。但我的视线笃定，我会尽己所能。

什么？

那么，我听见小批评家们问，手法的精巧又体现在哪儿呢？你怎么证明自己不是个狭隘的、不择手段的可怜虫呢？

他们用自己的定义贬低我，可我是威廉·比洛·古尔德，不是什么无足轻重的小人。我不会受限于我应有的模样。我不会拘泥于脚下的土地，我就是沙子，无边无际。

凑近点，听好喽：我会告诉你我为什么要在地表匍匐。因为这是我自己的选择。因为我并不稀罕浮于地表，像别人所想的那样生活、处世，借此他们得以身处自己的鹰巢和瞭望塔，俯视大地和我们，想怎么评判就怎么评判。

我并不稀罕画仅存于想象中的画，单单描绘远景，它们模糊细节，侮辱生命，这样的风景画是波布乔伊们的最爱，直达天际，沿途摧毁真实，仿佛我们只能从远处认知某个地方，某个人——那是土地的谎言，真实从来就不在远方，而是蕴含在咫尺之遥的尘埃里，在黏液、积垢、污秽卑下的细节之中，与魔鬼同在，与天使同在，全都困锁在大地和我们体内，全都凝缩为心脏的一次搏动——我的、你的、我们的搏动——悉数变作我瞄准目标、解读这化身之鱼时的主题。

小批评家们会说我就是个小人物，我的画也都无足挂齿。他们会在我可怜的脑袋内外群魔乱舞，我就没法应和点彩落在画布上的鼓点了。我在必不可少的梦中嘶喊时，他们会将我唤醒。他们会试图定义我，如同外科医生对待他手下可怜的物种，那些被诅咒的林奈[1]分类系统中的灵魂，想方设法将我困在自己新发明与定义的所谓的族中。

但我是威廉·比洛·古尔德，一人成群，无法定义，我的鱼儿会予我自由，我会和它们一起逃离。

你们呢？

——来看看伟大的雪莱——

伤痕累累，皆为记忆。

而你们也只能像我这样开始：久久凝视鱼眼，直到看见我此刻必须描绘之物，遂而启动长久的下潜，潜入海洋的世界，那儿唯一的阻碍是下行的光。

嘘！

波布乔伊走近，海水上涨，我的伤口正在凝结，那就坐下，同

---

① 即卡尔·冯·林奈（Carolus von Linné，1707—1778），瑞典自然学家、医生，现代生物分类学之父。

意俄国囚犯的说法，书中一切都会更美妙，观察生命胜于经历生命。点头吧，你们这些走运的杂种，就像时髦的霍巴特城职员，在殖民地大臣办公楼的上层一边用早餐，一边观看清晨的公开处刑，肥硕的屁股在加垫的座椅上扭动，伴随炸腰花充满尿臊的愉快滋味甜丝丝地沁润，舒适地享受默里街正对面恢宏绞架的监禁之门的奇景。

趁着绞架暗门敞开不知餍足的大口前的片刻，让我继续，如同临刑前告白的囚犯，讲述即将发生的、将我引向这不归路的事情。

刺鲀

THE PORCUPINE FISH

刺鲀

萨拉岛——折磨的数种形式——指挥官建立国家——朗普里埃先生——分享伏尔泰的快乐——跳启蒙之舞——一场死亡与一个新名字——滚床单——蠢猪卡斯尔雷——鲍德勒-夏普博士对蛋的论述——我如何着手画第二条鱼。

1

深夜，这段奇异至极的航程即将结束之际，我们缓缓驶近新的监狱，初秋的大海如此平静，我们因而常常停驶。在这令人厌恶的时代，正如我们经常听到的那样，凡是神圣之物均已遭到亵渎，而没有任何东西能比这座岛更令人厌恶，即便在充斥着堕落的编年史里，它也是前所未有，而我的故事如今就要在这里展开。范迪门地整个名不见经传的西部地带唯有野蛮人游荡，除却这座为乖张之徒所设的唯一监狱，根本不见白人定居点。

可是就着凝乳般浅浅的月光，我们最先望见的萨拉岛与想象中大相径庭。船长给予包括我和死神卡普瓦在内的几名犯人特定豁免权，允准我们走出被汗水与恶臭盈满的底舱，登上甲板。犹如寓言中洒满银光的海怪，海岛昂起恐怖的头颅，隐隐浮现于仍旧遥远的前方。

一只巨型章鱼仿佛覆满海岛全身，吞噬一切绿意，一切树木、植株、蕨类，只留下木栅栏一般上扬的触须，高达五十英尺有余，在这片定居点蜿蜒绵亘。翱翔于其上的便是岛上的巨型建筑，犹如一颗颗水银色的海怪头颅：指挥官的粉色大理石宫殿，后来我们站在它脚下，便如同置身于人造峡谷，劲风呼啸其间，阴影笼罩整片定居点；宏伟的石砌政府大楼若是放在偌大的港口倒也恰当；监狱的中央是独眼巨人的门楣，装饰着定居点怪异的纹章，即一副笑脸面具。

随后我的目光从岛上移开，望向下方的大海。我目睹从未见过的奇景，虽想诉诸语言，却深知这并非语言所能形容：星辰倒映于水中，如在天空中一般明亮，仿佛我们是穿行南方末端的天堂，抵达了这片奇迹之地；仿佛平静的墨黑海水之下点燃了上千支蜡烛，每一道光亮对应一个死去囚徒的灵魂，而他们全都埋葬在我们右侧小小的死亡之岛上。那头颅熄灭了几道光亮之后，一具死者的躯体绕着我们静止的艏徐徐掠过，面朝下方，漂浮至视野之中，我心想那个砸机器的人是否终于获得了梦想中的自由呢。

尸体后经确认属于一名逃犯，他搭乘门板制成的筏子出逃，却终究未能抵达大陆。无论船长意指的是那囚徒的命运还是这岛，反正唯有经由死亡方能逃离，而他注视囚犯尸体被鱼叉的钩子拉起时所说的这句话，至今仍令我不寒而栗。

“帝国一隅，”船长说，“戛然而止。”

2

那天夜里晚些时候海风终于起了，我们驶入泊位，得以看见沿着海岛的自然轮廓纵横延展的鲜活街巷，还有宽广的垃圾填埋场，未曾完工的码头，海岸沿线道路上影影绰绰的石砌仓库，简直会教利物浦相形见绌——整体来看，这是一个仅凭领袖夜间的意志即可成形的国度，而这个领袖会被我们理所应当地视为不凡之人。

你或许会说：殖民地能有这样的人，真是莫大的幸运！

但你若是瞧见他那些巨大的船坞（我特意用了“他”这个字眼）便会很快意识到我们只不过是从一个领地，也就是英国的领地，来到了另一个远更特殊的领地，也就是属于巨无霸殿下、萨拉岛的拿破仑、南太平洋的威尼斯总督，亦即指挥官本人的领地。即便那时候在南方殖民地，他的船坞都最为繁忙。规模也远比殖民地当局所了解的大得多：被镣铐锁在一起的重刑犯光着脚丫子，伐倒戈登河边的泪柏，供负责造船的囚徒用以建造双桅或单桅帆船，完工后这便会被当作献礼送到霍巴特城的范迪门政府，而每呈上这样一艘船，就会有十几艘为岛上日益扩张的贸易船队而建造、保留，指挥官运筹帷幄其中，与爪哇的贸易商以及几个新近独立的南美国家建立关系，起先是贸易上的，之后便是政治上的。

他每天都会将水银当作药膏涂抹用于治疗梅毒，而且每晚还会服下剂量不精确的鸦片酊以助睡眠，但在这一切的影响下，这个勇士唯一所害怕的便是自己的梦，因鸦片刺激升华的噩梦使他毫无喘息的余地，永远都以火焰告终，而他也每天于拂晓之际，如凤凰涅槃一般，从昨日的灰烬中再次着手重建。

你或许心存疑惑：他究竟想要如何终结这一切呢？

只是此人的野心与他对饮食和肉体的胃口一般大，这份不亚于建立国家的野心，其核心便是一座他已在打造地基的城邦，而他自己正是国父。

你或许想要发问：这怎么可能呢？

但只要听他讲讲自己的梦想、愿景，你脚下粗糙的木板就会摇晃翻卷，你屋内剥落的砂岩墙壁就会分崩离析，阴沉绝望的狱中世界也会在你的眼前产生变化。在根本还没意识到这场转变之前，我们就会飞越南方的天堂，抵达遥远的寓言之地，这也许是独裁政权，但也是个被他那充盈着希冀和绝望的故事所感染的独裁政权，随着他的每一句话、每一个动作，那个世界都变得对我们而言愈来愈真实。

船泊好后我们就奉命脱光衣服，光着身子站在甲板上瑟瑟发抖，充当治安官的囚犯用手指戳进我们的屁股，掏我们的嘴，就是为了找出烟草团子或宝石。之后我们才被允许穿上衣服，静候指挥官的到来。

晨曦未露指挥官便登船对我们讲话。他的长相不同寻常：倒并不是个子矮，而是脑袋硕大无比，小小的身体便一缩再缩，结果像是没了脖子。他一头的黑发相当浓密，呈波浪状，是他身上最好看的部分，但这番气派只会突出别的身体缺陷。无论放在谁身上，他这蓝色制服配黄金面具的极具异域风情的打扮，都本应该成为最显著的特征。但那天清晨独特的是他的讲话方式：直接，简明，有时甚至会陷入所谓的德曼通，也就是土著话和囚犯切口混杂而成的语言，他的字句、他的激情令人如痴如醉。

我们还没意识到，船就变成了一片移动的云，当日出绽裂的浅淡色彩开始遁入他身后清晨的天际，他正指着未来侃侃而谈，我们也随之掠过；小岛已成为卓越的贸易巨子，凭其财富、权力，以及美丽宏伟的市政建设，为全球各地所尊敬和恐惧。我们看见商人、艺术家、各式各样的交际花，年纪轻轻从偏远的省份跋涉而来，抛下往昔、口音，弃绝家人、朋友、恋人，只怀揣着火一般的欲望，为求自己的雄心和狂野的梦想能与南方冉冉升起的海岛所蕴含的比肩。

他把自己想象成画中的人物（这也是我们的想象），一袭罗马托加袍，是颂诗的主角，创建了王朝，以争议性记忆之名四处征伐，被尊称为陛下，而无论是从自己建立专政和建立王朝的欲望之间，还是从他作为英国军官管理帝国流放地的职责，以及对佛罗伦萨和威尼斯之类文艺复兴时期的城邦的高度赞赏之间，他均未见任何冲突，他对后者的误解则来自关于意大利的街头读物。伴随来自牛津的书信寄给他这些的是一个女人，我们后来才知道那是他的姐姐安娜小姐，一个浪漫主义水彩画家，她小小的名气和艺术无关，纯粹在于吸食鸦片的作家托马斯 · 德 · 昆西[①]隐居于伍斯特学院凋敝破落的修道院时，与她有过一段短暂的婚外恋情。

指挥官得了一种怪病，是圣维图斯舞蹈症的变体，故而对新世纪的海市蜃楼和幽灵奉若神明，结结巴巴、毕恭毕敬，并凭此汲取养分，同时向我们宣称人类至高无上的创造冲动今后只有通过工程才能实现。我们也被他那无尽的建设狂热裹挟，比如把市场改造成宏伟的玻璃拱廊；重建从海滨延伸而来的扭曲泥泞的轨道，使之成为笔直开阔的“命运大道”，尽头设一座铁制巨型拱门，若是天气晴

---

① 即 Thomas De Quincey（1785—1859），英国浪漫主义散文家，代表作有《一个吸食鸦片者的自由》，曾在后文提及的位于英格兰湖区的格拉斯米尔（Grasmere）生活多年。——编者注

好，恋人便可向南漫步，若是囚徒抗命，军队则会朝北疾行。

可他始终未能明白这座城市令我们心驰神往的是什么：他的话语。

一旦他开口，一切都会成为可能，尽管我们知道自己承担的功能并非从这些梦想中获取任何好处，而是献上自己的生命，将它们转化成砖块和砂浆，转化成窗玻璃和铁艺，我们衰朽不堪，所以只要他不停地讲，讲的时间足够长，便可赋予我们目的、意义，表明我们不是囚徒，不受犹大摇篮和钳口管所困，而这正是我们都渴望的。是对我们自身的另一种想象，某种能用于重塑自身和世界的蒸汽机，因为若想逃离作为罪囚的处境，我们必须逃离自己的身份，逃离由刑罚体系所规定的自己的过去和未来。

这个世界要求现实模仿虚构，对我们所有人都如此要求。对伪造者而言，可能性在那一刻似乎无穷无尽，而且说实话，彼时谁又能如实地预言我美妙的未来，以及将把我们全体生吞活剥的可怕宿命呢？当然，到最后，指挥官会将海水吸干，然后爆发出如大洋一般过剩的骄傲，让这座海岛以及其上寥寥的幸存者再次陷入与世隔绝的凄惨境地。和当权者打交道的最便捷的方式自然只能是默许：他们愈蠢，你也得愈蠢。因此，我想，我自然也只能在萨拉岛上成为迄今为止我仅仅是假扮过的角色，那万物中最可鄙的一类，也就是艺术家。

3

下船后，我们就会见识到一切预料之中的这种地方必不可少的残暴和污秽的环境。可即便在下船之前，即便尚未近距离察看，我们的鼻子便已遭到死亡腐臭的侵扰。死亡存在于衰竭躯体和遍布下疳的灵魂所散发的浓烈恶臭中。死亡升腾于瘴气之中，在感染坏疽的四肢和被结核摧残至血肉模糊的肺间氤氲。死亡隐藏于阵阵毒打暴戾的气息之中，隐藏于新建的大楼之中，诡诈的湿气肆虐，已使它们分崩离析，反复的奸污之下，死亡也从朽烂的括约肌渗出。污泥发酵，敌意石化，散发熟透的气息，死亡在其中上涨，蛰伏于倾斜的潮湿砖墙内，蛰伏于肉体蜕皮、猫儿坠落的蒸汽里，不曾听见的尖叫、谋杀间臭不可闻的呼吸数不胜数，与某种无言畏惧的咸涩糅合在一起；那些汗水弥漫惊恐的气息，一并令衣服发酸，渗入各处，无惧时间的流逝，那血液泼溅的芬芳，无论冲洗还是入院治疗都无法去除。或许由于死亡无处不在，生命便乖张起来，不再如初来萨拉岛时那般甜蜜了。

我们拖着脚镣跌跌撞撞上了山坡朝监狱走去，它就坐落在大海上方凸起的小小危崖上，随着我们的眼睛在污秽的景象与恶臭之间建立起令人不快的联系，我们便发现这岛不同于我们最初的期望，既更加奇妙，又不那么奇妙，仿佛无法确定那究竟是指挥官的美梦抑或是囚徒的噩梦。

挤在宏伟的石砌建筑边上的，都是些凋敝的茅草房和倾圮的木棚屋，有些已完工却空无一人，有些则只建了一半，歪斜的角度稀奇古怪，像是喝醉了酒。虽然码头区和通往它的道路都铺了鹅卵石，岛上的其他通衢却全是散发恶臭的泥浆路，你的腰部以下都能消失在里面。不管人坐哪儿，成群的跳蚤都会如小团的云一般围拢上升，大量苍蝇肆虐岛屿，还有胆大妄为的老鼠，光天化日之下竟脚踩碎步绕着楼房结队疾行。

眼下我在牢里边上下浮动边回想，当年我们感觉到一大群邪恶的囚犯投来恶狠狠的目光时并没有多惊讶，这些污秽不堪的小兔崽子，饿得半死的流氓恶棍，糊满脓液的眼睛犹如毛茛一般从痂痕遍布的脸上探出，畸变的后背惨遭无尽的鞭笞，几无人形；他们骨瘦如柴，肚瘪肠干，入土之前早已形销骨立，那个我觉得年纪最大的也不过三十二岁。

大自然在此彻底颠倒，我们丝毫不觉震惊，无论喜好男风之人，还是娘娘腔，皆莫不如此，其中还有个脾气火暴的娘们儿甚至在自己松垮的裤子里藏了襁褓，四处招摇，说这个脏兮兮的破布包就是他的小娃娃，要靠他男人的小伙计喂；此处大自然让人畏惧，别人告诉我们，港口到处都是鲨鱼，除了杀戮成性的野蛮人，还有大片大片未知的荒地。奇怪的是，终于见到这片土地、开始了解该如何忍受甚至尽己所能规避这一切时，竟然有种如释重负之感。

可事实上岛上独有的那几种酷刑根本避无可避。你可以给铁匠好处，换副轻一些的脚镣，但三个月没日没夜戴着三十磅重的脚镣，它内侧的叶片还特意打造成锯齿形，只为切割血肉，这种痛楚无可疗愈。

早在我和他们熟悉起来之前，我便知道适应海水漫灌的水牢根本不可能，而你兴许会随潮汐浮动上数月甚至数年。钳口管也一样，这种巧妙的工具以痛苦为代价教会你噤声，一条硬木管子如同大号的马嚼子捅入口中，通常这力道会把牙齿都弄掉几颗。一条皮带固定于两端，管子在脑后绞紧，直到时断时续的微弱哨声响起，口中冒出血泡，就说明这玩意儿起效了。还有雄鹰展翅，双臂分别绑在相距六英尺、高达六英尺的两条环形螺栓上，双脚固定于地面的螺栓上，脸朝墙，若脑袋和躯体受棍棒击打时囚犯可能尖叫，钳口管便会派上用场。

还有另几种别具一格的酷刑，名称便尽显扭曲的羞辱意味，如食腐者之女，巫师扫帚，情妇烧。最令人不寒而栗也是最被动的，便是犹大摇篮，即铁制的挂架，上面通常会绑着遭到鞭打后的囚犯，他们背贴架壁，一绑就是好几个星期，完全不能动弹，撕裂的背部蜕皮，在僵硬腐烂的躯体底下一再腐烂，蛆虫肆虐，而他们的头脑便随之化作一团更不堪的糨糊。

这些酷刑之中，有一种或几种是专门针对以下罪行的，如被发现持有烟草、油脂，养鸟，分享食物，唱歌，上工途中脚步拖沓，讲话（无礼），不讲话（沉默的无礼），大笑，怒视，不过其实唯一的罪行就是和治安官唱反调，或者让狗嗅出你身上的危险气息。你在萨拉岛的阶梯上是跌落还是攀升并不以表现而论，也与你改造自我的热情或屡教不改的恶行无关，全凭运气，不管好坏。

对这一切我已做好准备。

只是刺鲀却令我猝不及防。

4

我口中的新兴国家，以及将欧洲重塑为南方天堂底下一座满载误解、发育停滞的海岛之举，还在我们眼前等待发现，而我们下船之后便被关进专供新来者入住的破败砖房，次日寒冷的清晨，我面前站了个顶着锅盖头的大个子，像块冒热气的布丁，覆满面粉和糖浆，而此人将会彻底改变我的生命。

“托比亚斯·阿喀琉斯·朗普里埃——先生，”布丁说，**“流刑地外科医生，要求严格，就是我。”**早餐热腾腾的气息使我的牢房雾气弥漫。即便他的说话方式基本令人无法理解，但他的语调煞有介事，或许这能说明他为什么总加重语气。他所用的字词就像蹩脚的面包布丁里的醋栗，黑乎乎的，一团又一团，难以消化。

他的长相如此可怕，瞧上一眼便令我战栗。他矮矮胖胖，看上去像是箍桶匠造出来的，而不是从娘胎里生出来的。他黑色的燕尾服太小，破破烂烂，已谈不上漂亮，紧身的马裤，小巧的银扣鞋，均表明这是个伪装往昔的宫廷浪子未果的水肿患者。

他身上最独特之处亦是最恐怖之处，即那只惨白的大脑袋，如此刺眼，我一开始还以为是砸机器的人的魂魄回来纠缠我。与他脸上其余白色荒漠相对的是脂肪堆叠成的皱褶，深色的细流暗涌其间。后来我发现他的脸乃天生蜡黄，而非幽灵之色，他搽亮闪闪的白色铅粉，就是为了使自己显得像新撒过面粉。或许就像大家口中伦敦那些疯帽商，他后来的行为之所以变化莫测，正是由于他和这种金属有过密的联系。即使如此，那诡异的非人容貌予我的第一印象仍是关于他的记忆中最长久的部分。

他眼睛很大，水汪汪的，如果我允许自己这么形容的话，还有种迷离之感，这若是放在其他人身上，兴许能体现一种诗意甚至神秘的气质，放在他身上却只不过表明他冷漠无情，对他人丝毫不感兴趣。不过，在这张形如月球表面的鬼魅脸庞上，也只有这眼睛隐含生命的气息，把你吸入它们的凝视中，也正如我后来所发现的，吸入它们如此痴迷的东西中。

我隐隐担心托比亚斯 · 阿喀琉斯 · 朗普里埃先生身为外科医生，对我们这些人拥有至高无上的权力，而我也已经清楚我们甚至不如奴隶。托比亚斯 · 阿喀琉斯 · 朗普里埃先生可以决定一个人是否病重，没法跟其他人锁在一起外出干那些累断腰的活，可以决定一个

c. 1832 by William Buelow Gould from *Sketchbook of Fishes*
courtesy of Allport Library and Museum of Fine Arts, State Library of Tasmania

人是否在装病，并对其鞭刑伺候。托比亚斯·阿喀琉斯·朗普里埃先生可以决定鞭刑何时停止，托比亚斯·阿喀琉斯·朗普里埃先生也可以决定抽打是否太轻，是否需要使上蛮力。

我从湿漉漉的泥地里猛地爬起身，为的是让自己看起来略带尊严，而不像个什么悲惨的重刑犯，但当我起来的时候，我的身子却感觉到沉重的铁镣上抬，感觉到突然一动跳蚤就让人发痒，感觉到肮脏的囚裤将皮肤摩擦得生疼。压抑感令我不堪重负，我只求摔倒在地，可我站得那么高那么直那么稳，在这龌龊环境的允许范围内已经到了极限。

我已准备让自己温顺柔和，曲意逢迎，可让我惊讶的是，托比亚斯·阿喀琉斯·朗普里埃先生却从背后摸出一把小小的修鞋凳，放在沾满污泥的地板上，然后将他那庞大的身躯压了上去，这么一来，穿着那件紧身的黑外套，他便彻底如同一块烤焦的果酱布丁卷，搁在随时都会消失进肥实的屁眼里的弯曲餐叉上。

“**水马鱼的研究——不错——相当不错，**”他说着，往凳子上坐稳，“**概念——执行——漂亮——科学。**”我觉得他肯定是想我给他画幅肖像；他看上去有点像过肥的马拉，正当我心想应该能给他画一幅还过得去的画时，外科医生又叹了口气，继续说：“**相当实用——昨晚用餐——好船长。**”他语气有些恼火，也许是认为我没回应说明我这人太蠢，理解不了他的意思。

“**看了爱的三联画——鱼很棒——老鹰，不怎么样；瘸腿的老鼠，差劲——不过我想——勉强算得上画画的本事——鱼——你——我——命运——我渴望从事科学。**”然后他又发问，语气在我听来有些卑微，句式还出人意料地完整：**你是个有经验的艺术家吧？**

我匆忙炮制出几个他似乎喜欢听的故事，每个都顺应他认为艺术应该怎样、不应该怎样的看法。这样我的态度就得介于傲慢和谦卑之间，略微高于同狱的重刑犯，略微低于他这样的主子，就像是走钢丝，有一两次我差点栽倒，但每次都稳住了身子，全凭隐晦地提及舒吉·阿克曼，他当然压根儿没听说过，毕竟那人只是个雕刻师。在这番旁白中，我奉他为了不起的阿克曼，天才阿克曼，伦敦雕刻界口音浓厚的汉诺威大帝阿克曼，并沐浴在荣耀中，希望布丁能看到那是我映射的光芒。

“阿克曼——对？不对？对。”托比亚斯·阿喀琉斯·朗普里埃先生终于叹了口气，用粗短的食指心领神会地敲敲自己的鼻子，扑粉底下亮闪闪的猩红色鲜肉便显露出来，**“论及雕刻。”**

但除了说我跟阿克曼度过了宝贵的时光——实情也是如此，我并没有提到大把时间都花在了他那些小偷小摸、坑蒙拐骗的勾当而非雕刻上，在斯皮塔菲尔茨亲切的战舰酒馆喝酒的时间更是比这两者都多得多。

我也没对外科医生谈起那些此刻充斥我脑海的冗长细节，比如酒馆老板咄咄逼人，不停地对阿克曼和我施压，像土著版的鹰身女妖一样朝我们讨账，可他自己所有的钱却没了踪影！

后来酒馆老板被人割了喉，钱也不见了，而阿克曼难得有一回看上去像个爱显摆的货色，新买的猪皮夹克的过肩上撒满头屑，与这幅倒霉相一脉相承的是那口棕黄的龅牙，因为吃多了最爱的煲鳗鱼而布满白色的斑点，从沃平到泰伯恩[①]的一路上他就这样露齿笑，却并未意识到自己很快就会笑到这儿，作为可恨的杀人犯，踏着下

① 即 Tyburn，作为曾位于伦敦的庄园，数百年间都是处决伦敦罪犯的主要场所，甚至一度成为死刑的代名词。此处一座三条腿的绞刑架俗称泰伯恩树（Tyburn Tree），能同时处死多人。——编者注

了绞刑架向后倒退的舞步。

在那之前，我的过去尚未真正为我自己存在，如今却似爆竹一般在我的思绪中炸裂。就好像我层出不穷的谎言，需要这些我并未提及的记忆所蕴含的真实承担压舱物的角色。

当我告诉外科医生我想要凭借我的艺术追求更崇高的使命的时候，之前被警察追捕时的恐惧再次涌上心头——他们前往我常出没的地方，在灰蒙蒙的阴影中搜寻我的踪迹。那种恐惧紧紧地攫住我，使我战栗不已，不知所措，我缩在贫民窟黢黑小巷酒桶后面散发着恶臭的污泥中，害怕自己或许真是另一个人，害怕周围的一切都会开始旋转，害怕我的整个生命只不过是他人的梦境，害怕周围的一切只不过是某个世界的某种拟像，于是我哭泣，我茫然，我还真是另一个人，真的身在其他地方，目睹了这一切。

5

可那时我早已离开，好似火枪的子弹射出伦敦，将一切抛在脑后，包括我以前的名字。我无边的恐惧，旋转、碰撞、无稽的念头最终消停下来，随着我向北走去，我的幽默跟上脚步。我对自己说，现在我真的是艺术家了，闻名遐迩的肖像画家比利·贝洛，这名字听着够笃定，但思索一番后，我又觉得它太普通，于是我就成了比利·比洛，听上去颇具法国风情，大有来头，而且好像和父亲也有了关联，就好像我如今能认祖归宗了，但后来我又想，不对，法国名字在人民耳朵里并不中听，但当我在斯托克镇找了份工作后，我就叫威廉·比洛了，因为我想不出更好的了。

我运气很好，遇到了一位陶艺大师，我只知道他叫老古尔德。这老头子话特别多，最怕被驶过的马车碾死，想来这份恐惧正是他话多的原因吧。他对这无法抵挡的残酷宿命畏若寒蝉，甚至会在路边站上整整一个小时，只为鼓起穿过去的勇气。我们的第一次见面既属偶然也是天意。我从伯明翰的手中鸟酒馆里踉踉跄跄地出来，兜里空空如也，径直撞上了正在角落里发抖的他。我受人性所驱，便同意他结结巴巴提出的请求，护送他过马路。随后我发觉他对这种形式的帮助的需求不会在他到达目的地之前获得满足，于是陪他前往一英里半之外老城区的一家酒馆，他会在那儿过夜，而第三次过马路的时候，这个鹳鸟似的高个子就朝我深深鞠躬，充满发自真心的感激，说我救了他的命，当场请我去他的作坊干活。

外科医生打断了我的白日梦，生硬地问我对静物画这种形式有何看法。

我斩钉截铁地告诉他，我的作品深受上个世纪的荷兰大师范·阿尔斯特、德·海姆、范·海瑟姆的影响，但并未提及我对他们的了解，以及紫藤花环的标准图样，都来自六个月的斯托克镇经历，那时候我替老古尔德为精美的瓷器反复绘制乏味的花饰，每晚在酒馆里，他还阴沉沉地一个劲赞颂一些过气的三流荷兰画师，你瞧，他就是如此钟情。一天晚上，他的独生女说“来吧”，一头飘逸的红发，雀斑犹如蕨类植物布满脸庞，“跟我来”。我们溜了出去，喝得烂醉，差点没找到老古尔德黑咕隆咚的作坊，一进门就跌倒在地板的画布上，眼前都是他收集的画作，我们就这么跳起了荷兰静物之舞，打过蜡的梨子滚动，石榴迸裂，而我是一只瘸了腿的死野兔。

老古尔德并没意识到这一切都使我受教。同他的画笔和画具散落在一起的有格劳秀斯和孔多塞的著作，他有时会挂着难懂的笑容，让他女儿站在作坊前，一尊小小的伏尔泰半身像就搁在她前方的凳子上，我们一边周而复始地绘制精美的图样，一边听她朗读这位伟人的作品。

深受老实人与邦葛罗斯[①]博士的触动，我和我的美人放弃荷兰静物，跳起了启蒙之舞，伏尔泰理性的笑容使她无比愉悦，深入她的骨髓，犹如幽缓的波浪忽而前进，忽而后退，等待着破裂，她始终默默心想谁家的花园若是能打理成这样该有多美妙啊。

正如你们所见，后来悲剧发生，老古尔德从集市买洋葱回来的途中，被一辆前往利物浦的马车撞倒身亡。遗嘱执行人卖了作坊，他女儿出人意料地获得一小笔钱和更大的抱负，便以这两者为武装，抛弃对她意义深远的理性之悦也抛弃了我，嫁给索尔福德的一个五金商人，结下了门当户对的好姻缘，对方脸孔如铁砧，灵魂似矿渣，从此我便没能见证她的雀斑消退，她的红发丧失光泽，也不必眼瞧我们的爱情变成那无色的白。

与此同时，我便再次被迫在这更加宽广的世界里自行打拼，随身所带的三样东西都让我获益匪浅：对伏尔泰所能赐予我的快乐的认知，而这是理性所不能及的；老古尔德珍藏的荷兰人静物雕刻画册；还有他的姓氏，无论于他还是他的女儿都已经没有任何用处。

在我停经过夜的第一间酒馆被问及姓名时，我想试试这是否可行，便大喊道："我是威廉·比洛·古尔德！"

我真心认为这名字比以前的好得多，这三个气派的字眼扯着我的嘴巴开开合合，与我崭新的自我相得益彰，我在说出新创的中间名时还冲一个女人眨了眨眼，后来才知道那是酒馆老板的老婆。你

① 老实人（Candide）与邦葛罗斯（Pangloss）均为伏尔泰所著小说《老实人》（*Candide, ou l'Optimisme*）中人物。

猜怎么着？酒馆老板的老婆竟然也冲我一笑！她一言未发，我便知道她不安于室，目的就是从她丈夫的窝里爬到我的窝里，尽管它寒碜得可怜，仅仅是马厩里一个散发霉味的草垫子，对我们来说却足以销魂。

“我的名字，”我凑到她耳边悄声道，“终将被人唱颂。”

那天深夜，我发觉跳起那熟悉的启蒙之舞时，顶着个荒唐名字的陌生人总是比起了个普通名字的普通人更顺滑。

“你知道我喜欢你哪一点吗？”她说，“你和这儿的其他人都不同。”然后她就告诉我她去年步行去伦敦观看拜伦勋爵的灵柩经过，因为现在谁都得诌上几句诗，却几乎没人真有这本事，所以当我说她的乳房犹如蜡制的果子时，她就更喜欢我了，不过我这比喻绝对不是什么赞美，而是第一眼瞧见那对乳房时浮现于脑海的想法，这时，她又说：“我还让你想起什么了？”我说：“嗯，那得看你还想向我展示什么。”她说：“你可真是个坏种！说不定你和别人也没两样。”我说：“那你只能等着瞧。”于是我们就这么一来一回，直到她感觉到那一整个的弗拉芒画家，说确实没什么两样，我也是，我们男人全都一样，随后她就生起气来……

可外科医生又一次打岔，我也只能又一次认同，他这次的主张是随着科学的发展，艺术将会式微。怎么不会？毕竟那是外科医生的精辟观点，而我满脑子只会想着艺术对我有何意义，你们也看得出，这些想法尽管并不那么高尚纯粹，却依旧美妙，那光景令人心驰神往，只见我和酒馆老板的老婆跳起熟悉的启蒙之舞，她白花花的大腿和翘臀上下起伏，而这一切看上去都已熄灭、消逝……

“科学——不可避免的上升——艺术——奴仆”，他又来了。我自己对科学与艺术这个问题并没什么真正的想法，仅有一些不忍割舍的甜蜜回忆，毕竟我只是个受到不实指控的伪造者，有什么活就干什么活，钱多做得漂亮，钱少胡乱应付。不知为何我还记得老古尔德这么跟我说过（有本事谈论这些令他自豪），法国哲学家笛卡尔认为所有物质均由旋涡构成，只是我觉得外科医生应该不爱听什么胚胎啦宿醉啦死亡循环啦，所以也就不再多言。

最终外科医生站了起来，抄起修鞋凳，转身，用凳子往牢门上敲了两下，随着狱卒开门放他出去，我那阴暗恶臭的牢房短暂地被光和一缕新鲜空气所充盈。

此刻我心想眼下不出手，更待何时。

“先生，像您这样的人，”我恭敬得恰到好处，“恕我大胆推测，应该在四十来岁，显然正处于年富力强之际，渴望把握自身命运，免受未来的恶意摆布，所以您会邀请子孙后代来分享您作为科学家所取得的伟大成就……”

“正是如此，”外科医生说，**“不过——对年龄的估算——太过客气——四十来岁？——对？不对？——对——不无可能。”**

“作为这样一个人，”我的舌头滑至陈词滥调的熟悉轨道，“您知道这些东西无法廉价或轻易购得，而是从同侪的评估中产生的。”

“完全正确，”外科医生说，接着有些尴尬地嘟囔道，**“不过那是科学的进步，并非自身——欲望？”**

“科学，”我假装理解且赞同，“欲求的只有科学。”我开始垂下脑袋。“但为了将其记录在画布上，既需要科学家也需要科学，为了描绘您和您的成就，为了……”外科医生又嘟囔了几句，仿佛他心中科学永生的梦想需要我提供的证据以外的证据。我能感受到舌头脱轨，迷失方向。“您若是恩准我为您绘制肖像，那我——”

外科医生猛地扬起甲壳虫似的眉头打断了我，在那令人惊惧的一刻，我害怕是我牢房里众多袋鼬中的两只误将他的脸当作南瓜，跳了上去，就这么往他的额头上一挂，悬在那双周围疣子遍布的眼睛上方。

“**鱼，古尔德！那条鱼——那眼睛——相当科学。**”想必他的眉毛还没让我回过神来，他以为我没听清楚。“**船长的鱼。**”他继续道，有些恼火。袋鼬着重在他的鼻子上方弓腰屈背。“**人必须找到自己的志业——我相信你的——已经找到了？——一言以蔽之**[①]**——鱼？**”他顿了顿，望向天花板，接着望向我，“**在于鱼，对？——不对？对——在于托比亚斯·阿喀琉斯·朗普里埃先生，一个爱才若渴的科学家——还是你的资助人，对，你没准也已经找到了这么个人——那么，先生，再见。**”

说完他就离开了，随着他一同离开的，我猜，还有我挣脱镣铐的所有希望。

6

我意外获释之后立刻就迎来与他的第二次会面，那时我正和一群人从我的牢房列队走向朗普里埃先生的住所，一栋刷成白色的泥坯屋，已有些凋敝。途中我们经过了集合场，那儿正在执行鞭刑。施刑人每抽一次九尾鞭都会停顿一下，用手指捋捋鞭身，挤出里面的血，然后再将鞭梢浸入专门放在身边的一小桶沙子中，这样每抽一次，就是一次更粗粝的咬合。

走上一小段路后，我们来到船坞附近的一栋矮楼。没人前来迎

① 原文为法语。

接，我就被领入了一间黑漆漆、臭烘烘的房间里，虽然没有光亮，仍能看出周围很乱。我差点没注意到外科医生就卧在躺椅上，如同一只海狮。

我开始分辨他自豪地摆放出来的一些物件，样样都是外头摸上去烘烤过度、又脆又硬，中心却又黏又软，无论爬满蛀虫的粗木桌，还是渗了一墙的肖像画，全都似乎渴望大吼："我们也是朗普里埃。"我这人生性有礼有度，所以并不想表达对眼前景象恰当的感伤。最惊人的是，他四周陈列了数都数不清的古怪玩意，就像金字塔里的太阳绕着埃及国王转：骨头比废畜屠户瓮里的还多——一个个架子上全都是有袋动物的头骨、胸廓、大腿骨，以及各种动物的全副骨架；另有各色羽毛、贝壳、干花、岩石；裱框的蝴蝶、飞蛾、甲虫；一盘盘鸟蛋。

还没等我落座外科医生便开了腔，而他的话题我既无兴趣，也不好奇。

"正如你所知——你应该知道——科学界甚少有谁地位高于，"朗普里埃先生告诉我，**"卡尔·冯·林奈——**对？不对？对**——瑞典自然史学大家。"**

迷惑的我心照不宣地点了点头。朗普里埃先生示意我坐到他对面的凳子上，并指了指醒酒瓶中上好的法国马提尼克朗姆酒（可不是水一样寡淡的孟加拉朗姆酒，尝着就像烧焦的糖和湿木柴生的火，我早已习惯），表明我可自行享用。然后，他就论述（这是他最喜欢的字眼）起了林奈动植物分类体系掀起的人类进程革命。

每一个植物，均有种与之对应；每一个种，均有属与之对应；每一个属，均有门与之对应。不消再依据古老的巫传神话或寡妇秘方赋予植物粗俗的土名，不会再有什么狗舌草、夜耆、狐指套，而是基于对外形特征彻底的科学研究，为每一样活物规定科学的拉丁名。不消再认为自然世界与人类世界彼此缠绕，两者的分离有了科学依据，从此以后人类进步皆基于此。

他似乎凭索引知晓万物，我怀疑他是否从头至尾听完过一本书，就像我曾不得不听完邦葛罗斯博士和老实人的陈年法国故事一样。他脱口而出的都是佶屈聱牙的字眼，甚至把廉价酒吧叫作麦芽啤酒酿造厂，这个词音节太多，我在这种地方见过的人都不会挂在嘴边，而且如果一个长得要命的拉丁词能塞进来，哪怕再不合，他也从来不会改用简单的说法，所以他的句子就像我们现在身处的这间屋子，满满当当，让人无所适从。

从外表上看，他总会令人想起往昔，可从他的观念和雄心出发，他却希望别人将自己看作未来之人。尽管我时不时会将他的上一个表达重复一遍，仿佛只要发出回音，就能让他惊觉屋子里尚有另一个人在场，但这显然仍旧算不上一场对话，而是一番宣言，他精彩地将科学观念与家常谬论无缝融入一句毫无道理的话。

“伊拉斯谟，达尔文——智者，”他这么说道，**“可是为何绿茶里放柠檬？”**

我又一次发觉自己无法理解他的话，只得懂事地点头，时不时发出一声略表怀疑的“嗯”或漠不关心的“噢”，将我那被朗姆酒濡湿的紧闭着的双唇噘向鼻子，好显得我完全理解他为何事而激动，也在他向我展示他最为珍视的藏品时表达积极投入的兴趣——那是林奈第十版专为动物而写的《自然系统》，他明确告诉我，这书相当出名。

此刻外科医生兴致正浓。**“确实，”**他继续道，为了确保我兴趣不减，又为我斟了一杯法国马提尼克朗姆酒，**“时间正在快速逼**

近——不仅对动物正确分类——还有万物——一言以蔽之？——人类——对？不对？对。”

我点点头，一口闷，然后不消他问就把空杯子递了上去，外科医生，这位慷慨大度、妙不可言的朗普里埃先生，再次替我斟满。

“不相信我——是吗？——可你会的，没错，你会的——先成功地给囚犯分类，从1到26号排序——再在此基础上重建社会。”

“科学呢？”我问。

“用上了。”他确认道。

然后他又谈起细枝末节，比如水银药膏能成功治愈淋病。**“和维纳斯共度一晚，”**他叹了口气，**“与墨丘利相伴一生。”**[①]他摇摇头。**“滚烫的朗姆酒——年轻的女孩——年老的医生——残酷——残酷啊。”**他喋喋不休地谈起法国植物学家拉马克的七卷本《无脊椎动物自然史》，称那是分类学的壮举，还有猪经由繁殖就能无限趋近完美。

此时他摆动肥硕的手指示意我们往外走。他先让我见识木屋后面的一扇推拉窗有多漂亮，这样的窗户岛上仅此一家，是他从霍巴特城带过来装在新居上的，之后又领我绕到木屋背后，他在那儿养了猪，是一头大野猪，以首相卡斯尔雷的名字命名，因为身为辉格党人的朗普里埃先生认为自己拥有进步思想，和皮笑肉不笑的托利党人道不同不相为谋。

很难弄明白这一切的走向，于是我也就举手投降，跟着走了。那头肥猪品种未知，就住在挨着木屋的猪圈里。即便以这污秽不堪的岛作参照，卡斯尔雷的家也腐臭得恐怖，遍地烂泥，里头是外科

① 维纳斯（Venus）是爱、欲、美之神，Mercury既可指财富、商贸、沟通之神墨丘利，也可指水银，此处为双关。——编者注

医生每天倾倒的泔水和剩饭，囚犯见了定会不顾一切地抢夺。那头浑身黑白斑点的肥猪故而成了岛上唯一过得有滋有味的活物，体形日趋庞大，气味越发难闻，脾性也是愈见恶劣。

也许有人会想，猪作为公认的有智慧的动物，肯定会想方设法讨好外科医生，毕竟他坚持亲自喂食，以确保所有食物都能进入这动物而非用人的肚子里。可恰恰相反，卡斯尔雷对这世界以及生活其中的任何人的火气似乎如同它壮硕的体格一般，只会越来越大，无论外科医生还是其他人，它都照冲撞不误。

外科医生养猪的目的似乎彼此矛盾。有时他会宣称是给监狱的军官举办宴会用，或是为了圣诞大餐，要不就是招待新来的领航员，而有时又说纯粹是为了满足扭曲的嗜好，拿把刀子往猪脖子上一抹，它的结局兴许就能映照出首相这个小人的结局。有时他说要把猪卖给军需部换钱，有时又说要拿切好的卡斯尔雷和其他军官换一大堆东西，新鲜肉类对那些吃了好多年酸腐腌猪肉的人来说，诱惑绝对不小。

我倒觉得他养猪其实是想显得自己更有权力，毕竟他掌握如此多的食物，任何人一看到他就会妒火攻心，梦想一场不会中断的全猪宴，享用豆子火腿汤猪头肉培根烘猪蹄黑布丁猪蹄膀脆皮乳猪猪蹄冻。可卡斯尔雷最后的审判日始终在延后，于是这头肥猪越长越大，脾气比口气还要臭。

但那时候我对这一点知之甚少，因为外科医生又说了起来，一边领我回到他那栋矮木屋里。他滔滔不绝，说他相信在把世界分解成无数可分类的元素，建立一个全新社会的过程中，我们会承担关键角色。我完全无法理解，不过我假装的兴趣收获了更多法国马提尼克朗姆酒，一开始我觉得这酒相当不错，现在则倾向于认为它简直绝了。

“我啊，”他往后一靠，扬起方尖碑似的白惨惨的脑袋，撇了撇沾满口水的海象唇，以便让我明白接下来的几句应该着重标记，“**和非常重要的——是叫科斯莫·惠勒吗？——那位科斯莫·惠勒先生——有联系——著名的英国自然史学家。**”这话显然极为重要，但愿我能理解它重要在哪儿。

可我不能。

不过我也没蠢到暴露自己的无知，让他发现上述那位科斯莫·惠勒先生尚未完全名扬四海。

“很有名。”我说。

“没错。”他同意。

不管他究竟是何方神圣，这位神秘的惠勒先生已给外科医生塑造了一种印象，使他认为自己的工作就是收集样本，为之归类，再悉数寄给身在英国的他，而且这份工作具有非凡的意义。这项工作，惠勒先生曾经写道，将会成为外科医生的“历史命运”。从这字里行间来看，无论着重与否，我觉得如果这个英国自然史学家很有名，那恐怕是因为他是靠从外科医生以及其他殖民地收集者寄回给他的各式各样的东西，构建起了一番了不起的事业。

就外科医生而言，他对自己的作用应该是一无所知，一想到竟然能和科斯莫·惠勒先生这位他心目中的杰出人士建立联系就感恩戴德，真是可悲。外科医生有时似乎坚信，如果他能将这世界的神秘砸成足够的碎片运回给惠勒先生归类，这份神秘就会消失殆尽，一切都会变得可知，而若一切皆可知，则一切均可加以解决、改善，一切善恶难题也能在林奈的创世阶梯上得到解释与补救。

我们在这大规模的破旧立新行动中所起的作用都会巨细靡遗地

载入簿册，这所谓的簿册，根据外科医生对科斯莫·惠勒的引用，就是**“麦夸里港的鱼类学小世界”**，而他会把我们的记录寄给惠勒先生，让他加以归类和系统化。

一如往常，他的话我一句都听不懂，只是点点头，酒壶又举到我的杯前，不过那是对准，而非倾倒。好心肠的外科医生稳稳举起酒壶，水汪汪的眼睛注视着我，现在借由一份具有启发性且极为深奥的声明，他的思想体系将展露其独到之处。

“我现在要说的，古尔德，”外科医生边说边凑了过来，将一只小小的手放在我的膝头，还微微笑着——这两个动作让人从身体上感到厌恶，若非此刻美妙绝伦的法国马提尼克朗姆酒再次倾入杯中，我很有可能就会做出不可取的回应——**“就是鱼。”**

7

即便那时我都很清楚外科医生就是个彻头彻尾的疯子。我们将着手绘制的竟然并非蕨类鸟类袋鼠鸭嘴兽，而是鱼，要用颜料将沙丁鱼和狗鱼、鲛鳙和菱鲷，或澳新两地任何与它们相类相反的鱼画下来。因为鱼毕竟是鱼，有用的样本并不易于保存，而且更重要的是，科斯莫·惠勒先生在给外科医生的信中特地写道，科学家的名誉并不仅仅取决于勤奋和天分——毕竟伟大的瑞典博物学家兼收藏家林奈伯爵的一生就是很好的例子，而是像威灵顿那样仰仗于策略，懂得取舍，明白应该收集什么、不应该收集什么。

那时的我实在想不到如此疯狂之举，这种为使一个远在异国的人声名大噪而给鱼画像的活计，将压垮我的生命，以至于成为我的生命——也不会想到我会像现在这样，想方设法用鱼来讲鱼的故事，甚至连写下这些字所用的都是鲨鱼骨刺、乌贼墨汁，而这墨汁正是来自几小时前刚向我喷射的乌贼。

它是昨晚随着潮水漂入牢房的，今早潮水消退时，我设法用画笔刺它。这可怜的家伙被比它更强大的力量所裹挟，遂而全力反击，墨黑的汁液向我径直飙射，那得是多大的恐惧和怒火啊。尽管眼里装了一些，嘴里进了一点，我仍然设法用粥碗接了整整三分之一的量，这深深的墨汁晾干便和这狗屎流刑地是一样的狗屎颜色，被我用来写就这些回忆。

“鱼类亟待成为下一个被系统化、从而得到理解的对象。”科斯莫·惠勒先生信里这么对外科医生说，“像你这样拥有如此得天独厚的条件，我亲爱的朗普里埃，就能收集记录全新的异域鱼类世界！”

我记得我一口将玻璃杯喝空的时候，无论口中还是喉咙里都未能感受到朗姆酒的存在，我仍目不转睛地注视着外科医生奶白色的眼睛，他正在巨细靡遗地讲述科斯莫·惠勒先生最近来信的内容。

“而且，”科斯莫·惠勒先生夸张地反问道，“地利（麦夸里港——特兰西瓦尼亚——范迪门地）与人和（托比亚斯·阿喀琉斯·朗普里埃），历史不正时常是这般偶合而成的吗？”

由于他极为看重自己这位业余藏家兼博物学者，科斯莫·惠勒先生继续写道，若是样本确实足够新颖，图画也合乎标准，那他愿意在自己的下一本暂名为《澳大利亚自然系统》的著作中重现这些鱼类。

外科医生讲了很长时间也讲得很用力，这倒是赋予我不必言语的特权，我作为艺术家的虚假经历也不致暴露分毫。他如此精明，说服自己相信我颇为重要，连我都短暂地臣服于虚荣心，觉得自己真有可能精准画出符合最高科学标准的鱼。

我可没这么说，我可什么都没说。

说句大实话，我根本就插不上话。外科医生将我无力打断的现象视为一种必要的、值得赞扬的奴性，是我欠他这个新晋资助人的，像这样承认权力的至高地位，对艺术家而言就跟打草稿的本事一样不可缺少。他醉意渐浓，说的话也愈发私密，越来越像是在告解。

“看我，”某一刻他坦白道，**“当代美第奇——你，波提切利！”**

我略微笑笑，接着却发现他竟然没笑，那双暗淡的眼睛似乎开始闪烁光芒，看来这话绝非戏言，他简直滔滔不绝，这么说道：

“但我们的任务——更伟大——诠释自然不为装点门面——设法给自然分类——为它规定秩序——这时唯一剩下的谜团就只有上帝——而人呢？——人的领地将被彻底知晓，一切皆为可解，人的掌控便登峰造极——自然是人最后的帝国——你明白吗？——明白？不明白？明白——明不明白？”

我不明白。这话听上去很可疑，像是外科医生和科斯莫·惠勒先生意图将自然界重塑为流放地，而我这个坐监的此时却扮演狱卒的角色。不过，我收到过更恶劣的提议。

“等级制？”我提问。

“极乐世界。”他说。

就像比利·布莱克口中阿克曼的瓷盘，我们靠对立才能进步。但我猜这不是外科医生的意思，只能费力地想应该用什么字眼来形容科学的伟大，此刻幸好外科医生又替我斟了一杯法国马提尼克朗姆酒，使我免于作答。

他如同挥舞火炬一般在自己面前挥舞着醒酒壶，告诉我我们的工作将这样开始，由我先把麦夸里港内海里所能找到的任何鱼类一条接一条全都画下来，那都是沿着国王河与戈登河有毒水域漂流的海洋生物浮尸。他已经跟指挥官打过招呼，从今以后我不用干其他任何活，专给外科医生当仆人。

我的职责就是花半天时间在外科医生的屋子里打扫和清洗，另外半天完全自由，能够用来钻研鱼类，确切地说，是钻研如何绘制它们。

外科医生眼下喝够了，站起身来，前后摇晃，像个矮胖的节拍器，在既需保留脸面和又想送我礼物之间徐徐犹疑。他绊了一跤，半跌半撞地倒在我的膝头，如同献祭一般，捧了只尺寸近似大型雪茄盒的木匣子，里头摆放着许多水彩颜料罐，有些用过，有些没用过，仿佛一座褪色的彩虹，还有六支又旧又破的画笔。

接着他就滑到了地上，还在讲话，而我又重新做起了关于新欢旧爱的白日梦。夜里晚些时候，我才意识到他在地板上躺了至少半个小时，而我丝毫未曾察觉。

8

外科医生床下有只破旧的深色摩洛哥羊皮行李箱，里面放了几本自然史方面的书，还有一封杰里米·边沁[①]寄来的简短回信，外科医生曾向这位伟人大书特书，讨论他的全景监狱的原则能如何有效地拓展至自然史领域，在这个模范监狱里所有人均能受到持续监视。

这封信是他最看重的宝贝，是保佑他今后成为皇家学会会员的

① Jeremy Bentham（1748—1832），英国哲学家、法学家、社会改革家。后文的“全景监狱”（panopticon）是一种环形建筑，囚室呈放射状排列，中央位置的守卫可以监视所有囚犯。

护身符，他向我保证，这是一位绅士兼科学家所能收获的终极认可，代表他会脱颖而出，成为名留青史之人。

说句老实话，我得承认比利·古尔德起先对鱼类并没什么大兴趣，若是能避开，他定会避开。在布丁的行李箱里搜寻一番后，他找到了林奈的《自然系统》还有廉价删减版的《自然史》，外科医生觉得作者普林尼[①]是个无知的罗马人，写的都是迷信的蠢话。

可我在这字里行间发现的不仅仅是蝎狮、蛇怪之类的神话动物。通过普林尼的论述我发现人类在现世远非中心，而是生活在一个超越自身认知的危险世界，这里的孕妇可能会因一盏灯在她在场时熄灭而流产；在这个世界中，人类虽迷惘、渺小，却是身处这仅受他想象力所限的宇宙，在它的瑰异、它的非凡、它不可解的奇景面前迷惘、渺小。

鲍德勒－夏普博士[②]窝在箱底的《蛋之书》，则完全是另一种情况，总体更符合全景监狱的精神。书中列举了620种鸟所产下的14 917种蛋。鲍德勒－夏普博士的风格极其精炼，甚而赤裸到残酷的地步。

亦即——

刺尾鸫所下蛋为椭圆形，略具光泽，呈纯白色。三个蛋的大小分别为：1.07×0.76；1.13×0.8；1.17×0.8。

---

① 即Pliny the Elder（23—79），古罗马作家、政治家、博物学家，代表作《自然史》（*Naturae historiae*）共37卷，内容涵盖天文学、数学、地理学、民族学、人类学、生理学、动物学、植物学、农业学、园艺学、药物学、冶金学、矿物学、艺术。

② 原文拼法为Dr Bowdler-Sharpe，即理查德·鲍德勒·夏普（Richard Bowdler Sharpe，1847—1909），英国动物学家、鸟类学家，曾是英国自然学家、鸟类画家约翰·古尔德（John Gould，1804—1881）的助手，后者曾探访澳大利亚，著有《澳大利亚鸟类》。——编者注

我这才开始意识到，布丁的品位与我大不相同，无论我如何尝试，皆是如此。他是个坏掉的系统，差的只是一个对象，是只想再找一个蛋测量大小的鲍德勒－夏普博士。他想当那个鱼类学家，但我宁愿当那条鱼。他的梦想是捕获，我的梦想则是逃离。

我更想看见一只鸫，就像我小时候一样，看它在寒冬之时拿蜗牛饱餐，而不是读什么鲍德勒－夏普博士的屁话；我宁愿看这鸫把蜗牛往石头上砸，直到能把壳里的肉挑出来，留下一摊以相似手法弄碎的壳。比起根据爪子的相似度、喙的差异度绘制的鸫类清单，这可要有意思得多。比起研究玻璃箱内制成标本的鸟类的头颅半径、展翅后的翅间距离，听受惊的夜莺嘟嘟地哀鸣，看它的幼鸟瞬间呆愣得纹丝不动可要带劲得多。前者的那种收藏和归类与死无异，正如我的铁哥们疯子克莱尔所言，是一种野心勃勃的名望，不值分毫赞许。

至此我得坦白，此前从没有哪个任务像给外科医生画鱼一样，杀得我这么措手不及。我感到一阵短促而瘆人的恐慌。我给自己讲道理，设法以此安抚紧张情绪，毕竟我当过雕刻师，这样的经历兴许有用。不过那时我唯一的收获就是又一张写着我旧名字的逮捕令，此外我还短暂拥有过一个没有污点的新名字。我当过殖民地的画师，给酒馆做过装饰，绘制过酒馆的招牌，偶尔也会画画肖像，但我很清楚自己的水平。我所谓的手绘技巧，只能用来粗率地复制纸币和本票，或为底层人心血来潮的欲望、自由定居者的虚荣心创作讽刺漫画，而这都是平面的，用一系列方框就能勾勒轮廓、连点成线复制出来，剩下的也都能轻易猜中。

可鱼呢，并没那么容易伪造。

鱼滑溜溜，是个三维怪物，各式曲线不可胜数，那颜色、表面、透明的鳍恰恰昭示了生命的理性与谜团。伪造货币的时候，我向来都会宽慰自己的良心，告诉自己我不过是在延续商贸的谎言。

可一条鱼就是一种真实，我根本不知道该如何讲述真实，更别说描绘了，好几天我都完全避开这个问题，在外科医生所谓的家中进进出出，埋头于浩大的事业之中。我在打扫、清洗并重建外科医生腐坏的木屋，在整理他各式各样不计其数的藏品时，都会重返幻想之中，假设自己成了霍巴特城上流社会的肖像画家——这自相矛盾，我知道，还没到那儿之前，这笑话我就听过好多次了——但我仍然觉得他们粗陋的脸庞、肮脏的过往，也只配让我这样一个没什么能耐的人来画。这不是为皇家学院、普拉多博物馆、卢浮宫创作，而是描绘旧世界的杂种和白痴，他们仰仗偷窃与恫吓，竟以为自己有权统治新世界。

他们啊，我得补充一句，还真有权。

任何人若想统治都只能走这条路，这一点没什么好辩的，毕竟我只求在其外围糊口。就像死神卡普瓦说的，要是哪天拉的屎都值钱，那穷人生下来就会没屁眼。这就是我们的宿命，我不想假装自己能改变它，只希望尽可能好地活下去，其他还能怎么办呢？我并不想当伐木工、牧羊人或捕鲸的水手。我既没手艺又没靠山，更别提实用的技能了。

一开始，我只想顺从这腐烂透顶的体制，如果这意味着伪造任何能让我挨过一天的东西，不管是钞票还是富裕市民的臭脸，只要不会给他们和我引起不必要的关注，那就干呗。

我眼下的问题在于，尽管我的绘画技能足以歪曲老爷太太们的嘴脸，却谈不上精进，无法确保画出像水马鱼那样符合显然被赋予的期望的画作，我担心一旦布丁发现我并非如他说服自己相信的那样，我应该会落得上绞刑架的下场。再说了，就算我设法完成了工作，我也不再确定自己是否真的想要这个职位。虽然波提切利的宝座为我保留，着实诱人，但第二天我就清醒过来，越发怀疑这和承担鲍德勒－夏普的重任没什么两样。

如果能找到一个更舒适且没那么危险的落脚点，那我当然愿意接受。可现在没有其他选项，我只能集中心力，琢磨该如何交出勉强过得去的鱼的图画。

一旦外科医生外出监督鞭刑，或前往集合点，拒绝让重病或濒死的镣铐囚休假或住院，同时我也确定自己是安全的，我就会拿出行李箱，仔细查看不同书中绘制动植物所用的技法与风格。最好的画都体现出浑然天成的感觉，我知道自己根本达不到这水准，而最差的又单调死板，想必它们的原型也是这副德行，我便鼓励自己再怎么样我也不可能比这画得更糟糕了。

然而接着我会去渔夫码头，看当天网上来的鱼，有时还有浮肿的囚犯，他们因为试图逃跑而溺死，我内心便再次充满恐惧，因为那扑腾的一团团鳍与鳞似乎远非我所能触及。

一天晚上，我用炭条在监狱的砂岩壁上专心致志地画画，这是我自觉拥有的唯一艺术才能，即在脸部漫像中粗略捕捉人物性格。这儿的营房整整一长排，阴沉沉的，我们全都睡在跳蚤肆虐的吊床上。

于是，成为外科医生用人的第七天晚上，为了娱乐我的恶棍同伴们，我画起了一幅外科医生光着身子的粗糙的讽刺漫画，最惊人的事情就这么发生了。

外科医生长出了背鳍。

我停顿了一会儿，有点诧异。

有人傻笑。

死神卡普瓦大笑。

我立马继续我的任务，把他的眼睛改大，画成两只悲切的圆球，鳃从后方渐渐探出。然后鳞茎状的身体从眼睛后面向外生长，鼓鼓囊囊，我在上面唰唰唰抹了个遍，模拟小刺，从这个刺毛球的末端还能看见一根尾巴戳出来。

9

翌日一早，我从捕鱼囚那里挑了条活鱼样本，草草打扫了木屋，将桃花心木小圆桌移走，让清晨的光亮透过唯一一扇窗照射进来，趁此时机取出颜料盒工作起来。

白昼在忽明忽暗间流逝，太阳打着转，到了下午，初冬的雨水便落了下来，沙沙作响，来势汹汹，但我太投入，丝毫未曾注意。我打了好几幅草稿，都在同一张纸上，接着浪费了两张干净的纸，只因搞砸了两幅画，一幅是不小心打翻了桌上的一小瓶墨汁，另一幅本想画得尽量写实，结果弄错了尾巴的比例。

不过第三次尝试还挺令人满意，噢，我向你保证，也算不上天才之作，可透过那硕大瞳孔略带恐惧、稍显好斗的抬升，我能感受到突如其来的兴奋，我成了钓鱼者，而他竟意外成了上钩者。他的脑门凸起得厉害，教他引以为豪（这是天才的储藏库，昨天他轻敲司康饼顶端的时候向我吐露），我能感受到那狂蹦乱跳的分量，他这是想逃跑，于是当我画到耷拉下来的肥厚嘴部时，我笔下的线条戛然而止，画面显出某种无法掩饰的怨恨，和一番化形为咄咄逼人、压迫性十足的躯体的肉欲。但随后我又收敛起来，噢！噢！——噢，我知道我现在拿下他了，没错，那肯定是他，噢，那浮肿的身子，噢，那满身可笑的刺，噢，还有那肉球末端小到不可思议的尾巴，他总算破水而出，能让我看个真切了。一阵欢愉的电流穿透我的全身，因为我总算拿下他了，逮个正着，能让大家都看看。

当晚，外科医生回来后，我就向他展示了我的第一幅画。

外科医生把画举到一臂远的地方，顺着肥硕的塌鼻子，用大得可笑的黑漆漆的无辜小鹿眼往下瞅，这姿势我已经习惯了，只听他开始一番长篇大论，讲起刺鲀的防卫天性，说它威吓其他鱼的时候会膨胀成原来的三倍大，尖刺根根倒竖。他一边讲个不停，一边一直在摆弄那幅画，远看，近看，放桌上看，重新拿起来看，再伸直了胳膊看。

最后他的结论是能交差了。

随后他被叫去绞刑现场，只留下我和刺鲀身处这深夜的光亮中。

我取下挂在壁炉边的一把刀，将锋利的尖端抵向刺鲀紧绷的身子。然后，往前一送。

肉微微收缩，空气瞬间涌出，皮破了，突然间鳔呲地爆裂，鱼一下就泄了气。

此刻躺在桌上的这条鱼和我之前画的那个浑身尖刺的怪物截然不同，不过是一只小鱼，大大的眼睛责怪我不懂它需要维持特定的姿态，瞧它皮肤松弛，还被一把大刀穿透了身体。

我知道自己不会被要求重画一遍，而且就连镣铐囚也不会愿意和我交换这种毒性极强的鱼。我把它扔进火中，它便裹在一根缓缓闷燃的木头上，仿佛又一个坍缩的灵魂。

瞻　星　鱼

THE

STARGAZER

瞻星鱼

关乎蛾螺的脓液——短尾鹱，它们的回返——厄运的预兆——指挥官的崛起——他对权力的夺取——民族的问题——安娜小姐，她巧妙的影响——欧洲的虚构——澳大利亚的出售——罗洛·帕尔马讲述他与天使的对话——巴哥犬穆沙——他对娈童的憎恨——铁路热。

1

波布乔伊对他的上一幅康斯太布尔颇为满意，便带回海胆给我吃。这只是项小小的奖励，连顿饭都算不上，不过对我的重要性远超波布乔伊的想象。我用手指把籽舀了出来，不过我垂涎海胆倒并不是因为那点咸咸的愉悦感，而是因为那些亮紫色的刺，它们把壳武装成了可怖的海中针鼹。一天傍晚退潮时分，我把海胆刺从壳上拔下来，从铺满牢房地面小小的海滩卵石中取了两颗，把刺放到中间碾磨，制成紫色的粉末。

接下来，在充当墨水壶的扇贝壳光滑的槽纹处，我用唾液和油脂搅拌这些粉末，油脂则是我从有时分配的酸腐腌猪肉里存下来的。我这样制作墨水，一边看着紫色在白色壳里旋转，思忖着专属帝王的紫色于我故事的下一部分是多么合适，在那里我的命运与南太平洋恺撒的命运纠葛不清，他的名号无人会记得，而他也饱受不祥之兆折磨，深知时间终将使他的功名灰飞烟灭。

我猜，国王会觉得奇怪，不懂我为何会花这么些页的篇幅来谈论指挥官，但他的故事就是我的故事，我的故事就是他的故事，因为他的梦想决定了我的命运。我告诉国王，若无法充分理解指挥官最终究竟是如何创造不止一个，而是两个交替的地狱，那他也就根本无法明白我的命运有多乖张。那第二个地狱我是很久以后才发现的——也为时已晚——它永生的志向着实把我吓坏了。但指挥官的成就根本的乖戾之处，只有那些从头至尾真正知晓他的可怕的人才会理解。我们的命运很快就会交融，虽然我们谁都不愿如此。

我试图讲述这个故事所用的墨水确实没法和上好的提尔紫相比，老古尔德对这种染料赞不绝口，古人从贝壳里提取，将蛾螺脑袋后方小囊肿内经阳光照射后呈紫色的脓液挤出即可，它相当珍贵，只有富可敌国、权势熏天者才穿得起这种颜色的衣袍，而我的不过是海胆紫——不过对出身远非紫衣贵族者而言也算合适，这种人打打杀杀、拼尽全力，所得的颜料却褪色太快。随后的文字显然也须染上相似的色调，对于这一点，我并不会向诸位道歉。

2

他的人生轨迹和他的面容一样静默、暗淡，后来他会用黄金面具加以隐藏，不过究竟是出于羞耻谦卑还是尴尬就无从得知了；人们对此的了解不比对他的家庭出身或军队背景多。他和愈发阴魂不散的丛林悍匪马特·布拉迪一样，都是谜，只是形式不同，毕竟布拉迪永远神出鬼没，在现实和梦境中均是如此，指挥官却随处可见。然而没人敢称自己熟悉或了解，因为这只会招致死亡。

各种故事确实存在，曾经只是通过耳语传播，过了很久，在他据说亡故之后，众人才敢声张，说指挥官一直都不受欢迎，仅仅被当作傻子。不可否认的是，他那精准中分的油头，不知何故从黄金面具的小孔内探出的鹦鹉喙般的鼻子，略似绵羊的眼睛，虽镀金边却仍显疲软的歪嘴，共同营造出了一种形象，即掌权时无情且可怖，无权时只剩扭捏作态。

最古怪的故事也最持久：据说他和我们一样，也是个马屁精，因犯下不可言说的重罪而遭流放，后替帕拉马塔的匪帮干活，再次获刑，被遣送至诺福克岛，在那儿成了吊杆操作员，无惧上帝，也无惧任何人。

当作为酷刑天堂的流放点最终关停，苦不堪言的居住者被遣至范迪门地的时候，他乘坐的船遭遇大风暴，在巴斯海峡的一座岛附近发生海难。唯一的幸存者就是他，于是他摇身一变，成了贺拉斯中尉，因为那天傍晚，此人的尸体和他一起被冲上海滩，白惨惨的脸庞被鱼虱啃得千疮百孔，此时天空在他惊恐的眼眸之中已然暗了下去，只是那并非暮色，而是黑压压一片的短尾鸌。

这样的景象他何曾见过！短尾鸌成百上千，成千上万，遮蔽着西沉的太阳，展开的修长翅翼几乎扇也不扇，悉数往一个方向轻快滑翔，返回沙丘洞穴，而对他而言，那向来都预示着可怕的黑夜。

另一方面，树木、庇护与安适，对这座岛来说都很陌生。除了他和短尾鹱之外，岛上的主要居民就是跳蚤、苍蝇、老鼠、蛇、企鹅，后者无休无止的长夜嘶鸣，加之西风劲吹的呼号，使他的夜晚成了无尽的噩梦。

短尾鹱够肥，吃着像羔羊，再加上和他一起被冲上岸的那本亨廷顿的《拿破仑战争史》给予的慰藉，他得以存活好几个月，后来被贵格会的两名传教士所救，他们当时正在巴斯海峡荒僻的岛屿搜寻被海豹猎人从部落买下或绑走的土著女人。而他们也会干起购买、绑架土著女人的勾当，再审问她们，好给资助本次传教的伦敦公谊会撰写一篇详细全面的报告。两名传教士划着小小的捕鲸船驶入岩石嶙峋、劲风肆虐的绝壁时，他已在此安家太久，俨然经历了一场彻底的改变，浑身换上了油脂味，有那么一点唬人，短尾鹱的绒毛拂动着他的脸颊和衣衫，当时他就已经开始说服自己发明创造是不可避免的。

他们朝西南方行进，一行人中除了他、两个贵格会传教士、一个黑女人，还有另一个已死的黑女人的三个孩子，是传教士用斧头和糖从一个海豹猎人手上换来的。他们耗时一个星期，穿越了余下的海峡，然后沿着范迪门地的西岸，一直来到臭名昭著的萨拉岛流放地，那儿也是传教士另一项调查的对象。

营救者和被救者在此处分道扬镳，后者从深思熟虑的虔诚传教士那儿学来了对于刑罚学高昂的论调，而他自身对人类的动物性也有陈旧低级的认知，在名为日益膨胀的野心的这把琴弓拨弄下，这两条弦奏出了一种有力的虚假和弦。当时的指挥官德·赫罗特少校对新添的士兵颇为欢迎，毕竟流放地的军事守卫队伍人手严重不足，贺拉斯中尉也抓住这个机会，用真实的服役记录扩充自己虚构的数据。

德·赫罗特少校下葬之后，外科医生和军需官就谁资历更高、谁应掌权产生了争执。眼见两人无法靠自己打破僵局，贺拉斯中尉便接替了这个要职。他称只有他有能力对士兵发号施令，让囚犯听命于他，就这么当上了指挥官。他还剑走偏锋，利用起自己的弱点，宣称尽管他对民法一无所知，对军人的法则却足够了解，借而命傲慢的丹麦书记员约恩·约恩森[①]老头（此人到死都造作得可笑，戴了根青金石项链，说是在德累斯顿停留时和普鲁士元帅布吕歇尔打斯卡特牌赢来的）起草戒严法，而我后来发现这是一场硕果颇丰的长期合作之中的第一份文件。

岛屿已如此不堪，可即便以其如此不堪的标准来评定，造作的约恩·约恩森的外形（不管他如何矫饰）也实在见不得人，酷似鹈鹕，又细又长，瘦骨嶙峋，像个大衣架子，而它试图回忆的那件大衣早已滑落。他整天挎着把锈迹斑斑的过长的剑，任凭它拖在身后的灰尘与烂泥之中，他最重要的同伴是只三条腿的癞皮狗，名叫埃尔西诺，总一蹦一跳地跟着，反复踩着自己的脚印。他走路的时候常会喃喃自语，有时则会唱歌给狗听，那狗便会仅靠两条完好的后腿站立，冲他发出哨音，以示回应。约恩·约恩森像自家的狗一样，也拥有跟主人吹同一个调子的本事。在某个时间点，这个不起眼的书记员认定他的主人不再是德·赫罗特少校，而是贺拉斯中尉。

① 即 Jørgen Jørgensen（1780—1841），丹麦冒险家。曾宣告冰岛独立，命自己为统治者；写下大量文章，一度与后文提及的英国自然学家约瑟夫·班克斯爵士（Sir Joseph Banks，1743—1820）互通书信。——编者注

贺拉斯中尉掌权一事人人都不太满意，认为那不过是例行公事，暂时得遵守，直到远在霍巴特城的亚瑟副总督任命合适人选，而贺拉斯中尉显然并不具备相应特质，但他对自身行为中种种可鄙的异常不以为意，比如他把传教士留给他照看的黑女人留在身边，想以此换取对获得道德和精神启蒙的庄严承诺。囚犯都把那女人叫作两便士莎尔，但指挥官（他很快就要求别人这么称呼他）坚持叫她混血女人，她起先给他当用人，后来就成了他的情妇。照他看来，或许和血统混杂的人交往，总胜过和一看就是范迪门土著的女人厮混。这件事再加上其他许多事情，比如他并不适合自己的岗位，他一开始都会跟随其他人一笑置之，还说“摸摸看，瞧，我和你们一样，你们可以摸摸我”。但就在他这么说的时候，短尾矆的羽绒已从他的脸上剥落，而另一些东西，石头一样的东西，正逐渐显露出来。

3

由始至终都如指挥官所猜想的一样：他拥有不死之躯。少数几个知道流放地登记处所在位置的人说，即便在那儿都找不到他来时乘坐的那艘船的档案，他的服役经历也不例外，因为约恩·约恩森许多年前就曾奉德·赫罗特少校之命清查过所有船舶登记的资料，从未发现关于贺拉斯中尉的只言片语。

传言说过早去世的少校是被人下了毒，在他死后，官方文件被发现，上面称德·赫罗特少校已在亲笔署名的信中任命贺拉斯中尉为继任者，只是必须承认的是，这些文件都是随意插在他的书信集中的。随后，从页边补遗来看，贺拉斯中尉控制流放地之后立刻发生了一场小火灾，登记处被焚毁，这些信也不幸遗失。

起先，新上任的指挥官对遥远的上级极尽谄媚之能事。他让约恩·约恩森执笔长篇报告，大书特书自己对监狱惩戒机关所做的种种改进——他的饮食改革令所耗食材缩减，只为确保囚犯身体健康，精力充沛；他新推出的独立睡笼仅一人长，与前臂等高，可阻止囚犯间犯下难以言喻之罪；他所谓的摇晃夜壶的底部为椭圆形，双手共用才可成功操作，因此想犯俄南之罪[①]便不再可能。

根本不见回复。

没有赞许、鼓励，甚至就连认可或训诫，也一概没有。

约恩·约恩森奉指挥官之命所写的信的语调开始起了变化。他开始在信中列举管理这样一个流放地所面临的种种问题，说此处的囚犯卑劣至极，与几乎同样下作的士兵共犯难以言喻之罪，而后者与前者唯一的区别就在于那身已褪成暗粉的红色制服；保障流放地的存续使他陷入两难，无法按期许中那样自给自足，毕竟提供的工具太少，没有造船建房的熟练技工，没有现金，也没有多余的食物与途经的商人交换。他恳请多拨一些补给。多派些士兵。再来几个有点能力的军官，不要通常那种不光彩的，他们不是侵吞过部队财产，就是在毛里求斯和指挥官的老婆睡过觉，或者更糟，在开普敦和指挥官本人睡过觉。

没有回复，没有补给，没有援军。

他的信添了几分戾气，继而是怒火，最后成了谩骂。一篇简短的备忘录寄来以示回复。署名者是殖民地大臣的下属。信中再三重申他的任期，并提醒他身负的职责神圣无比，让他坚持至总督任命

---

① 典出《创世记》，指犹大的次子俄南（Onan）违反夫兄弟婚的习俗，在与兄长遗孀他玛性交时故意体外排精。后引申为手淫、自慰——编者注

继任者接替德·赫罗特少校为止。

指挥官终于明白，他的这些信哪怕看上去再有益，也不如抛入海里，让庞大的鲸鱼吞入腹中，它们几乎每个小时都会成群结队游经此地，远处水柱形成的小小彩虹就是它们到来的信号。也就是在这时候，指挥官踏入了沮丧的泥潭，时间长达数月之久，其间他既不刮脸，也不更衣。

等到他终于走出冰封的独处时刻，他竟然戴起了笑容常驻的金面具，海难之后的长期隔绝对他头脑造成的其他深远影响也清晰可见——瞧那气派的崭新蓝色制服，多像滑铁卢战役期间内伊元帅身着的那套，装点着奇大无比的羽饰肩章，与短尾鹱展开的翅翼惊人地相似。至于他戴面具究竟是为了隐藏身份，免得暴露自己是冒名顶替，还是为了重塑自我，表明自己既非贺拉斯中尉亦非海难前的任何人，而是一个全新的人，即指挥官——我一无所知。

我只能说笑脸面具很快便随处可见，闪烁着，开心愉悦，映照出我们自身的贪婪和欲望，由于它无处不在，故而似乎没人注意到它静悄悄地飞快篡夺了宽大的箭镞，将其作为政府财产的象征，先是刻在木桶和工具上，之后又烙印于我们的小臂，国家、自我与掩饰便水乳交融，恰恰呼应了这位伟人的形象。

指挥官同约恩·约恩森进行了无数次长谈，第一次后，这丹麦人便着手给殖民地事务部撰写不动声色的报告，描述虽不惊人但足够稳定的增长。他在报告中写道，与世隔绝带来了不可避免的问题，而且干活的囚犯懒散无能，熟练技工和工具也堪称短缺，即使如此，发展虽受阻，却从未停歇，也未遭到过分妨碍。这是一幅领导有方、欣欣向荣的图景，利润有些许增长，土地得到开垦，罪犯的灵魂也获得了拯救。但只有约恩·约恩森注意到，指挥官镀金双唇边角亮闪闪的唾液因服用水银治疗梅毒而发黑。

之后指挥官下令开放军需库，从事贸易。他命令拿流放地每一桶腌猪肉同楠塔基特的捕鲸商交换两艘旧捕鲸船，然后派遣几队新的囚犯出海搜寻约拿之鱼[①]。其中一艘全体船员刚出地狱之门[②]便沉没，而另一艘却得以返回仅靠限量面粉和鱼类过活的饥贫的流放地，还带回两头座头鲸，于是指挥官便开展起鲸油贸易。

他凭靠鲸油贸易赚来的钱购买了船只，让其他人回到他曾遭放逐的那座岛上猎杀短尾鹱，获其肉，猎杀海豹，获其皮。他将自己信任的囚犯编成精英卫队，让他们射杀半数士兵，却并未通知殖民地当局，照领死者的俸禄。他令砍伐泪柏的速度翻倍，将运给殖民地当局的数量减半，等到生意红火的时候，便将砍伐速度增至四倍，将运往霍巴特城的量削减成四分之一，如今无非是把这当作可怜兮兮的贡品，同时还在信中描述几乎无法克服的重重困难，诸如工具破旧，锯木工经验不足，难以言喻之罪肆虐无忌，天气极端恶劣，一年中河流冰冻期长达六个月之类。

他的生意规模越来越大，也越来越具有异域风情：成批的鲸油桶换来一只过熟的番石榴奢靡的香气，造船匠的工具换来鬣蜥下的蛋，一条捕鲸船换来一货船的青香蕉，珍贵的红色军服换来包头丝巾。

葡萄牙商人清空船上的摩鹿加鹦鹉羽毛时会向巴西水手悄声透露，光脚的囚犯没日没夜拖着巨大的泪柏穿过无路的雨林直到冰冻的河流边缘，在这残酷的路途上也会对彼此哼哼唧唧，而不管这帮人怎么说，他的生意并非全都是彻头彻尾的疯狂。

① 先知约拿（Jonah）曾被大鱼吞入腹中三天三夜，约拿之鱼后引申为鲸鱼。
② 即 Hells Gates，麦夸里港的湾口。

他宣称那松树的油脂既有催情之效，又能治疗淋病，是双重道德奇迹，既能提升又能保护它那沉浸于爱之激流中的拥护者，于是他获取了最上等的印度丝缎。他把一群凤头鹦鹉的冠冕涂成硫黄色以模仿金刚鹦鹉的幼鸟，再训练它们学蒲柏的腔调吟诵忧郁的诗行，用囚犯训练师粗蛮的口语唱情歌，于是他收获了十四艘巴西卡拉维尔三桅帆船和七门加农炮，再立马用这些换来沙捞越的领地，那是一个黎凡特商人向南前往萨拉岛这座传说中的王国途中打塔罗牌赢来的，而这片领地的售卖所得，就被他用来给自己建宫殿，还造了一座新的码头。

他让巴哥犬穆沙划船去了大陆，在一片废弃的沙滩上插了一面萨拉岛领地的旗帜，从而获得澳大利亚大陆的主权，而这为他换来了一船的暹罗女孩。起初，她们在软树蕨丛里做生意，但等到夜晚光亮越发稀薄，蕨丛也愈渐潮湿之时，暹罗女孩就拿着软树蕨的叶片，麇集于重兵把守的监狱北墙。她们在那儿吆喝生意，呼唤马屁精们展露自己的男子气概，还喝下他们的精液，相信这能治愈肆虐于她们之间的肺痨。

他声名远播，一船接一船形形色色的生意人、商贩、乞丐、江湖骗子都开始出现。指挥官来者不拒，一开始这是周六下午南边寨墙下偷偷摸摸的生意，重刑犯只负责管理，无权控制，后来就变成集市，再发展为巴扎，进而形成了国家的概念。“国家是什么？”指挥官问外科医生，嗓音高亢、诡异，重复着陈词滥调，“不过是拥有商船队的民族。语言不过是拥有军队的方言。文学不过是贩卖出处的词句。”

4

指挥官冒名顶替贺拉斯中尉一事有一个未曾预料的重大后果：他会收到死者的邮件。这本身不值一提，也不常发生，除了死掉的中尉的姐姐安娜小姐寄来的信如流水一般没完没了。根据她文字中的某些旁白，指挥官得出了一个印象，即安娜小姐的亲弟弟死后是受海虱烦扰，生前则是受安娜小姐的来信烦扰。他极少回信。但安娜小姐的冒牌弟弟，指挥官本人，却对回信相当投入。他写得频繁，写得热情，有时她寄来一封信，他却要回上两三封。

或许起初他只是想将信件用作了解相关个人信息的小图书室，以便更好地冒充安娜小姐死去的弟弟。许多年后我在一本信笺集中偶然翻到几封，发现他很少谈论自己，而是会询问许多问题，从中提取她的家庭、她的世界、她的兴趣爱好与激情的细节。

但通信很快就拥有了自己的生命。不知是受她文字自身的暗示，抑或由指挥官个人的解读推断所致，他渐渐认为这位新找到的姐姐是个独特的存在。见弟弟对她抱有新鲜的兴趣，也对她日渐欣赏，安娜小姐很是高兴，信就越写越多，所表达的也愈发贴近她的内心。安娜小姐的语气变化之大，指挥官几乎觉得信出自完全不同的人之手，而这个人如今被他当作自己的亲姐姐。随着她的信逐渐变化，指挥官不再觉得这是搜集信息的必要任务，而是一种亟待展露的激情。因为他觉得自己作为岛屿领袖的地位坚不可摧，而随着这份信心变得愈来愈足，他同其他人的隔绝感也就愈来愈深。唯有在安娜小姐的信中，他才能找到亲密与灵感的源泉，而他越发觉得这一切需要同等的回报。

我曾使用没完没了的流水这个意象形容安娜小姐的信，但这并不准确。当然她那些迷人的故事都是以这种形式写成的，每周两次，有时达三次；但每年信件的接收也就一两次，所以它们对指挥官内心的影响并不见得如溪流对溪岸柔缓的侵蚀一般，更像是风暴潮，所经之处，荡涤殆尽。

当我后来开始画其中几封信时，我发现它们的语气热情洋溢，形式如恣肆汪洋，句子翻滚纠缠，措辞跃过思想，写信者气喘吁吁，急于向她认成自己弟弟的那个人讲述当时的种种新奇事，再加上这一切均与她存在个人层面上的关联，这些信便更显非凡，比如和乔治·斯蒂芬森[①]的妹妹享用丰盛的下午茶时，后者认为她管火车头叫“沸腾的雷神”堪称绝妙，还有一晚在五庭场观看斗熊这样粗俗的游戏时，经人引见认识了约翰·济慈，她在信中写道，两人就迷失于新世界的任性的弟弟们交换了看法。

这些信折磨着指挥官，距离所唤起的伤感令他深深痛苦。它们扭曲了他对旧世界的看法，淡化了欧洲的日常、乏味，还有狡诈与平庸，夸大了半年航程之遥的那个世界的美妙、崇高与奇异。

在指挥官的头脑里，欧洲的事件开始有了划时代的意义，且以意料之外的方式彼此关联。因此，蒸汽火车、拜伦的《唐璜》、伦福德伯爵[②]壮观的科技壁炉，这些与安娜小姐在个人层面上有着美妙连接点的事物，都合为一体跃入指挥官的想象中，孕育了一场除却烟尘的浪漫主义之旅，以及他将疯狂追逐的肉体欢愉。

一天夜里，他那黄金面具下的双眼终于因一再阅读她美妙的书信而疲倦，在半梦半醒的昏沉和愉悦间闭了起来，他意识到欧洲那

① 即 George Stephenson（1781—1848），英国土木与机械工程师、发明家，被誉为“铁道之父”。

② 即 Count Rumford（1753—1814），英国军官、科学家、发明家，与后文提及的冯·伦福德伯爵为同一人。——编者注

些崭新的科技奇迹要么是由安娜小姐发明，要么就是因为她完善的工作、明智的建议或善意的介入而直接成形：无论火车、蒸汽船、蒸汽印刷机，还是超自然电力的生成—— 一切均出自安娜小姐！

后来，又过了一段时间，他才不得不承认不仅科技方面的东西，就连十九世纪现代化的欧洲这样的奇迹显然也是他姐姐想象的产物。深层的灵光闪现的作用下，他意识到他的姐姐正在创造欧洲，于是他的身体猛地痉挛了一下。

翌日清晨，让丹麦老头用大算盘计算每月销售鲸油所得时，他发现自己产生了自己是否也能这么干的念头。随着黑白珠子咔嗒咔嗒地来回拨动，他的头脑里也盘算着其他东西，结论就是他或许能将萨拉岛流放地变成自己想象力的产物，一如欧洲之于安娜小姐。

他大喊一声，丹麦老头惊得将算盘掉落，在指挥官小屋子里的石板地面上砸坏了。黑白珠子四处滚落，丹麦老头忙不迭地捡，指挥官若有所悟地摇了摇头。他将在萨拉岛上重建欧洲，只是这次甚至会比他姐姐的任何描述都要壮丽。

那天丹麦老头的计算无非是跌落于尘埃中的黑白珠子，指挥官发现自己那受短尾雘夜晚返程所启发的单色梦想，爆裂成了万花筒般多彩的欲望。透过囚徒汪洋般的鲜血，那他将声称都是为改善人民命运而泼洒的鲜血，安娜小姐的信此后在他看来便犹如癫狂的天然磁石，成为他奇异旅程的导航工具，而我们是他不情不愿的乘客。

5

那时候，我的生活已开始按部就班，虽然这样的模式让人快活不起来，但同绝大多数囚犯相比，至少还算舒服。尽管我还是和其他囚犯一起睡在监狱里，但早晚点名之间，我仍相当自由，想干什么就干什么，岛上想去哪儿也能去哪儿。我得到了额外的食物，朗姆酒定量配给，还被允许在卡斯尔雷的猪圈边上辟一块自用的小菜园。我甚至还有了个女人，鉴于流放地全是男人，这着实不算小事。

那女人就是指挥官的情妇两便士莎尔。我与她幽会风险自然不小，这种偷偷摸摸的私情因而得避开众人的眼目，通常都是在无人涉足的地方滋长，也就是卡斯尔雷猪圈和背后陡岸之间的一小片灌木丛里。

受浓密的茶树林和猪屎升腾瘴气的庇佑，我们在陶瓦壶里存了走私来的粗劣烈酒，是用偷来的醋栗和糖发酵，取檫树叶的味道和绿色，以此纪念死神卡普瓦的拉里金汤。虽然我会称我在其他地方画鱼，但我还是免不了躲入茶树林，钓取两便士莎尔的欢愉。

隐匿于世界的背后，我们就这样日复一日地生活。彼时恰是初冬。头顶粗蛮的西风刮过岛屿，而我们身处茶树林里倍感舒适，那里如夜晚般温暖而安逸，亲密又神圣。我们在这里交换字词。

我的最爱：穆瓦尼[①]。

她的最爱：哥们儿。

伦敦的故事让两便士莎尔听得津津有味，伦敦的人群比最大的袋鼠群还要大，高耸的楼房一栋挨一栋，如此形成了山谷、峡谷、沟壑，其间不见一棵树的影子，这些描述教她又怕又兴奋。然后她会讲起范迪门地的诞生，那是穆瓦尼神砸开大地、创造河流、将泥土吹成山脉的功劳。

“那麦夸里港是怎么形成的呢？”一天我问，“是穆瓦尼造的吗？”

① 塔斯马尼亚传说中的造物主。——编者注

“麦夸里港？”她答，“那是穆瓦尼的尿壶——哥们儿。”

她闻着像腌鲱鱼，我会把烟斗递给她，她将烟斗紧紧地咬在齿间，抖得像条鱼，接着就散发截然不同甚至更好闻的气味，然后我们便穿插畅游飞翔缠绵，好不快活。她乳房小巧，腰肢粗壮，小腿纤细，起初做爱时如狼似虎。她会发出很大的响动，介于范迪门地的袋獾夜间凄厉的呼啸和狂奔踩踏声之间，让人愉悦又害怕，因为这意味着我们是冒着被人逮住的风险，即便卡斯尔雷在背后高声欢唱。任凭我如何哀求她压低声音畅享激情，她仍我行我素。她几乎没有羞耻感，一旦情欲上头，而如我所说起先这是家常便饭，她甚至可以当着外科医生、指挥官或一群镣铐囚的面，美滋滋地揽我入怀。

可是如果我说我一切皆好，我即将结束的日常作息也是一样（虽然我并不知情），那肯定算不上诚实。回首过往，应当说事态甚至从那时候起就已开始崩溃了。过了一阵，两便士莎尔倒是学会了必要的礼节，但那时候她已对我完全失去兴趣，和巴哥犬穆沙斯混到了一起，这狗由于告密被赏了一个舒适的位置，负责协助军需处的仓库主管，比起我，他手头的食物、酒水、烟草远远充足得多。而我，原本以为她和我在一起乃是理所当然，现在却想她想得要命，真是始料未及。

幸好我画鱼的风格有所改善，我生存的前景也随之改善。我的画愈来愈精练，就像品质上好的靴子一样实用，就像布丁那艘科学荣光之船上合适的后桅杆一样牢靠。

不管怎么样，布丁很开心，有时甚至欣喜若狂，他的白日梦充斥着诸如伟大的自然史学家兼著名的鱼类学家朗普里埃荣归首都伦敦时的画面，他会默念种种机敏的答复，应对盛大的科学晚宴上拜倒在他脚下的上流社会淑女。当她们问他置身于野蛮人、丛林、饥肠辘辘的霍屯督人之间如何得以存活，他会满怀谦卑之心，如此回答：

“因为我信仰科学，女士，信仰我能在这项神圣的使命中起到的微小作用。”

6

魔鬼的形象不可计数，难以付诸图画。我在工作上的挫败感越来越强，而“瞻星鱼”这令人浮想联翩、光彩夺目的名字使我联想到的鱼，和某天清晨捕鱼囚拿给我画的那条截然不同，似乎并无不妥。我想象中的鱼似乎不属于尘世，仿佛某种带有冥想色彩的特质化身为了鱼的肉体。在我看来，这样一条鱼非常适合水彩这种表现形式，我发现水彩很难捕捉稠密度，但拥有某种描摹光的走势的能力。

但要画好捕鱼囚给我的这条瞻星鱼实属不易。我不知我为何这么看，不过这鱼确有其黑暗的秉性和凶狠的相貌，瘆人的蛮牛般的脑袋边缘长了两只撒旦的角，一张竖直的嘴整日怒气冲冲，皮肤黏腻，怪异的双眼长在脑袋顶部而非两侧——似乎总是抬眼向天，那天籁般的诱人名字便由此而来——这一切让我觉得熟悉而非陌生。可我说不清所谓的似曾相识之感是什么，也说不清为何这起先让我不安。

无论如何想象，瞻星鱼都是一种令人恐惧的鱼，不过直到第一次在它的世界里见识到一条，我才理解它真正的本质。那天我去了渔人码头，欣赏网鱼囚的最新收获——一种巨大的鳕鱼，腹里有坨大肿块。蜕去的乳色鱼皮底下，肿块仍清晰可见，形如监察官苍白的肥脑袋，那是他试图逃跑之后留下的唯一一样东西，跟一只存放腌猪肉的旧桶捆在一起。网鱼囚的头头是个黎凡特来的瓦拉几人，名叫罗洛·帕尔马，他挥手让我去码头尽头他站立的地方，往海里看。

从某种意义上来说，罗洛·帕尔马的命运与他来自的土地具有同样的决定性特质，即都会与其他国家纠缠在一起。罗洛·帕尔马来到英国，发现英国人的友谊体现为沉默，于是就同自己心目中的英雄史威登堡[①]一个样，开始和天使说起了话。他的想象力可谓天马行空，对自然界极为热衷，他谨遵天使之命而行，成为谋杀犯，被强制流放至范迪门地，而他所欲创建的自然史体系，相比于外科医生崇尚的，疯狂程度有过之而无不及。但他不得不将就将就，琢磨范迪门地的内陆是否存在牛头人和狮鹫之类的传说生物，并向我示意，水底大约五英尺之下，一双恶魔般的眼睛正从海床往外探。这双眸子的主人浸没于沙中，脑袋硕大，双角如撒旦，倒三角的体形似马戏团力士，纹丝不动，浑身紧绷，隐身暗处，就等一条小比目鱼从头顶漂浮而过。

随后，沙堆爆裂，瞻星鱼庞大的身躯从中浮现，像是由自己引发的混沌所孕育。它硕大的吻瞬息之间便一张一翕。那身体弯曲跳跃，驱动着它先是向上，再猛然向下，扑向未曾起疑的小比目鱼，唯余瓦拉几人一阵欢呼，打旋的沙水表明一条生命离去。

我第一幅画线条细弱，并未忠于这咄咄逼人的态势。它们没能勾勒出这可怖的比例，硕大无朋的脑袋掌控着越来越细的身子，而我所上的颜色也不足以再现鱼类肌肉，尤其是瞻星鱼的肌肉所蕴含

---

① 即 Emanuel Swedenborg（1688—1772），瑞典科学家、哲学家、神学家，据文献记载有所谓的通灵能力。——编者注

的那种张力。

这样的时刻，鱼仍然只是可怜兮兮的科学插画，科斯莫·惠勒先生扭曲的形象却似不速之客涌入我的脑际，他欲将世界重塑为砸机器的人试图毁坏的那种大型蒸汽机，齿轮嵌套已被碾碎的齿轮，我和所有的鱼就夹在这分类体系的利牙之间，被捣成丰盛的大餐。

我反复修改素描和水彩，直到画纸上满是纵横交错的冗余线条和色彩，它们是捕鱼的网，鱼却仍旧无从寻获。最后好不容易完成的画还是很平庸，我只能希望外科医生觉得过得去。那时候鱼已经死了，虽然它还是被煮成汤吃进肚里，网鱼囚却对我要他们再捕一条瞻星鱼的请求不满，觉得那鱼同样会腐烂。

结果他们也不再需要给我鱼了，而我的运气即将最后一次往好的方向转去，随后一切都将堕入地狱，地狱也向我们而来。

7

所谓书永远不得离题，这是我始终未曾遵守的规则。上帝同样如此，随心所欲搭配二十六个字母，无论 Q-E-D 还是 A-B-C，他的故事始终不赖。

唯一信仰笔直大道的只有将军和邮车车夫。我相信国王在这件事上和我看法一致。我毫不怀疑，他也喜欢羊肠九曲、沿途风光，虽然这只会招致无尽的失望，但仍能令旅行变得难忘，而旅行的真意大抵如此。

沉醉在这样的想法中，我向国王指出道路的问题决定了古希腊和古罗马文明的根本不同。像罗马人那样造笔直大道，若走运你能听到三句话：我来，我见，我征服。[1] 像希腊人那样在雅典卫城周遭修些羊肠小径，又能得到什么？无非只有《奥德赛》和《俄狄浦斯王》，仅此而已。国王算是个古典主义者，他凝视着天花板，头脑里充斥着狮鹫和半人马，当然，还有普林尼。

我怎么会忘了普林尼？

这次，睿智的国王又赢了一局，表明概括就是犯蠢，因为普林尼也许是罗马人，但他写的书佶屈聱牙，比死神卡普瓦的那张脸还要扭曲，就是那天他回来试图将我牵进又一场无可避免的离题之旅时摆着的脸。唉，那个黑人酒馆老板怎么会规律地不时浮现于我的生活中，承诺无尽的希望，离去时又令我的世界陷入深深的绝望。他是冒险我是妒忌，他是麻烦我是兴奋，他在说话，可我早已不再倾听思索梦想希望如今有了逃离的可能。

死神卡普瓦欢快又轻松，仿佛刚刚摆脱了金龟子，满面笑容，就好像布拉迪是他最要好的哥们儿，又哈哈大笑，宛如霍巴特城的名流巨贾，傻不愣登、酩酊大醉、劲头十足的死神卡普瓦闲庭信步，踏入外科医生的家门，大叫："去他妈的鱼，比利小子！"我还没来得及开口，他就把我那幅瞻星鱼扔进了朗普里埃暗沉的灰烬中，随后继续乐颠颠地叨叨："我们手上有更好的东西。"

即便一身政府的粗衣，他仍旧光彩照人，至少我是这么看的。而且，他像过往一样，设法爬上了萨拉岛的阶梯。他说他如今是萨拉岛国家火车站的官员，特殊事务旅行物资供应商。

受安娜小姐口中新式蒸汽火车风靡欧洲的故事影响，指挥官想要被视为命定者的欲望日益受挫，姐姐从曼彻斯特坐火车前往利物浦，欢呼新时代到来的长篇大论也使之心醉神迷，于是三年后，他

---

① 即拉丁语 Veni, vidi, vici，是恺撒发给元老院的捷报中的文字。

也下令建造大型火车站。

这是项庞大的工程，需要开采砂岩，从远方的海岸运来，还要购买并组装作坊、铁匠铺、工厂所需的用于建造大型火车站的全套机械设备。所有这些做法遭到了一些人怯生生的质疑，他们认为火车站建在岛上远离海岸的荒野中，而且这蛮荒之地本就如此凋敝，只能作为监狱存在，所以根本就不会有旅客把这儿当作终点站或始发站。指挥官怀着坚不可摧的信念，平静地驳斥了这样的论据，说火车线路日益增长，自然就会有火车站，就像柳树根和湖水的关系，所以不久这儿就会成为澳新一带最为繁忙的火车站；很快满洲人和利物浦人只要谈起萨拉岛国家火车站，都会嫉妒且艳羡。如此一来，他说（有人甚至声称那黄金面具都绽开了笑容），我们便会将名为隔绝的暴政置换成自由贸易。

两百码长的铁轨铺设至调车房，周遭再绕一圈铁轨，如此一来，火车终于驶出雨林之际，即可在调过来的两打勒索犯推轴驱动的大型木制转台上调头，或是穿过那一圈铁轨再返回车站。几个月之后，仍丝毫不见任何柳条般的铁轨触须穿过邻近的荒野向我们蜿蜒而来，海岛和大陆之间也并无铁桥架设，指挥官便宣布他向美国的捕鲸商订购了一列蒸汽火车，将销售戈登河与大堡礁所得的最后一块金子也投了进去。

8

比利·古尔德在萨拉岛上并非没有麻烦。不过和死神卡普瓦相比他已经够幸运了。死神卡普瓦来到萨拉岛不久，便跟织工咆哮汤姆再次碰头，汤姆帮他的老房东向捕贝类的囚犯找了个住处。死神卡普瓦就是在那儿招致了囚犯的上司，即治安官巴哥犬穆沙的敌意，穆沙之所以被运来萨拉岛，是因为和一只绵羊有过一段不堪的插曲。审判时，尽管巴哥犬是因兽奸被问罪，他却误以为自己被控鸡奸。当法官问他作何自辩时，他觉得有必要指出他被人抓奸时干的并非公羊，而是母羊。他对娈童恨得牙痒痒，以为自己被罪恶地当成同类，而在这憎恨的背后始终是一股主导着他的情欲，幸好这在萨拉岛上找到了无数宣泄的出口。

死神卡普瓦遭到巴哥犬穆沙的举报，说他把船上的丝绸卖给软树蕨丛的暹罗女孩，结果获判一百下鞭刑，被绑于犹大摇篮上达一星期之久，然后被遣往戈登河当锯木工。一天晚上，香桃木在他们上方隐隐显现，将斑驳的阴影投进炉火，他把那个砸机器的格拉斯哥人的悲惨遭遇讲给了其他锯木工听，这番叙述使人深感蒸汽机拥有残杀人类的强大力量，也错使这些人以为他对机械上的事务略懂一二。

次月，标记为“火车”的装有铸铁零件的巨大板条木箱抵达萨拉岛，随附的组装说明犹如天书，就连最机灵的造船匠也一筹莫展。指挥官绝望至极，直到线人遍布全岛的巴哥犬穆沙传给他一个错误的信息，说有个在戈登河畔的伐木组里干活的逃奴吹嘘自己造过蒸汽机。

于是死神卡普瓦受到召见，他让指挥官放心，接着向造船匠传达脱节的指导，均来自对讲解乔治·斯蒂芬森的新发明的街头小册子模糊的记忆。然而直到指挥官告诉死神卡普瓦，说要把他和造船匠没用的胳膊当柴烧，拿他们的卵蛋切成片放在火上烤，再逼他们饱餐一顿，死神卡普瓦才说服造船匠想办法理解这团浑然无序的东西，用乱七八糟的铸铁零件造出了一列火车，而这列火车独一无二的特色在于从一只小型桅杆上拉出悬臂缆绳支起一对烟囱，烟囱则从锅炉两侧水平探出，像是两撇涂了蜡的小胡子。

蒸汽火车最终组装成功，于是指挥官每晚都带着两个暹罗女孩离岛游玩，伴随着盛大的庆典，鼓乐喧天，礼炮轰鸣，士兵列队接受检阅。之后他会坐上火车，从车站驶往调车房，行程两百码。火车就这样一整个晚上绕圈行驶，直到驾驶员狂吐不止，外侧车轮因额外的离心力而磨损严重，火车因而疲态毕现，往外倾侧。车内，忧郁的指挥官早已酣然入眠，脑袋枕着其中一个暹罗女孩的膝头。

又过了一年，仍然不见任何轨道车流涌入的迹象，指挥官便派遣四个搜索队进入内陆，找出新线路势必推进的方向究竟在哪儿。无人返回。指挥官便果断对那些迷失于特兰西瓦尼亚某处的搜索队员作出缺席审判并定罪，命人用滚烫的烙铁往一个返回的逃兵的肚子上按，从而查出失踪的真相，原来那些人全都在法国角[①]附近路边的一个站点，登上了驶往英国湖区安布尔赛德的特快列车（布拉迪及其光明军碰巧就是在此处下车），明摆着不愿再回来。

当有人坚定却又不失恭敬地向指挥官提出，在地处荒野的岛上建造火车站不太可能吸引足以抵消庞大开支的流量，指挥官竟然平静地认同了。随后，他说最近几个月来，他坐在旋转的车厢里夜不成寐，一直在同一个名叫山田长政的日本商人深入讨论，日本对木材的需求量极大，指挥官便与对方达成协议，出售整片特兰西瓦尼亚的荒野，置换更多的铁道车辆，那都是这位走私商之前去南美做生意入手的。这些车辆将使国家得以收获必将到来的繁荣，同时荒野将不复存在，清理的空地便可开放，供人定居。没人愿意对黄金

① 即 Frenchman's Cap，塔斯马尼亚西海岸地区的一座山，可从麦夸里港望见。

面具陛下进言，火车车厢无休止的旋转早已使他本就失衡的头脑陷入了彻底的疯癫。

第二年夏天，当日本锯木工的帆船到来的时候，唯一没感到惊讶的正是指挥官本人。他看着他们卸下谈妥的机车车辆。车厢布满蛀虫和朽洞，可是指挥官只会坐在获名皇家车厢的临时运煤车里，这番景象似乎已然无关紧要。

9

我凝视着瞻星鱼升入烟囱，里面都是烧焦的纸头，死神卡普瓦则傻愣愣地斜睨着我，详细谈起了他的新岗位，说成功地重新设计火车头后，他的职责就是培养一种旅行的概念，促进国家火车站、国家火车头以及与之相伴的铁道车辆的使用。

我明白倾听之时不该开口，不过我仍然觉得有必要大胆提出自己的看法，即整座岛也就一平方英里左右，何来地方可去。

“没错，”昔日的酒馆老板说，（我觉得）他是想显得神秘，而令人羞愧的是，这竟然勾起了我的好奇心，“但会有的。”

他叫我趁着当晚萨拉岛快车即将出发之际到火车站去。那个雾蒙蒙的夜晚，锅炉缓缓增压，做着启程的准备，空气化作余烬飞灰形成的火红纱幕，我赤脚站在侧线下方及踝深的泥泞之中抬头凝视，皇家车厢拉上的窗帘被煤烟熏得黝黑，指挥官坐在背后详尽地向我解释起他的信念，说商业（他似乎错把火车无尽的循环当成了这东西）如今不仅已进入崭新的贸易领域，还进入了崭新的艺术领域。接着，他又解释了为什么他觉得很有必要把我绑在车头，以便让我更好地感受运动的崭新美学。

他把窗帘拉开一点，但从我站立之处，我只能隐约分辨出他那副黄金面具，以及两只映射着令人不安的黄色光芒的小眼睛。尽管我提出异议——不失礼貌，指挥官仍坚持己见——可谓温和，立马命巴哥犬穆沙控制住我。话不多说，几根皮带和皮制丁字裤已把我牢牢绑在了列车的前护杠上。

跟随着蒸汽引擎震耳欲聋的嘶吼，铁轮冲铁轨有节奏的敲击，我无休无止地转起了圈。没过几分钟我就呕吐起来，又过了几分钟，我已呕无可呕，只剩污浊的绿色胆汁犹如先前的呕吐物一般沾满我的衣服。一圈又一圈，一轮又一轮，无论打瞌睡，做白日梦，还是一心想着吃食或女人都毫无帮助。我唯一的感觉就是恶心，近乎对感官的猛烈侵袭，煤烟的恶臭渗透我的肺部，我感觉我的整具躯体都已遭到侵犯和摧残，我意识到我是彻底的孤独。漫漫长夜，有几个片刻我的思绪明朗起来，心想如果这就是未来，那它似乎一点都配不上这个名字。

列车嘎吱嘎吱，缓缓停下，我被解了绑，毫无知觉地拽到一个画架前，直犯恶心，而之所以在这儿支画架，是因为在这儿能看见调车房的壮观景象。

我花了好一会儿才勉强站直身子。世界围着我如海浪般翻卷；调车房犹如海藻林，起起伏伏，暹罗女孩漂浮而过，巴哥犬穆沙和他的走狗四处乱冲，还有一群怪模怪样的海洋生物。我颤颤巍巍地拿起画笔，轻飘飘的身躯翻倒在黏稠的烂泥里，待我恢复平衡，便开始作画，尽管沉滞的恶心感压制着我，我仍全力以赴，为求向指挥官描绘一幅有关启示与深远发现的景象，正是这二者将世界重塑成商贸。

可然后我画完了。

无论从什么角度看我都知道自己失败了。

比利·古尔德始终觉得如果有什么事值得去做，那它就是值得搞砸的。倘若担心干得太出色，他坚信，野心就会把你毁掉。仅从这个角度来看，他又觉得自己可能成功了。

因为我所画的无关温馨或愉悦，而是冰冷之物，是一样恐怖、骇人、令人战栗的东西。他们向我索求慰藉，而这便是荒芜。潜藏的暴力，疯癫的幻象：我与之无关。他们想要希望与进步，可我惊恐地瞧见有谁满脸阴沉与我对视——是瞻星鱼！他们想要新的上帝，而我在惶惑无序之际却给了他们一条鱼！

这样可不好。等待我的是比平奇贝克船长的小溺箱还糟、比亚瑟副总督的金龟子还惨的命运，钳口管、犹大摇篮、食腐者之女一齐发力，留我横死其中。

我更难受了，往后退去，吞咽着口水，步子略微不稳，这场失败预示的前景令我不寒而栗。我设法稳住身子，原来指挥官自始至终就站在我身后观看，我却浑然不觉，而令我恐惧的是，他还走上前来。

外科医生会花上一整天时间细观一幅画，以寻找瑕疵，指挥官却不同，也就打量了几秒钟，与此同时我也将他打量了一番，自从抵达那日他对我们开口起，这还是头一遭。从背后看，黄金面具意图遮蔽何物一目了然：他的脑袋那样硕大，其下的身躯却小得不成比例，那是肉体对精神的臣服。

然后他转过身，但我能看见的只有那两只染了黄疸的眼睛，它们被黄金面具上的眼窝衬托着，微笑的裂口背后是更大的一张嘴，如空穴般漆黑。黑暗的虚空中传来颇不协调的轻微吱嘎声，指挥官竟然还挺满意，这让我吓得不轻，就好像我为他绘制了一幅妥帖的肖像，把他画成了拿破仑手底下一名他曾无比景仰的元帅，而非一条恶心的鱼。

眼前这人，我意识到，正值壮盛之年。我笑了笑，便学记忆中奥杜邦的浮夸派头，鞠了一躬。

单　棘　鲀

THE LEATHERJACKET

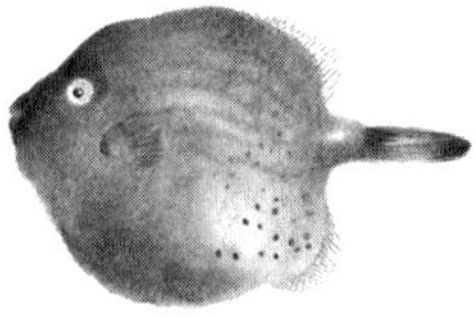

单棘鲀

如何对待弗拉芒画家认识到理性一事——现代旅行的崇高可能——大雄麻将堂——关乎鱼类的殖民效力——对欧洲的强调——歌德对安娜小姐的激情——帕格尼尼——凤头鹦鹉——文化，这么多鸟粪——沉默之城的梦想——过剩的爱。

1

翌日指挥官将我召至他的房间。天气极具范迪门特色。劲风疾吹。松散的瓦片被从屋顶上纷纷掀落，不自觉地以极快的速度冲向空中，伤及不小心或不走运者。厚实的泪柏木墙传出碎裂声和呻吟声，为不被刮倒而拼力抵抗，狂风一再穿透、击打着壁身。雨一直在落。士兵的第二间食堂埋在泥石流中。泡沫与雾气升腾，一次便扩散至五十或一百码远，歇息一秒或一分，直到狂风再次命其疾冲。

接着在大海上方化作狂暴的白浪锤击岛屿。新建的码头一部分陷入海中，被裹挟而去。从戈登河返回的一群人赶忙穿越港口却全军覆没，之后三天一艘船都不曾出海。我在大雨寥寥几个间歇中伺机火速往返于朗普里埃的木屋和指挥官的营房，咸涩的雾气加上犹如扫射的子弹抛撒入空中的沙砾和灰尘教我双眼生疼。

我又湿又冷，跟带我来的士兵在黑暗窄狭的走道里待了好几个小时。傍晚我总算被放了进去，面前是一间小得难以言表、香氛异乎寻常的房间——宽度不超过一臂长，高度最多比人的身高多出那么一点。

这儿的老鼠块头大胆子也大，和岛上其他地方没什么两样，时不时从插在壁钩上的蜡烛摇曳的幽光中跑进跑出，极小的房间和它们投在跃动的烛光中诡异的阴影将它们衬得奇大。两人共处如此狭小的空间仍不见彼此似乎并无可能，不过眼下正是这个状况，因为拉上的窗帘将房间隔成两半，他一直待在后侧，像是身处天主教徒的告解室。

屋内几乎没什么装饰，只有一尊小巧的伏尔泰玻璃半身像，琥珀色液体装了一半，我觉得像是威士忌。从形状和体积来看，若非从材质的角度出发，这和古尔德的女儿那尊半身像一模一样，我曾经头重脚轻，从中知晓了往昔的启蒙之幸。一个男人如何用这液体赢回两便士莎尔的激情，其他人我不知道，对我而言是一目了然。

那时候我还不知道——我又怎么会知道？——指挥官对气味的渴念有多强烈。两便士莎尔也没对我说过指挥官曾央求她一个月不洗澡，以品味她身上一切天然的气息。我并未意识到他下令从那不勒斯运来了最爱的古龙水；当我感受着它在我手中的轻盈，将它顺势滑入政府配发的上装胸前时，我并没料到指挥官最心爱的香水，这由拿破仑的御用制香师夏尔丹为他调制的特殊气味，竟装在这个形同笑容可掬的伏尔泰半身像的小玻璃瓶内，此刻他正待在我的裤内，凝视着这个惨兮兮的无业弗拉芒画家。

指挥官的嗓音隔着帘子有些发闷，他告诉我考虑到我昨晚完成的那幅以进步为题的画画得相当不错，现在要交给我一项新的任务，如果我能孜孜矻矻，发挥创意，谨慎行事，我的生活条件将得到极大改善，原初量刑或许也能重新评估。他也理解我在依照技术性描述替外科医生绘制插画，但他所提议的仅仅是一项临时插入的工作，我无须结束手头的科学项目，一旦完成这项任务，就能继续履行外科医生交予我的职责。

那是一个孔隙遍布的日子，指挥官告诉我这项新的任务时，我可以说是如释重负。我至少有一段时间可以逃离对鱼的恐惧，同时又不致失去任何可观的特权。指挥官向我提供了一条小路，可以使我的灵魂免受无情的侵蚀，它已开始对我造成极其严重的影响，令我夜不能寐，担心一觉醒来人竟在茫茫的海上。我真想长叹一声，微微一笑，手搭上陛下的后背。但我什么话都没说，只是继续听，也什么都没做，而指挥官就这样为铁路勾勒出无关运动的美好愿景。

他想让我为死神卡普瓦发明的卷帘绘制一系列戏剧性画作，描绘不同的风光和壮丽的场景，这些卷帘会形成一道圆形外墙，将调车房的环形铁轨圈在里面。他相信这将引领崭新的旅行风潮，人们再也无须移动，即可满足对异国风情的渴望，只消在无休无止绕圈行驶之际偶尔往外一瞥，就可看见自己正沿丁顿修道院或温德米尔疾驰而过，若想添上几分诗意，则会经过萨尔福德新建的居民区——如此便多了从工业切换至自然、从现代切换至田园的运动感和对比感，曾读过湖畔诗人的死神卡普瓦对他所说，对浪漫主义风景的钟情皆深深根植于此，实难消弭。

这样的画听上去并不像鱼那么棘手，那么阴晴不定。相反，我很乐意绘制这类优良的画作，而且很快就会得心应手，瞧那壮美的风景，白头海雕现身其间，我不无惆怅地思量起来，或许它们还戴着漂亮的紫藤花环。

那天我离开指挥官的屋子之后，便独自沿着亮着鲸鱼油灯的阴郁潮湿的石廊行走，伏尔泰敲击着我的裤裆，我听见外面的雨声一如既往嘹亮，而这么长时间以来，我第一次觉得那不像无尽的镣铐轻缓地敲打着石头。它听上去像希望，像宁静，像一丝丝的安稳。听上去像是比利·古尔德的日子终于有了起色。

你或许会好奇指挥官做这一切的动机是什么。为什么要画这种画？为什么是我？

可我不同。我从未质疑过权力的乖张，只求为它服务，不管是平奇贝克船长，还是指挥官，还是蠢驴波布乔伊，概莫如此。他们若是说“吻我的屁股，比利·古尔德”，我只会回答：“多少下呢？您还想我用上舌头吗？”

2

这些背景幕布根本就没法绘制得像加雷特剧院那样恢宏，姿态再大气，雨水一来，全都冲得干干净净，了无生气，死神卡普瓦却把这种状况为我们所用。他发明了一种时间表，确保每周都会更换新的幕布；这套是瑞士阿尔卑斯山，下一套是俄罗斯的泰加林（其实就是阿尔卑斯山，只不过被雨水溶解的山脉成了天空），再下一套是非洲大草原（泰加林的荒芜版），接着又是壮丽的湖区（黄水仙盛开的大草原），诸如此类，周而复始。

指挥官坐在皇家车厢内，无休无止地绕圈，驶过东方荒无人烟的平原，约克郡煤烟浸染、凄凄惨惨的邪恶磨坊，北极圈诱人深入的纯白，在自由角的沼泽边缘建立营地的日本锯木工。工人们将周围的森林一块块分割，有条不紊地忙活着，再过数月，四周蓝绿相间的野地就会变成杂乱的棋盘格，裸露的棕色残茬一块连一块，取代被砍伐的树木和被清理的森林，至于苍翠的林地，此时则是尚未砍伐、清理的方块。然后日本人便前往他处过冬，雨水降临，当曼哈顿岛的喧闹让位于新近发现的美国洛基山脉那人迹罕见的绝景时，指挥官惊得倒吸一口气，先是土地，接着好几座山冲去，所以当日本锯木工于次年夏天返回时，他们面前便只余北方广袤无垠、令人迷失的巨石荒漠。

指挥官就这样周而复始地打转，从我的大量画作前疾驰而过，我笔下的白头海雕出现在人类所知的各色异国土地上，他越是相信自己的天定命运，便越是无法运用自己的智能。他张口闭口都是不可能之事——建造气味的庙宇；令监狱悬浮于空中，使搭乘热气球成为唯一可能的逃跑方式；提拔一个团的巫师作为先头部队，操控敌军战败，以此将催眠术发展为进攻性武器。

尽管建设国家的项目风起云涌，贸易往来的暴跌、债主们越发粗鲁的催讨、自己对日益增长的债务束手无策的现状，仍让指挥官备感沮丧。

日本锯木工不为所动，去了法国角便再也未曾返回，此后没多久，在巨石荒漠还未变成大片的纽扣草、森林还未复苏时便传言纷起，说指挥官酝酿的计划非凡无比，在任何大陆都是史无前例。尽管日本锯木工思乡情切以致漂流而去的传言数年未曾消散，但除了马特·布拉迪之外，所有茶余饭后的话题很快均围绕一件事展开：指挥官那个最恢宏的构想，即大雄麻将堂。

3

由于国立萨拉岛火车站根本无法吸引列车前来，指挥官便愈发相信麻将堂终将赚得钵满盆翻，让他成长为真正的强大势力。这栋建筑会引来爪哇和中国商贩，摩鹿加海盗和荷兰商人，英国水手和法国科学家，他们都想在南太平洋找个地方挥霍辛苦挣来的钱财。他给安娜小姐写了几封长信，询问伦敦赌桌的各色样式，建筑与室内装潢的最新时尚。

然后他叫来死神卡普瓦。

这位酒馆老板奉命设计一栋建筑，将凡尔赛宫的奇景和五庭场斗熊坑的粗俗娱乐相融合。虽然只会被见过的东西所启发，比如海贝壳、丝绸风帆，还有和暹罗女孩躺在软树蕨丛底下时映入眼帘的抛物线般蚀刻的夜空，死神卡普瓦却对指挥官周遭普通的寄生虫怕得要命。这些家伙随时准备为主子卖命，给对手致命一击，他们声称对指挥官重建欧洲以超越欧洲的雄心无比热爱。他们对计划尚未开始便已运来的西塞罗石膏半身像赞不绝口，模仿早已绝迹的风格谱写十四行诗，而且成功为埋葬在这世上一切其他地方的风尚打制了一副死亡面具，唤之为艺术。

因此死神卡普瓦只能不厌其烦地描述最初的一系列规划，说他想将埃及复兴风格同洛可可元素结合。在指挥官眼中，这疑似六条铁肋条与玻璃板合成的穹顶，上方是一片硕大无朋的镀金扇贝贝壳，由几根华丽的柱子支撑，系在粗壮的艏斜桅上的丝绸风帆飘扬其间。

无论指挥官内心存有何种疑问应该都会被压制，因为随从们礼貌地赞扬这些计划，同时他沉浸在自己的快乐中，毕竟如此雄伟的建筑与他本人的雕像相比仍会有云泥之别，他的头会耸入云霄，仅仅一根手指（始终往北指向安娜小姐的欧洲）便达十码之长。他并未听见对巨型扇贝的嘲讽，只闻颂扬与允诺，说只要签订多项保障协议，爪哇的交易人和中国的商贩就会进行必要的背书，提供贷款。

除了精美的装饰，指挥官还偏好严格的对称，但两者都因他想要让这栋建筑成为他内心欲望的象征而遭了殃。若是没有他的签署计划便不可能实施，死神卡普瓦后将六座穹顶的三份替代方案提交上去之时，疲惫的指挥官心不在焉地给三份设计图纸均署上了自己的大名，结果他手下胆战心惊的走卒就造出了十八座形状与材质各异的穹顶。

这样的建筑规模堪称惊悚，于所有参与者都是噩梦般的痛苦，数百人在建造过程中死亡，数千人在锻铁、砍伐及运送树木、开采石料、砌砖、进行木工时因伤致残。然而这噩梦极端得无以复加，让人眼见这荒野中耸峙之物时，不可能不感受到一种扭曲的震撼。

指挥官早已忘却这一切为何对他来说如此重要，仍对安娜小姐的来信笃信无疑，于是又把死神卡普瓦叫了过去。

“我脑海中，”指挥官告诉酒馆老板兼建筑师，“蕴藏着一幅最为壮丽的装饰蓝图：将安娜小姐的书信用硕大的镀金字体镌刻在大雄麻将堂的四壁上。”死神卡普瓦扭过头抬眼望向天花板，不去看指挥官。“这些圣言画，”指挥官继续说，他尖厉的嗓音几乎难以听清，因为他想要强调重要的字眼，“就是有史以来最伟大的荣耀，必须对这个国家崇高使命的神圣性怀抱宗教信仰。”

死神卡普瓦听着指挥官虽铿锵有力却过耳即忘的假声，想起了尿液不停冲击沙砾的响动。他垂下眼睛，与指挥官四目相对。他向对方担保自己知道谁适合这项工作。

4

我的肠胃眼下一塌糊涂，在我最需要的时候背叛了我。曾经我的肠胃还会排泄而非喷涌，那时我的眼前是国家级艺术家的美好未来，身下更有结实的粪便，必要时可用于防御。此时，我的肚子比砸机器的人濒死时的双唇还要紧绷，我怕我画的那条蹩脚的鱼，过去四天一直都在透过针眼大小的孔洞拉稀，今天波布乔伊过来，我都拿不出一坨结块的屎扔他。

他说个不停，从头到尾都在讲他最近的爱好，即艺术，他认为我在这方面是向导，是对手，是冒牌货，而我毫无还手之力。他似乎对我房间里刺鼻的臭味和我的呻吟无动于衷，更别提我从浑身每个孔眼里酣畅淋漓挤出的水样论据了，我一心希望他能赶快走人，却是徒劳。

波布乔伊不乏享受地向我指出，所谓定义属于定义者，与被定义者无关。现在我意识到在国王和上天对话的时候，这个想法应该颇对他的胃口，但当我向国王提及时，他只是稍稍翻了翻身，这是他对自己以外的观点表达彻底蔑视的方式。

看看莱西特，波布乔伊继续说道，他笔下的范迪门地的石版画让人感觉他根本就没觉得有必要来一趟岛上，结果在伦敦大获成功，这表明艺术作品和现实世界的关联越少，才会越成功。

我没法争论——毕竟，除了波布乔伊的鱼汤，我笔下的鱼还给我带来过什么呢？我只想让他尽快离开，好继续干活。波布乔伊却高屋建瓴，画了张范迪门地的草图进一步证明自己的论点，并问我这岛的形状让我想起了什么。

波布乔伊这人看到个树瘤就会高潮，毫无疑问他是想让我说三角形的岛很像女人的私处，于是我就这么说了。波布乔伊反应得就像我不是对他说了一句话，而是向他扔了一坨屎，立马跳到我身上开始抽我。我感激他这么做，因为这意味着他会很快走人。“你这白痴！”波布乔伊怒吼一声，狠命一脚就把我踹到了地上，“是面具，范迪门地就长这个样，像他妈的面具！”

我像濒死的鱼一般蜷缩在他胡乱踢蹬的靴子底下，拼命承受他的击打，想告诉他我只把自己看作他最最忠实的仆人，绝没想惹他不高兴。我还进一步表明老爷永远不应低估下人想做正确之事的欲望。我讲述了以前给马车匠帕尔默干活的经历，老帕尔默（这么称呼他是为了强化措辞）在家里就表明他不会同野蛮人产生任何瓜葛。

他最信任的一个囚犯仆役会借他的马外出射袋鼠。老帕尔默对那仆役抱怨他用的弹药太多，开火纯粹就是为了狩猎。仆役反驳说他需要那么多来杀黑佬。老帕尔默觉得这是自负的痴话，是吹牛。后来有一次，仆役狩猎刚回来，老帕尔默就得将马牵走。到了溪流边，他停下伸手进马鞍袋里找金属杯子舀水，却拽出了一个黑小孩的脑袋和三只爬满蛆的黑手。回家后他就找到仆役对质，告诉他自己可怕的发现。仆役这样回应：“瞧，主人，你得明白我只想讨你欢心，而且不会撒谎。”

波布乔伊已瘫在角落里，沮丧地摇着脑袋，就像圣内思听见别人放屁便泪流满面，祈祷以求慰藉。

“所以，你瞧，”我对波布乔伊说，“仆役说的都是真话，应该受到信任。”波布乔伊一听便勃然大怒，站起身将我狠狠揍了一顿，我已经有很长时间没受过这种毒打了。“你是不是蠢到家了，古尔德？”波布乔伊大吼。“没错，当然，”我回道，不过波布乔伊在我的唇齿间拳脚交加，要把一字一句都吐出来还真不容易。“我只能毕恭毕敬地说我是真的蠢到家了。”

我的身子在他的踢蹬之下沿牢房的地板滑去，他那一起一伏的靴子来回踹着我的脑袋，就像我不同意他似的，可为了我俩好我一直都在设法说他想听的话，我只觉得头脑混乱起来，思绪飘回旧日，彼时我心如止水，终日在大雄麻将堂的四壁上描绘安娜小姐的欧洲故事。

5

起先，我身处雾蒙蒙湿漉漉、日渐攀升的建筑内，在已经画好的墙上写上信中的内容。接着，在指挥官的侍卫长莱斯伯格中尉（是他向我提供从安娜小姐信中精心挑选的片鳞只爪）防范偷窃的监督下，我将最最精致的金叶镀在文字表面。

之后，当麻将堂开始出现财政困难，我就把安娜小姐的字句直接绘制在湿灰泥上，没人监管，也不曾镀金，她对蒸汽机的崭新奇迹的描述和天马行空的诗行便全都有了归宿。仿佛指挥官希望既能盛赞这样的奇观，又能借它们被俘于大雄麻将堂内的景象证明，通过将这些文字悉数囚禁于纸浆糊成的汉尼拔战象群与西塞罗、荷马、维吉尔原汁原味的巴黎石膏半身像之间，自己已然逃脱——仿佛荣誉是嘲讽最残忍也最微妙的一种形式。

等到安娜小姐的信再也提供不了实质性内容，莱斯伯格中尉便命令约恩·约恩森杜撰些恢宏的故事。这是我头一遭，虽不会是最后一次，见识到约恩森虚构的能力。他虚构了安娜小姐与欧洲最了不起的智者之间的对话，如歌德、密茨凯维奇、普希金，据说普希金还特意为安娜小姐弟弟的成就谱写了一首颂诗：

在此，我们天生命定
向欧洲敞开窗户；
于大海边站稳脚跟。

我用大号的红色字体将它写在宴会厅内，以免有人不明其中深意，因为和画鱼不一样，这整件事都亟待强调。

指挥官翌日视察的时候留意到了这首诗，据说大为触动，以至泪水从黄金面具的一只眼窝涌出，琥珀般的细流沿那闪烁的一侧淌了下来。

而歌德的诗篇，显然写于他在伦敦的短暂假期中收获众所周知的恋情之际，而我们都知道这段关系和无比贞洁的安娜小姐绝对无关，我用紫色的斜体字在横跨女士洗手间远端整面墙的镜子上下笔，下方是一张长长的柚木梳妆台，那是爪哇贸易商赠送的礼物：

所有短暂之物
都只是寓言；
难以企及之物

在此成为现实
在此难言之美已被俘获；
永恒的女性
引领我们向前。

那些不太晦涩的情绪和故事，比如安娜小姐一句关于雾的力量的话语启发内史密斯①发明了蒸汽锤，则被我画在走廊上，旁边是她的欧洲趣闻，讲述小提琴家帕格尼尼②在她无上的一夜陪伴后恍然大悟，重新思考了自己的指法，还有与蒙戈尔菲耶兄弟③同乘热气球飞越斯特拉斯堡时，脚踏实地的马吕④透过望远镜瞥见她，便灵光乍现，发现了偏振光。

这项工作相当辛苦，比想象中更费体力，但再怎么样也不及和那些散发恶臭的鱼待在一起那样度日如年。月复一月分割成一封又一封的信，日复一日分割成一个又一个字，比利·古尔德的头脑无拘无束，不像与鱼共处时，他早就觉得鱼想将他占为己有。倘若人被囚禁于岛上还能觉得快乐，想必他已体会到了快乐。但他的思绪却始终转回两便士莎尔。

他广交朋友，心思缜密的劳作也给别人留下了深刻印象。他写字时结合了替马车匠帕尔默画画的短暂经验，以及虽不惊人却真实

① 即詹姆斯·内史密斯（James Nasmyth，1808—1890），苏格兰工程师、哲学家、发明家。
② 即尼古洛·帕格尼尼（Niccolò Paganini，1782—1840），意大利小提琴家、作曲家，代表作有《二十四首随想曲》，对小提琴演奏技法进行了大量革新。
③ 即约瑟夫 – 米歇尔·蒙戈尔菲耶（Joseph-Michel Montgolfier，1740—1810）与雅克 – 艾蒂安·蒙戈尔菲耶（Jacques-Étienne Montgolfier，1745—1799），法国造纸商、发明家，发明了蒙戈尔菲耶式热气球。
④ 即艾蒂安 – 路易·马吕（Étienne-Louis Malus，1775—1812），法国军官、工程师、物理学家、数学家。

存在的创意与技巧：有的用结构分明的罗马字体，有的则用花哨的意式字体；遇描写出彩之处，他赋予其雕塑感，有意思的格言则以大片空白包围，任其中的含义自然延展。他也得体地表达了尊重，说安娜小姐非凡的文字令他的工作变得容易。但事实上，他把一个词语或句子写得特别漂亮的时候，并不是要对安娜小姐表达尊敬，而是别有深意。

等到没墙可画的时候，一切劳作和谄媚换来了回报。透过莱斯伯格中尉，我得知指挥官对我的工作相当满意，现命令我给他画一组模仿历史伟人的肖像。其间，若是不介意，我也可以从一本蚀刻画册里快速复制几张鲁本斯。

这段时间，岛上的财富状况发生了变化。曾经涌入流放地的无尽的金钱之河开始干涸。指挥官被迫变卖一切能变卖的，包括一套无价的鲁本斯收藏，以此支付投资兴建麻将堂的中国海盗、爪哇放高利贷者愈滚愈大的债务。

等到大雄麻将堂终于开门营业，岛上一片欢腾，但始终没人花钱来搓麻将。尽管萨拉岛上谁也不能理解，可能不会有人愿意横跨半个地球，把钱砸在新世界的这个奇迹上，还是没有人来。寒风掠过接待厅、庄严的会客厅、精致的游戏室，天花板挑得极高，可坐看云起云落，却没人与我们一同惊叹，为何盛景如此却皆是虚妄。

大雄麻将堂空落落的。只剩下两便士莎尔照看的那些黑孩子在回声嗡鸣的舞厅与宴会厅里奔跑，在日渐凋敝的环境中追追鸟，玩玩捉迷藏。

湿气升腾，迷雾沉降，内饰处处可见被侵蚀的痕迹，安娜小姐的文字已然漫漶，词句也开始流逝。转瞬间，我用来装点了那么多面墙的洇湿的欧洲光辉故事已斑斑驳驳，后又为彩虹色调的虹彩玫瑰鹦鹉的弃物所覆盖，更有成群结队穿梭于这广袤虚空之中的黄尾黑凤头鹦鹉。

如今雨水倾注室内，安娜小姐对蓓尔美尔[1]被煤气灯点亮的景象所作的观察，还有她在冯·伦福德伯爵关于公共厨房的论文上起了关键作用的陈述，开始与她对蒸汽熨烫机和催眠治疗术的描述交融，而这一切将很快裹覆于更多硬得起壳的鸟屎中。随着海雕盘旋向上，雨燕遂开始在安娜小姐论柏油碎石路的抒情报告上方筑巢。当蝙蝠模糊了她对电报的发明的评述时，一群葵花凤头鹦鹉栖息于她对华兹华斯[2]最新一版《序曲》（以最上乘的格拉斯米尔蓝写就）的启迪之上，于是在丛聚于下方的这些堪比肥料的废物间，一片小型雨林开始生长。在这丰饶而腐朽的灾难中，所有东西都纠缠不清，然后一切都裹入了愈积愈厚、跳蚤和蛆虫横行无忌的恶臭屎壳中。

在这一切关于欧洲的精工细作、欧洲的思想、欧洲进步的灵光无比神圣的铭文下，由白绿相间的排泄物构成的钟乳石一日比一日长。随后地板上小山般的屎堆逐渐攀升，犹如阉伶合唱团的美妙和声，飞入精美的欧式壁带间，屎则好似奥古斯丁式滔滔不绝的论点，从漂亮的欧式滴水兽内翻倒出来。屎犹如维苏威火山自欧洲雄伟的窗棂间喷薄而出，屎犹如磅礴的多瑙河从欧洲恢宏的门洞内涌流而下，最后指挥官把这一整堆裹着屎壳子的欧洲当作海鸟粪肥卖给了秘鲁人，换来几箱劣质皮斯可，这种粗蛮的甜烈酒广受捕鲸人欢迎，屎壳子则被秘鲁人运回自己的国家，用在了玉米地里。

---

① 即 Pall Mall，伦敦中部的一条街道，历史上以王室宫苑、绅士俱乐部云集而知名。——编者注

② 即威廉·华兹华斯（William Wordsworth，1770—1850），英国浪漫主义诗人、湖畔诗人代表，曾在格拉斯米尔生活多年，自传性质的《序曲》（*The Prelude*）与后文提及的《丁顿修道院》（*Tintern Abbey*）为其代表作。——编者注

6

指挥官不再乘坐火车绕萨拉岛铁路线环游，也极少去宫殿，如今不仅几乎每日甚至每夜都在自己的斗室中独处。有时候他会把几名贴身的谋士在隔壁的房间里关上几天，这样他们就能更好地理解指挥官对城市定下的终极目标，那里每个人都会受到信任，担任自己的狱卒，生活在与其他任何人都彻底隔绝的状态中。

眼下指挥官大部分时间都和丹麦老头待在一起，口述报告、信件，以及我们所认为的管理国家的必要行政文书，这老头曾经告诉死神卡普瓦，有次指挥官在打一局很长的克里比奇纸牌时叹道，伟大的城市就是伟大的孤寂。我长久以来都觉得这句评论蕴含了他要将囚禁岛改造为城市，再将城市改造成更大更彻底的监狱的真实动机。

指挥官的梦想一如既往超越了我们的能力。他想要使这座城市缄默不语。他想要使人民不再交谈，而是透过一个精密的系统传递信息。这些信息会被卷起来放入小小的木筒内，再用压缩空气透过管道推送木筒发射，无论接收者是何许人也、正身在何处都不成问题。

除了技术上的不可行，有人还毕恭毕敬地向坐在幽黑小屋裸露的青石板地面上的指挥官指出，未来不太可能会有人愿意生活在只能通过这种无菌的方式沟通、彼此无缘相见的世界中。

"言语是为人隐藏思想之用。"指挥官说，而他自己的言语如今已几乎彻底简化成无尽贫乏的格言警句，据说在囚牢幽暗的光线下能看见他的面具微笑，他的羽饰肩章在他开口时振翅。

指挥官继续争辩，展开双臂，好似要将整间牢房揽入怀中，一边说这就是我们的未来——简直滑天下之大稽，可谓彻头彻尾的谬误，因而当天没人重拾这个话题或者再和指挥官争论下去。他独自待在阴郁潮湿的牢房内，炮制更不切实际的操作和为这数不胜数的无用之物辩护的锐利的格言。

7

当大雄麻将堂投下的阴影随着它的拆除日渐缩减，指挥官却感受到另一道阴影，直到它不仅覆盖萨拉岛，甚至覆盖了整个范迪门地，而它没有明确的实体依附，却到处都能听见谣传说它确有实体的存在。

这道阴影的名字就叫作马特·布拉迪。

“恶犬布拉迪，”有个无名囚犯在监狱柔软的砂岩壁上刻下了这几个字，“**——解放者！**”这了不得的传奇正是丛林悍匪布拉迪，他跟另外十四个囚犯乘坐偷来的捕鲸船逃离萨拉岛，领航员卢卡斯和一名武装守卫紧追不舍，他们则扬起风帆沿范迪门之地绕行半圈来到霍巴特城，弃船上岸后很快就打响名号，成了当地最令人胆寒、最令人钦佩的丛林匪帮。

像鱼儿潜入大海，劫匪遨游于东部未开化的穷乡僻壤，这些地方净是些坐过牢的，或者喂养牲口和放羊的囚犯，也有野蛮人，他们为塔斯马尼亚这儿最有头有脸的匪帮提供庇护和食物，帮忙藏身加报信。

有报告和流言传到我们耳里，说范迪门地的其他地区也都是民怨沸腾；越来越多的囚犯越狱，加入规模和凶残程度攀升的匪帮。

有的没出息，有的则是无谓地凶残。然而这些行径叠加在一起直接使英国法律的管制近乎崩溃。

范迪门地在掌权者的规划中本应是移植后的英国，眼下正在蜕变成一个天翻地覆的下流之境，在这片群魔乱舞的土地上，现役囚犯和曾经的囚犯都渐渐将布拉迪视为新世界的领袖。

海岛等待着。

等待着最后的对决，一场清算。

布拉迪的权力如日中天，囚犯的心思因而越发难以管束，加上黑色战争未曾停歇，定居者便开始放弃农场，退回至大城镇。

布拉迪冷酷无情，和他的宿敌亚瑟副总督一样愈加强大，也是打造公共形象的高手，如今在他们身后追赶。

只见一个衣着考究的小个子，骑一匹漂亮的杂色马来到霍巴特城中心，张贴告示悬赏亚瑟副总督的脑袋。马特·布拉迪，丛林之王。这个一身华服的小个子牵着杂色马四处溜达，微笑，脱帽往低处一扫，面朝赶来包围他的人群，犹如急流边的漩涡里颠动的浮木。

然后急流消失了。

赏金上涨。任何布拉迪的线索都能换来更多钱。任何囚犯背叛布拉迪都能获得自由。亚瑟副总督的眼线无处不在，势力壮大，有了从中搜集的情报，他手下的走卒们便威胁勒索，逐渐织出了一张巨网，任谁都插翅难飞。霍巴特的泥泞街巷流淌着亚瑟恐怖统治的鲜血。每个白天最多十四双腿踩着下了绞架后倒退的舞步，每个晚上，最多十四条散发濒死者屎臭的裤子，连同终于被安抚下来的主人被埋进无名坟。

与此同时布拉迪从不拿女人做交易，凭此赢得她们的芳心，那些笨重的丈夫和父亲被耍得团团转，尽显愚蠢自负的本色，而他的微笑、他的优雅，还有那抢眼的着装，包括紫红的马甲、精美的织锦马裤、帽上的鸸鹋羽饰、颈间垂挂的钻石十字架金链，都能让女人成为他的共犯。他用丝绸的镶边轻抚女人的手腕，使之心怀隐秘的欲望，她们会把这一生中最鲜活的片刻带入坟墓。在这样的社会，每个自由人都携带枪械，竞争将布拉迪像狗一样击毙的荣誉，而布拉迪本人却根本不配武器，这只会使他坚不可摧的天选之人的光环越发夺目。

就像是为了填补梦想和日常生活之间的虚空似的，有传言说马特·布拉迪曾经发誓只要冬天的暴风雪减弱，他夏天就会强行穿越西部无人涉足的崇山密林，带领部队向西行进，目的是解放他曾经的监狱，即萨拉岛，并将恢复自由的重刑犯编入他的大军。

这太不合情理、太不具可行性，让人无法不相信。流传间少不了添油加醋，称他正在和岛上与之对阵的野蛮人达成共识，设法把这岛从悲惨的禁锢中解放出来，甚至还睡了其中一个，即黑玛丽；她会给他指一条往西的道，穿越荒无人烟的山脉；他想要把我们这儿当作根据地组建军队，宣告成立共和国，凡是牢固的东西都会烟消云散，没人会再受奴役。

指挥官写信给总督恳求增派援军，恢复岛上的秩序，阻止大规模暴乱，若布拉迪不可避免地攻来也好将他击退。

因为布拉迪无疑正在入侵指挥官浸淫于药物中的梦境，就像他无疑正在持续征服我们难抑的想象；布拉迪能一口气放倒一打兵士；布拉迪的智谋胜过总督；超凡的布拉迪寓于我们最最神圣的渴望；荒淫的布拉迪与我们最最卑劣的思想同在；布莱迪武力超群的不死之身打倒政府人员、富翁、眼线、鞭刑执行者——无畏的布拉迪，了不起的布拉迪，惊人的布拉迪，古怪的、精明的、以一当十的蠢货，布拉迪啊！所有人都在等他胜利攻入，等他宣布成立共和国，因为我们都很清楚解放的那一天快来了。

然后我醒来，在彻底清醒前竭力幻想祈祷一条赶在集合之前画好的鱼，一条小小的单棘鲀赶在恐惧、理性、希望、思绪降临前浮现纸上，它并未浑身硬刺暴突，而是本真可爱，不以其他鱼类为食，只吃海藻与海带，眼神充满好奇，漂亮的鳍呈亮黄色，鳃下的皮肤似柔软的砂纸闪烁着紫色。温和的单棘鲀，美丽的单棘鲀，蕴含我心中对即将到来的释放的梦想，它是这么多的恐怖过后的那一抹轻柔。

8

画完后，我看向此刻了无声息瘫在桌子上的那条可怜的单棘鲀，不禁心想，随着鱼一条一条死去，这个世界是否会根据人对这种生灵的爱产生相应程度的减损。随着每一条鱼被拖入网中，人间的惊奇与美是否也会相应地消退。如若我们继续捕获掠夺杀戮，如若这世界愈加缺乏爱、惊奇与美，那么，最终，还会剩下什么呢?

你瞧，鱼的毁灭，和我们盲目引发的这场对爱的损耗，开始令我忐忑了，而在我的想象中，未来的世界是一片同质化的荒芜，每个人都吞下那么多鱼，以致一条不剩，虽然科学知晓每一个种、门、属，可没人懂得爱，因为它已经随着鱼儿消失了。

生活就是个谜，老古尔德曾引用又一个荷兰画家的格言说道，爱更是谜中之谜。

可是随着鱼儿的消失，何等欢腾雀跃与水花飞溅才能标志眼下这些轮回在何处启动?

9

建设中的大雄麻将堂蒸汽弥漫，泥泞不堪，而指挥官从软树蕨丛中的暹罗女人那儿染上的痨病日益加重，无论放多少血似乎都不见好转。

指挥官和外科医生开始害怕在找不到良药的情况下，整座港口都将被他的鲜血淹没。外科医生其他百试百灵的治疗方法都对这痨病无效——无论是每晚服用的、外科医生用自己的尿发酵而成的夜壶碱，还是每日吞下的、好歹也算岛上供给最稳定的胡椒和鼠粪；烟草则不同，外科医生将它当作最后的救命稻草，使用吹疗法，每次清空指挥官的肠胃后，都会将烟雾注入他的直肠。

然后为了让指挥官产生幻觉，认为除了让他放屁，还有什么东西正在作用于他的身体，外科医生想出一种新的治疗，这方法显然在英国已经取得了一定成功。起先指挥官并不愿意一天吃好几次大量的黄油，理由很蠢，因为黄油让他恶心，但这种疗法背后的思路是科学的、难以理解的，也正是因为这两点才无可辩驳。

指挥官如今营养不良，再加上痨病侵扰，自然没有好脾气，逐日变得阴晴不定，甚至比以前更难以捉摸。他噩梦缠身，梦里的他并非罗马皇帝，反倒成了湖畔诗人，整日待在格拉斯米尔边缘，无休无止地沉溺在崇高恢宏的梦中，仿佛恰恰是他的梦被用来重申这个念头，扼得他喘不过气，因为身为国父理应生来就担负起这样的角色，而不是每日为此奋斗。

他很清楚一切于自己都得之不易，甚至连残忍也不例外，昏沉倦怠的时候，他人的一点理解并不会出错，而竟然有这么多人误以为严苛是他的第二天性，这令他更愤怒了，毕竟就连这份恶毒也耗费了他大量心力。

“听明白了吗，奥赖尔登？”他大吼道，从行军床上一跃而起，夺过副官的火枪，端起枪托照着副官的脸砸，一下又一下，同时中尉不停抗议，说他不是奥赖尔登，而是莱斯伯格。指挥官一听更气了，因为他很清楚自己手下的士兵都是无用的、怯懦的爱尔兰农民，奥赖尔登显然更差劲，不单无用、怯懦，还是个撒谎的爱尔兰农民。

指挥官照着他的蛋和头一阵猛踢，一边百般嘲弄，“布拉迪——布拉迪——布拉迪”喊得劲头十足，若非两人都在啜泣，一个口鼻流血，另一个仅有那双面具下的眼睛淌下泪水，旁人还会误以为他很高兴，毕竟他是指挥官，尊严才与他相衬，毕竟他这条路走得如此艰难，况且为什么他不在莱达尔湖畔创作《丁顿修道院》呢？

就因为他的怒火备受误解，所以指挥官下令逮捕中尉和整个排的罗马天主教叛徒，将他们五花大绑，堵住嘴巴；因为指挥官无法再忍受奥赖尔登伤口的叹息，所以他别无选择，只能将这帮被五花大绑、堵住嘴巴的乳臭未干的叛徒全都抛入大海，和鱼做伴。

他的症状一日比一日严重，外科医生致信利物浦的杰出同僚、曾与自己一起受训的以赛亚·牛顿爵士，眼下正就如何治疗指挥官征求对方的专业意见，因为他的胸廓变得恶臭难闻，似囚于笼中的飞蛾颤抖不停。考虑到横亘在他们之间的大海，恐怕数月甚至数年之久才能收到回信，在此期间，囚禁的飞蛾已变成扑腾的鳐鱼，困在指挥官形似鱼篓的凹陷胸廓之中。

“您明白的，指挥官，”外科医生结结巴巴，“这些事情都需要时间。”

“可时间！”指挥官咆哮道，“时间！亲爱的外科医生，我们国家缺的就是时间！”因为如今在他的头脑里，他的命运和国家的命运同为一体，故而国家铁道和大雄麻将堂各自的失败，再加上数不胜数的其他大规模灾难带给这座岛的寂寥，教指挥官怎能不去理会呢。

入夜，他辗转反侧，只想听听国家的声音。孤寂的市场走道本应充斥着买卖声、交易声、人声，然而如今他耳中唯余浪花不祥地拍击海岸的空洞声音。

他清醒地躺着，心中恐惧攀升，开始怀疑那一声究竟来自大海，还是自己肺部，抑或是宿命啪嗒啪嗒召唤着他，喊他回去，究竟是自己喘着布拉迪——布拉迪——布拉迪，还是囚犯无休止地传播着变节的流言，称布拉迪会如何解放他们，无论他命多少老犯人站在空荡荡的货摊背后假装做生意，称布拉迪会如何替他们报仇，无论他在自己和夜晚的幻象之间建造多少宏伟的石砌大楼，无论他在自己和沉默之间竖立多少个欧洲，噩梦仍然没有变化，海洋夜复一夜升腾升腾再升腾，布拉迪愈来愈近，地狱之火愈发滚烫……

蛇鳗

THE
SERPENT
EEL

蛇鳗

不似其他章节冗长——难以遏制的冲动—— 一个国家的创建——朗普里埃先生遭阉割——饱受摧残的艏斜桅——一桶桶会讲话的黑人脑袋——科斯莫·惠勒的崛起与其他惨事——朗普里埃先生的不幸亡故——谋杀者卡斯尔雷。

1

所以就是他，这个古尔德，可悲的造假者，这个酒鬼想方设法要改善自己的境况，而非再次镣铐缠身，置身三角器和犹大摇篮间。你可以认为（他也肯定希望如此），他正在努力攀登囚徒社会的阶梯，那现在是个什么情况呢？

先是奉命画鱼，然后被从那一小团一小团沾染麻风的黏液和鳞片中解放出来，得到了最好的差事，替忸怩作态的指挥官绘制数不胜数的模仿历史伟人的肖像，而我们现在所见为何——

是一个打算靠新近享有的对指挥官的影响力获得成功的人？

非也。

一个准备从走狗变成谋士、局内人、心腹的人，必要的特权尽收囊中？

不，全然不是。诚然，这个古尔德只想滥用自己的地位获取私利，可他却为“思想”所扰。尽管他渴望的仅仅是轻松掌握一切，事实上他却越来越觉得日益增长的“概念”和“遐思”已将自己束缚其间。

你所看见的——恐怕我只能直说——你所看见的是一个白痴，他感受到了一种难以承受的欲望，想再画一次鱼。

为什么？是激情所致？

非也。

因为他觉得自己能为科学发展起到作用？

非也。

艺术发展？

老天啊，不是，不是，不是！因为真是耶稣听了都得哭，他竟然开始对鱼产生了一种难以遏制的冲动！

不过在讲述之前我得磨尖鲨鱼骨羽毛笔，再次将它浸入这绿色的鸦片酊里，如果我们想抵达目的地，深入他日渐虚弱的心灵，和这咸水牢般逃无可逃的腐臭命运，那么绕行一番，猛然转向指挥官和朗普里埃先生在后者的木屋里的一次例行的夜间畅饮，也就很有必要了。

现在，你可能也猜到了，朗普里埃先生颇为抑郁，因为他那寻找鱼类的伟大的特兰西瓦尼亚科学使命已被暂时——没准是永久地叫停，只因指挥官想让艺术为国家而非单纯的科学所用。所以，请允许我变道，再次俯冲至萨拉岛，盘旋于指挥官的摩鹿加卫兵的头顶，从朗普里埃先生满是煤烟的烟囱翻滚而下，来到烟雾缭绕的起居室，此时指挥官醉醺醺的，正在承认自己野心不小。

“创建一个国家，老天，没错，正是创建国家，我们有这个能力也必须这么做，”他告诉朗普里埃先生，“没错，先生，我没觉得羞耻。不，先生，既然命运赐予我这个角色，我怎么会觉得羞耻呢？一个国家，由我担任创建者，它才不是什么鸟不拉屎的监狱岛。我会成为国父，人们会尊崇我，敬重我，为我谱写史诗，描绘我驾驭雄壮的白色骏马抵抗狂风大作的夜晚。你听懂了吗，朗普里埃？而且没人会知道这是怎样的奋斗，是我们的奋斗，是我们的汗水与牺牲，使这座岛从监狱变成了国家。”

“**尿**，”醉酒的外科医生嘟囔着，“**得撒**。”他用了点力气，抬起那扇过誉的格子窗，往外探出身子，悠悠地叹道，“**一次一滴**”，开始解手。

朗普里埃先生的穿着是三十年前的风格，马裤及膝，鞋襻很大，以前他要求我每晚擦拭。鞋襻是穷人用的白镴做的，朗普里埃先生却坚持说是银的，哪怕它们比洗碗水还暗淡。他踩着这双鞋往前探了探身子，调整尿液射出窗外的轨迹。

就在他解手之时，其中一只鞋襻放弃了跟朗普里埃先生庞大身躯的扭曲姿态不平等的长时间对抗。鞋襻断裂。朗普里埃先生的脚往前猛地一冲。就在这时候，他抓窗子的手一松，整个人先是往后翻，接着又向前扑。只听轰然一声巨响，窗户砸向窗台，而窗台上搁着朗普里埃先生那截犹如迷失的毛毛虫一般探出的阳物。

我的陈述或许会让你以为外科医生此时会像婆罗门牛那样低吼，或者惊声尖叫，但情况并非如此，除了他那张扑了铅粉的白脸晕染上一层华贵的珊瑚粉之外，有那么一刻根本看不出发生的事情有多恐怖。

或许那一刻的切肤之痛令他明白无论号得再凶、叫得再尖厉，都无法改变一个难以否认的事实，即他的性器已被砸得面目全非。这疼痛和它对未来可能意味着什么所引发的担忧让他感到一阵头晕目眩的恐惧。他觉得自己的两条腿正在弯曲、下坠、失去知觉，就在这时，一切都黑了下来。

2

闻过嗅盐之后，朗普里埃先生从晕厥中再次醒来，彻底拒绝使用自己调制的万灵药，称给性器放血对他这样有尊严的男人而言堪称耻辱。他引用以赛亚·牛顿爵士，提及好几个例子，由于采用这样草率且不科学的治疗方法，酒后不举的症状成了永久现象，所以他并未自我切割，而是吞下大量铜壶里染得绿幽幽的鸦片酊，而这本来是为指挥官准备的。除了使他产生幻觉，将指挥官视为发情的大象之外，鸦片酊丝毫未曾妨碍他的性器在随后几周稳步发展，从红彤彤的可怜蠕虫变成一条又大又黑的鼻涕虫，他就将它搁在专为此目的打造的泪柏木小平板上。他的权宜之计就是每天用青绿色的丝带缠绕肥硕肚腩的上缘，把这东西绑在身上，在背部疖子勾边、毛发浓密的赘肉上系一个大而显眼的蝴蝶结。

他就这样在定居点晃悠，衬衫的翻边犹如风帆飘扬于身躯的松木岬角之上，他独处时常会检查这饱受摧残的艏斜桅，亲眼见证日新月异的奇景，瘀伤成了脓疮，血肉开始腐烂，红转黑转绿。最后恶臭实在难闻，就连嗜臭的指挥官都勃然大怒，下令将朗普里埃先生绑起来，往他絮絮叨叨发出抗议的口中插入漏斗，灌下好几品脱的皮斯可。之后指挥官将密友的脑袋揽入怀中，像是搂着个新生儿，哭号道正是因为爱友心切才会如此下令。等了一刻钟后这样的同情心让指挥官自己都倦了。他对一名站在阴暗角落里的厨师囚点了点头，那人一直在钢块上来回打磨一把长长的剔骨刀。厨子向前迈步，没等朗普里埃先生用法语或英语抗议，只轻轻一刀便将长满脓疱的阴茎切了下来。

失去爱肢后，朗普里埃先生起先比过往甚至更好斗更可憎。不过后来他身上那种易怒的脾性起了变化，由春及秋，渐渐步入深深的忧郁之中，以至于他似乎失去了对生活的所有兴趣，甚至连曾经热衷的收藏和分类也不例外。

他变得形单影只，养成了对卡斯尔雷长时间说话的怪癖，悲伤的独白源源不断，论命运之艰难，论如果他只专攻地衣和叶苔会如何。而那头猪早已习惯于独自在污秽的猪圈里不受打扰地闲逛，似乎对朗普里埃先生的说辞愈发恼火，一见外科医生出现便用脑袋顶猪圈的栏杆，力道之猛，每撞一下岛便为之颤动。外科医生并未察觉到同伴对他的厌恶，也不曾注意到他讲得愈多，那猪的体格和暴戾便愈发膨胀，直到遮蔽阳光，直到被指引发月蚀，干涉夜空中天体的运行。这狂怒的动物有时还会嘶号，仿佛语言无穷无尽的疾流要将它淹没，这尖叫高亢刺激，甚至使远在海上的水手耳部疼痛，然而此种可悲的表达似乎只会推进朗普里埃先生关乎迷惘、失败、自身的遗忘的故事。

迷失，沮丧，成了阉人，最亲密的伴侣又是一头可怕的猪——不用提，朗普里埃先生如今完全丧失了把我从指挥官那里要回去画鱼的兴致。

我曾设法用油彩画了几条鱼，军需官见我要给指挥官画像，就提供了许多。但油是泥土的介质，太沉重，太浑浊，不适合鱼。我需要外科医生的水彩。

我决定拜访朗普里埃先生，期望再次点燃他对鱼之书这个项目的兴趣。我打算问他借水彩颜料，希望能利用自己有限的时间继续画鱼。

我告诉自己这仅关乎生存，要确保我不再和指挥官同住的时候还有成为镣铐囚以外的选项。但这是个谎言，虽然我试图让情感不受理智干扰，事实却是在不再被迫为科学作画的情况下，我对鱼儿的感情已再次发生改变，先前所憎恨的如今倒令我想念。出于极其古怪的原因，我眼下发现自己需要鱼。

画鱼一开始只是工作，但为了将这份工作做好，并把握其中确凿无疑的利益，我必须了解鱼。我必须研究鱼鳍如何从不透明的肉片变成半透明的状态，鱼身怎么会结实而富有韧性，鱼吻同硕大的脑袋有何关联，脑袋同延展的鱼身有何关联，鱼鳞如何彼此相缀，形成跃动的光泽。我会在一条鱼上设法完善莫名充盈肉欲的鱼吻，在另一条鱼上则奋力呈现鱼鳍的透明。我还承认这翻来覆去的过程开始对我产生了影响。

或许因为我和鱼待的时间太长，因为我不得不设法了解它们，它们也就开始勾起我的兴趣，接着令我恼怒，后者更糟，因为它们开始进入我的体内，我甚至不知道它们正在对我进行殖民，就像许多年前鲍文中尉殖民范迪门地那样。

它们正在透过某种可怕的渗透之术，钻入我的体内，涌入我的毛孔。当我的体内闪现一个意外的、有些恐怖的认知，我意识到它们正在占据我白日的思想，夜晚的梦境，我便越来越害怕，渴望将它们击退，如同那些黑佬一样反抗。可你该如何攻击一条垂死的绿鳍鱼，或者一条奄奄一息的鲻鱼呢？

就好像与鱼相处这么久，它们冷漠的双眼、战栗的肉体不可能不掠过空气进入你的灵魂。

我用“掠过”一词是经过深思熟虑的。

就好像它们的灵魂在寻求另一种似水的介质，一旦死亡迫近，这灵魂为确保自身的存续就会跃过致命的空气媒介，而这一跃突兀且迅速，肉眼根本无法捕捉。就像集市上蓝色火焰从死囚口中跃入我母亲的体内，我心想是否所有灵魂都会在可怕的濒死时刻寻找另一只眼睛进入，以避免被遣至迷失的幽魂所在的地狱中。

仅仅是因为我太蠢，就像老古尔德的女儿宣布和索尔福德的五金店老板订婚后，我竟然还跑回去找她私奔，她就当着我的面嘲笑我，而我偏偏得回去画更多的鱼，为什么？因为只要我还身负这项描绘我灵魂残忍的全新征服者的任务——起先是奉疯子外科医生之命，后来是遵照我自己更疯狂的指令——似乎就无法逃脱它们的侵蚀，它们一路毫不停歇，向着我心灵和头脑的隐秘地游来，准备彻底将我夺取。

而我去见他的那天，又怎么可能知道朗普里埃先生硕大的脑袋里竟然孕育出最后一丝俗艳的激情，想要将鱼和我铸为一体，直到永远？

3

那个沉静忧郁的冬日清晨，在我前往朗普里埃先生木屋的途中，两名套着肮脏罩袍的囚犯从我面前经过，汗流浃背，骂骂咧咧拖着雪橇，长条形厚重的粗麻布袋在上头滚来滚去。

“又死了黑鬼。”其中一个人说道，既没看我也没瞧麻袋。

野蛮人是上周和白人协调员古斯特·罗宾逊[①]一起到的，那天狂风大作，分外寒冷。这群人形销骨立，什么样的都有，有的浑身皮肤病，许多不停地咳嗽，乱喷唾沫星子；还有人用碎瓶子和锋利的石头劈砍自己饱受病痛折磨的胸膛和喉咙。一旦发烧，他们就会用类似的方式划割前额，鲜血便从脸上唰唰流淌下来，用他们的话来说这样能“释放疼痛”。他们一抵达，便开始死亡。

然而这些在劫难逃的野蛮人把我们这些囚犯看作比他们更低下的奴隶。照他们自己的说法，他们都是高贵的自由人，为流放之旅离弃故土，因而会受到政府的照顾，不用像我们那样干活。一天晚上，监狱的几个犯人往地板下方一层的野蛮人头顶撒尿，以此证实被囚禁的白人比被流放的黑人地位更优越。

对于自己这场由政府出资、与野蛮人同行的堂吉诃德式冒险（他为此走遍了特兰西瓦尼亚黑暗荒蛮的丛林），罗宾逊起了个响亮的名号叫“调解”，而这份由白人肩负的职责就是将长期以来与之为敌、至今仍躲避于荒野中的野蛮人全都组织起来。

根据我在霍巴特城见过的古斯特·罗宾逊肖像（使用大幅画布，试图刻画出为澳新两地鞠躬尽瘁、高贵而悲剧的救世主形象，却是徒劳），微胖的古斯特·罗宾逊处于明亮的视觉中心，以聚集的野蛮人为晦暗的背景，手指预示般地指向某个看不见的未来，俨然一位

① 即 Guster Robinson，指乔治·奥古斯特·罗宾逊（George Augustus Robinson，1791—1866）。生于英国的建筑商，在范迪门地奉英国殖民当局命令负责安抚原住民部落；曾向英国“收藏者”提供大量原住民骸骨。——编者注

文艺复兴式的先知，占据鱼龙混杂的摄政时期的中心舞台，放眼皆是开明而鼓噪的蓝白海洋，博·布鲁梅尔[①]就这样化身南方海域难得一见的浮夸版摩西。

但当我受召去见古斯特·罗宾逊的时候，他并未给我留下时髦耀眼的印象。

野蛮人称呼他用的是他们对鳗鱼的叫法，我记不太清。必须承认的是，他是个矮子，比他那些黑人囚犯还要形容枯槁。他弓腰驼背，身上破烂的衣服和我们的一样肮脏，爬满了虱子，犹如一个迷途的所有格撇号，正在寻找自己所属的中心词，他声称自己给自己指派的这项高高在上的任务是神圣的，可他本人平凡得很。

罗宾逊把野蛮人当作随从对待，野蛮人则把他当作途中捡的流浪狗。双方似乎都没注意到脚下的大地犹如破浪一般正在崩塌。

罗宾逊认为囚犯都是人渣，会当着你的面光着身子乐颠颠地晃悠，他对在他眼中比自己低下的人全然没有好感，仿佛你是条可以随便踢的狗，是个可以随便往里撒尿的夜壶。我到的时候他在和巴哥犬穆沙说话，由于穆沙是担任治安官的囚犯，他肯定觉得这比普通的犯人等级略高，因此把我当空气一般对待，继续说着，告诉穆沙被海豹猎人偷走带到岛上的黑女人声称捕猎海豹时魔鬼会找上来，跟她们发生关系，还说她们往往会怀上恶灵的孩子，并在丛林里杀掉这样的孽种。她们说自己唱歌是为了取悦魔鬼，说魔鬼让她们唱好多好多。

指挥官的混血女仆，他说，堪称岛上的克莱奥帕特拉。在贵格会对她进行基督教启蒙之前，她就因发明魔鬼之舞而声名狼藉。魔鬼之舞的场面，他说，极其淫秽，只有岛上那些海豹猎人的老婆才

① 即 Beau Brummell（1778—1840），英国摄政时期的标志性男士时尚领军人物。

知道，大陆上的人无法想象。

她是被海豹猎人克卢卡斯抓住的，那人的名声在整个海峡一带都很臭。当时克卢卡斯伙同其他几个猎人出海劫掠。他们朝海滩上的一群黑人攻去，结果只逮到一个小孩子就被土著打回到了船上。海豹猎人清楚表示，这孩子现在是他们的，如果母亲想要他就得跟他们走。这个母亲正是两便士莎尔。

她来到船边说只要孩子能回部落，她就跟他们走。猎人们就把她逮住了。克卢卡斯抓住男孩的双腿往岩石上砸，孩子脑浆迸裂。然后他们就载着两便士莎尔划走了。有个土著跟在他们后面游，成功控制了艉柱。克卢卡斯战斧一挥砍下他的手。到了克卢卡斯的岛上，两便士莎尔就沦为奴隶，据说还给克卢卡斯生下两个孩子，被她往嘴里塞满青草闷死了。

讲完故事，罗宾逊转向我，通知我说指挥官已经同意我去画他的“紫貂弟兄”，先从罗密欧开始。

此人个子高高，举止优雅，模样有些像东方的哈西德犹太人，若用他们自己的语言，罗密欧就叫托泰莱。我发现他是戴维港部族的一个头领，据说还是两便士莎尔的父亲。我目睹了他们重逢的场面。两人痛哭，似乎因团聚而感慨万千。

和托泰莱聊天时，我发现自己对野蛮人的观念起了变化，无法再用先前的方式看待他们。托泰莱颇有幽默感，喜欢并用黑人和白人的语言开双关的玩笑。而且他是个货真价实的爱国者，对祖国的爱似乎毋庸置疑。我将托泰莱画成一个有尊严的人，这张肖像画显然出于一个单纯的理由无法被放进鱼之书。

托泰莱向我引见的黑人里有个衣着抢眼的家伙，名叫“追踪者马克斯”。他和我们这些囚犯形成鲜明对照，俨然是个本土的时髦人士。他整洁得一丝不苟，身处肮脏的定居点仍旧坚持每天把衣服洗得干干净净。他身穿白衬衫，长翻领向外展，盖住领口而非放在底下，头戴硬挺的圆顶帽，式样介于无檐毡帽与高筒帽之间，风范类似曾跟他周游南方海域的美国捕鲸者。除非受到挑衅，他一般都很安静，但他凶狠的眼神和暴戾的宽嘴表明挑衅他绝非明智之举。

追踪者马克斯是内陆的土著，有一段时间曾替范迪门地的军队追捕丛林匪帮，后不知何故为罗宾逊效力，参与招募荒野里征战的部落。他看上去不喜欢这份工作，但也并非充满敌意。照他的话说，罗宾逊的手下不过是与他同行的乌合之众，而他所经之处也不是他的土地，虽然他是黑人，可他们和他不是一路人。不像新南威尔士的另一个黑人巴拉巴斯，他并没有贬称范迪门地的野蛮人为石猿，仿佛把他们说得一钱不值就能在欧洲的创世阶梯上爬得更高。他似乎对任何人都缺乏感情，有的只是一种看破人世的无尽的倦怠。

有段时间经常可以看见追踪者马克斯和死神卡普瓦在一起。两人会滔滔不绝地用一种古怪、急促的自创语交流：受英语影响的克里奥尔语和受土著语影响的英语混合在了一起。追踪者马克斯会对死神卡普瓦讲自己的人民和他们的世界，讲他们的土地和他们所处的位置。死神卡普瓦从来只知道断裂便是他继承的遗产，听得很是专注。他们俩似乎都想在对方身上寻找自己从未知晓的东西：死神卡普瓦想知晓的是黑人来自何方，会去往何方，这一切又意味着什么，可是圣多明各种植园的经历实在刻骨铭心，使他无法克服自己的理智，他认为姑且不论白人本身如何，白人的行事方式就是要比黑人的好。因为死神卡普瓦憎恨白人，却又热爱他们的文明。

追踪者马克斯持另一种观点。尽管他看上去比白人还像白人，他才不在乎他们的行事方式。对他来说，他的着装、他的姿态等同于捕猎时待在树荫里的下风处，融入猎物的世界，而非凸显自己。曾经他精通鸸鹋之舞和袋鼠之舞；后来他的才能又领他跳起了白佬之舞，只是如今他的部族里已谁也不剩，没人会围着篝火，哈哈大笑，赞扬他观察和偷偷模仿的能力。

白人没法律，他告诉死神卡普瓦，没梦想。不管怎么看他们的生活方式都毫无道理。但他不憎恨也不鄙视他们。他们的愚蠢超出想象，但他们有权力，照追踪者马克斯看，他们的愚蠢和权力紧密相连。但怎么会这样呢？他问死神卡普瓦。权力和无知怎么就能同床共枕？对这样的问题死神卡普瓦给不出答案。

接着越来越多的黑人开始咳嗽，喷唾沫，鼻涕流得足以填满港口，割伤的脑袋淌下的鲜血足以将岛染成粉红。两天内又死了七个。

不久追踪者马克斯就从萨拉岛消失了。也许他担心自己还能经受多久古斯特·罗宾逊时常表露的对紫貂弟兄深深的尊敬和爱意。他逃离之前对死神卡普瓦最后说的那些话，教这个曾经的圣多明各奴隶完全无法理解，后者经常添油加醋地讲述自己的过往，并且坚信这既能解释又蕴含着什么。

“隐藏你的生活，”追踪者马克斯对死神卡普瓦说，“彻底隐藏。”

那天清晨前往朗普里埃先生木屋的途中，我看着两个囚犯朝小路边的大坑里清空麻袋，惊讶地发现那些黑人尸体均无首级。囚犯们很快就用浅浅一层泥土盖住无头尸，大坑尚未填满，也已做好准备，我猜，容纳更多的死人。

“没错。”我听见一个囚犯说，既没回头看他也没看坑，踩着碎步快速下山朝朗普里埃的木屋赶。“死黑鬼。一个是罗密欧，但另一个绝不可能是朱丽叶。”

4

朗普里埃先生的木屋空无一人，但我听见屋后传来施加压力的杂音，还有木头不时开裂的声响，像是桉树的粗枝掉落下来。我沿侧边的巷子走去，随后便看见与卡斯尔雷猪圈边泥泞院落的土棕色调相映衬的，正是朗普里埃先生那颗硕大囊肿般的头颅的象牙色侧影。

范迪门冬季的独特之处在于，太阳呈浓浓的蛋黄色，天空是一片夺目的群青，可白天还是冷得很。不过，朗普里埃先生庞大的身躯不用怎么费劲就会汗如雨下，显然那天清晨他一直在忙活，只见斗大的汗滴犹如珍珠从他铅白的脸上滚落。他站在六个木桶围成的圆圈中央，其中一只正在由箍桶囚安装桶盖，另一只挨着朗普里埃先生的拳头，伴随着粗俗的怒骂，而我看不见争论的对象在哪里。

他一看见我，就举起手在面前飞快一挥，像是在说这场争论对他不值一提。

“不用在意——一直如此，”他让我放心，**“但！——木桶封住——他们就消停。”**

我朝他走过去，审视他一直在摆弄的那个木桶。里面似乎装满了咸水，不过我没法确保那就是腌渍用的溶液。我瞥见一星黑幽幽的闪光，起先猜测他是在保存鳗鱼，毕竟那年港口鳗鱼大丰收。随后我又想，不对，我的眼睛在耍我，是南方的光亮产生了某种效果，让我不管在哪都能把人看成鱼。

于是之后好几天时间里，我始终觉得自己是个傻瓜，那种糟糕的感觉慢慢涌上心头，我突然明白过来木桶里起伏的，滚动得像集市上的苹果、腌渍得如卷心菜的，并不是鳗鱼：那是好几个黑佬被砍下的脑袋。这样的木桶有六个，想必那个晴朗的冬日清晨，朗普里埃先生的后院里正腌渍着四十到七十个黑人脑袋。

现在同样明显的是，朗普里埃先生相信这些死去的黑人的脑袋在冲他吼叫，嘲讽他。他想对这些假想中的蔑视装出一副不以为意的姿态，却经常忍不住吼回去。后来他会因尊重科学的要求疲惫不堪，便深情地，甚至卖弄风情似的看向猪圈，卡斯尔雷正睡在泥泞的角落里。这优美的田园风情让他露出宠溺的微笑，那颗发光的圆球便有了一条微微弯曲的裂纹，只见他从身边磨损的陶罐里啜了口朗姆酒，用斑驳的脏丝绢擦了擦铅白的眉毛。

朗普里埃先生解释道，这些脑袋沉不下去，颠来颠去搅乱了腌渍的溶液，还要冲他顶嘴，让他很是恼火。他担心这些脸颊在驶往英国的远洋航程中会因暴露于空气中而腐烂。但无论是死是活，这些黑人脑袋的力量都不可忽视，无论朗普里埃先生去哪儿，他们圆睁的双眼似乎都会跟着，令他浑身不自在。他问箍桶囚能否用石块让脑袋沉下去。箍桶囚忍下一声叹息，便找绳子去了。

朗普里埃先生身上有很多特质，尤其是他所谓的常识。我欣赏他的一点在于，他完全没觉得砍下的脑袋还跟连着身体似的说话有多反常或超常，仅仅觉得这是件实际层面上的麻烦事。这里面有种极其明显、强势的英伦特质，以至于我有那么一刻被一种对迷人旧世界的深切渴望所俘获，正是它造就了这样的巨子，就像这位科学的圆脸奴仆，他好几次命沉默的脑袋闭嘴，一边和箍桶囚一起试图寻找让脑袋沉下去的解决办法。

身处那圈他认为在取笑他和他的工作的脑袋之间，他像见到久违的朋友一样欢迎我。他靠着一只盖上的木桶，滔滔不绝地讲起一个恼人的故事，我向来只听过他用对待哲人的敬意谈论这个故事的主角：科斯莫·惠勒。

“起先——只是——收集——花朵——少有叶子——这些东西，”朗普里埃先生开口道，用脏污的手帕再次抹抹眉毛，擦去扑粉，露出难堪的紫色皮肤，像是上了一层光亮的清漆，“这样的工作，惠勒说——让我成为学会会员，皇家学会——可然后——一封信，就这样——声名显赫的组织寄来的官方感谢信——真的感人——单拎出来——防腐和包装典范——确保内容适合科学研究——就这样！——就这！一封信！

“后来科斯莫·惠勒先生成为科斯莫·惠勒爵士——是对他那本研究澳新植物的伟大著作的认可——接下来他想研究——一言以蔽之——有壳类软体动物——没壳？不！很长时间，非常长——每个在这片恶劣海岸上搜寻的空闲之日——极端严苛恶劣的环境——多年艰苦的工作——第二封皇家学会的来信——溢美之词甚至多于第一封——可曾提到我的会籍？”

“不曾。”我说。

“没错，”他说，“只字未提。”

这时候他突然停下，对他认为来自木桶的污言秽语进行驳斥，然后才回到自己的故事上。

“所以，你看，”朗普里埃先生继续说，“我出于这点——毕恭毕敬地——向着科斯莫爵士——他对南部海域无脊椎动物，特别是澳新两地的软体动物，进行开拓性研究，现已成为学会秘书。

“科斯莫爵士在私下单独寄来的信中向我保证，我担心遭到忽视以及——我从未敢在信里提及，遑论瞎想！——遭到利用——完全是误判——这件事确实值得重视——向我保证——从我身上看出——他看出来，学会也看出来——在殖民地收藏者中我最杰出、最值得褒扬——是极具实践精神的科学家——拥有这样的名誉，仅需最终杰作，为其他毋庸置疑的努力来个点睛之笔——然后我就可以衣锦还乡返回英国。

“所以——所有跟鱼有关的——理应成为我的杰作——是我通向学会的门票，沙丁鱼鱿鱼，通向这个学会的门票——但他现在这样写道：

“‘不，鱼已经交由霍克，悄悄告诉你，霍克做得很糟糕，但不管怎么样鱼已经结束，完蛋了，所以烦请别再给我寄你的那些画，都太晚了。’

“现在时兴的——他写道——新的科学——新的学会——新的时代——颅相学，特别是关于那些灭绝的低等种族——只要找到好的样本，对颅骨进行研究，对人类高等和低等形式的科学认知就能取得长足的进步。”

我随后猜想（凭这一串洋洋洒洒的分句尽我所能）尽管科斯莫·惠勒爵士蔑称亨利·霍克爵士为平庸的江湖骗子，后者似乎仍然是他在科学上的主要竞争对手，手握偶然得来的原属于朋友约瑟夫·班克斯爵士的满满六桶黑人脑袋，都是班克斯许多年前从范迪门地收集来的。霍克随后为班克斯的黑人脑袋撰写论述，声称黑人拥有免遭白人文明侵蚀的天真，而且面相高贵，引起了极大的关注。

“一派卢梭式的胡扯，”外科医生继续道，“女士见了会晕倒——哈！——但科斯莫爵士相信霍克的工作系基于重要缺陷——净是时兴的法式狗屁——知识分子的自慰！

“如果他，科斯莫爵士，入手更新的黑人脑袋——就可一劳永逸地证明霍克的工作——并非科学——纯属自吹自擂的愚行。

"所以现在不要花卉贻贝鱼——要黑人脑袋！——但愿我能被皇家学会吸纳——黑人脑袋！——但没那么容易——从哪儿？——怎么办？——不能用渔网捞黑人脑袋——不能从海岸岩石上掰下黑人脑袋——不！——不能当野花一样把黑人脑袋揪下来，不能压制或干燥。——不能当沙锥鸟一样一枪崩了——那我该怎么办？

"只能从事卑劣的生意——最低等的类型——掘墓囚——丧葬承办人——悉尼律师——结果呢？太好预料：流失大部分积蓄——得到又黏又臭的脑袋——五花八门就是没有黑人——涂了日本黑漆的囚犯脑袋——穷人的头骨上被焦油染黑的烂肉——各色各样的脑袋可悲地伪装成黑人脑袋——太过恶心——什么都卖给你——捕鲸者想把腰间纤维袋里的两颗皱巴巴的毛利脑袋伪装成范迪门的土著脑袋——不如用印第安墨印上纹样的皱苹果——然后——"

"古斯特·罗宾逊呢？"我问。

"您看呢[①]。"他说。

"悲剧啊。"我说。

"一言以蔽之——可他人眼中的悲剧——于我呢——是什么？——是一个开端。"他凑上前，每当想要传达他所认为具有启发性的观点时就会这么做。

"科学？"我猜道。

"黑人脑袋。"他睿智地点头。

我的手指顺着木桶仍在渗出汁液的外壁摸了摸。

"死后的救赎，"他说，"——否则便是不信基督教的悲惨人生。"

"救赎。"我斗胆应道。

"希望如此，"朗普里埃先生说，"也不仅是为他们。"

---

① 原文为法语。

朗普里埃先生又擦了擦脸，让箍桶囚从木屋里端些茶和朗姆酒过来。我们坐下。**“无视他们，”**朗普里埃先生轻轻说，就好像能再次听见木桶里传来的闷声闷气的抗议，却不去理会，**“千万别应答忘恩负义者。”**箍桶囚回来后，把茶壶和朗姆酒罐放到密封的木桶上。

箍桶囚继续把钉子敲进桶盖，至于那些脑袋是浮是沉，是郁闷还是吼叫，他一概不知。现在也许不是最佳时机，但我还是开口了，说画鱼的项目仍然极具科学意义，若科斯莫·惠勒爵士不感兴趣，或许朗普里埃先生自己可以找霍巴特城的印刷商本特出版。

伦敦出版，附上科斯莫·惠勒爵士的大名，也就意味着荣耀、认可，是朗普里埃先生重返那个他长期置身于外的世界的通途，是朗普里埃先生最渴求的钥匙：能打开皇家学会的大门。但一本霍巴特城出版的书……

“我病得有这么厉害吗？”外科医生低吼道，**“一本霍巴特城出版的书——本身就是个矛盾，先生！是对科学——对文化——真正的羞辱！”**

然后他又喝了点朗姆酒和茶，用锤子将木桶轮流敲了一通，冲着他们狂吼，让他们放弃抵抗，为自己终于能对文明派上点实际作用而感恩戴德。

他又回来坐下，告诉我最温和的气候带都位于四十至五十的纬度之间，关于人类纯正色彩和不同程度的美的正确观念都应当从这种气候中诞生。

“因为从来没有一个文明的国度——全是白人——其他什么地方出现过？——这样先进的工厂——这样的艺术和科学——白人高贵的步伐和姿态！——除了在欧洲少女的胸脯上还能在哪儿呢？还能在哪儿找到这样的两只？——这样的！——丰满雪白的半球——还点缀着

朱红？”

我可怜的头脑里充斥着一连串半球，白色半球并不丰满，有些半球名不符实，黑色半球则连同性感的紫红触点，浸在颜色更深的染料里，在我有幸或多或少亲密接触过的这支悦人的序列中，没有一对缺乏吸引力或告慰之效。

我努力隐藏对这一切——对雪白半球不受欢迎的霸权的震惊；朗普里埃先生坚信那些黑人脑袋会喋喋不休，且至今都未清醒认识到自己所在的半球处于地球错误的一端；对这个世界缺乏善意的可悲及由此引发的不幸结局；对我自身的命运，眼看今后通过画鱼能享受的舒适住所似乎将成泡影——想必我的努力太过明显。

“我要的是科学，古尔德——不是该死的马戏。”

说完朗普里埃先生便疯狂地摇晃起来，就好像听见别人在嘲讽他。他背对我，冲着木桶咆哮。

“我不会为你们假装悼念黑人——我是爱国的博物学家，和我一样，你们也会为科学——为国家——做出牺牲。”

照他听来，木桶里的声音想必是越来越激烈了，因为他从柴火堆上抄起一根粗重的棍子，一下又一下地猛砸桶盖，告诉他们没人会比他更为他们着想。他吼叫道，过往已是过往，他的兴趣在于未来，能在如此伟大的科学项目上合作，终于为文明做出些许贡献，他们理应欣喜若狂。话音刚落肥猪卡斯尔雷猛地惊醒，开始在猪圈里绕着圈疾走，拖着嗓音尖叫。这使噪音更混乱了：只听见朗普里埃先生用棍子敲打木桶，朗普里埃先生边跑边嚷嚷最最恶毒的咒骂，他的猪尖声叫唤。

“我爱你们——你们不明白吗？”现在他抽泣起来，**“我为你们这么做——都是出于爱——只有爱。”**

最后朗普里埃先生似乎放弃了，像是尝了败绩，奋力把棍子一扔，结果它飞落到指挥官尚未建成的命运林荫道上。他叹了口气，将眼中的泪滴弹去，塌着肩走向猪圈，站在边上，努力想让尖叫的卡斯尔雷加入对话。

“他们，”——为了让猪瞧见，他朝桀骜不驯的木桶伸出控诉的手指——“他们不懂得欣赏——形状——体积——头颅各部分的关系——都是性格和智力的确切标识——而且——我正在就这个主题撰文——灵魂本身——对头颅的研究将揭示人类各个种族的根本性不同——其等级制的本质——其存在的确切理由。”

他转过身，摇了摇头，走回到我身边。

“你瞧，”朗普里埃先生继续道，一边重新给壶里满上朗姆酒和茶，“科学——在此——面临极大挑战——惠勒决定解决——我们像狗一样的紫貂弟兄——像跳蚤——并非亚当的子孙——上帝创造他们——是作为单独的低等物种，正如他创造鲻鱼、麻雀这类单独的低等物种——作为信念坚定的英国人——我们意识到了这一点——难以动摇的常识——但没有科学分类法，我们就不会把这视为科学——暂时不会。

“科斯莫爵士拥有珍宝级颅骨——在解剖学上具备无与伦比的深度——不过——都是些白人的头颅。”

朗普里埃先生向前一倾，低垂的汗涔涔的秃脑袋晃来晃去，就像烤肉杆上的猪头，接着确保没其他人在场，没谁听得见后，他便用密谋的语调继续道：

“困难就在于此——他若要完成这项伟大的工作，证明一切都是科学——惠勒必须拿——惠勒需要——黑人的头颅进行评估和研究。”

朗普里埃先生重新在肩膀上扭动脑袋，像杯中浮动的水煮蛋，嘘声说——

“他需要我。”

5

我没带走水彩颜料就离开了朗普里埃先生和他的那些木桶，几天后收到一条消息，叫我当天一早就去见他，讨论我今后给他当仆人这件事。我满心忐忑，忧虑鱼和我都得完蛋。我决定尽己所能向他论证继续这个项目的价值，便穿过寒冷朝他的木屋走去，拍着手想让手暖和一点，一边使劲琢磨各种编得出的科学论据，那是唯一能说服朗普里埃先生的论据。

我和他见面之后的那个星期，朗普里埃先生一直在忙活黑人脑袋，他已经放弃把脑袋完整装入木桶运输的想法，而是决定将它们削减成颅骨，由一个不会说话的囚犯助理负责分类并发往英国。

奇怪，他的木屋里一个人都没有。更奇怪的是，猪圈也没传来激烈的震动和嘶叫。我绕到后面查看，以防外科医生正和卡斯尔雷一起一反常态地默默冥想。我找到那头猪，它难得一副吃饱喝足的样子，正侧躺着熟睡，似乎安逸而放松。但哪儿都不见它的主子兼密友朗普里埃先生的踪影。

过了一会儿我才注意到猪鼻子周围白色阴影的线索，像是老头子的胡茬。但那时我被一大团异乎寻常的蒸汽淹没，浓雾弥漫，几乎彻底遮蔽吞吐它的猪圈，氤氲其中的糖浆般酸甜的气息也浓郁得让我难以呼吸。我闭上眼睛，凭直觉认为这或许可以抹除现实。但那气味只增不减，变得压抑，沉甸甸像架在我头顶的一道重负，湿瀌瀌如露珠的酸液凝结在我脸上，火辣辣令我的鼻孔似灼烧一般。

等我终于睁开眼睛，看见那刺鼻的雾气犹如幕布般分开，我便明白我绝对不会认错眼前浑浊而恐怖的舞台上升腾的是什么。

6

是一坨粪便。

硕大无朋。

它没准，我愕然意识到，堪称那天清晨地球上最大的一坨猪粪。或许是有史以来最大的。这景象如此惊人，很难让人立刻联想到猪粪。红润的冬日晨曦中，那冒着热气、方尖碑似的屎块可谓闪闪发光。金字塔底部伸出来什么东西，稍嫌暗淡，却无疑是曾经修补过、如今面目全非的廉价白镴鞋襻，若没有它你可能会误认为那是一块价值连城的崇高的金块。

我爬上篱笆更仔细地观察起来。那堆亮闪闪的猪粪四周的泥土翻了起来，像是狂饮的胡闹之后被丢弃在了那儿，我看见衬衫的布条（染上血），黑色燕尾服的一只尾巴（扯碎了），一条蓝色的丝袖（撕成屑），半块斑驳的丝绢（湿乎乎）。

然后我注意到像是一根人类大腿骨头的东西，感到很不舒服。还有其他血肉模糊、沾满泥污的骨头。肋骨。股骨。又有越来越多的——胫骨。小臂骨。脊椎骨。然后我看见了那巨型肿块本身，一只血淋淋的硕大脑壳侧卧在地，好似太平洋岛屿上倒塌的神像。

卡斯尔雷放了个屁，味道既甜腻刺鼻又强烈得可怖，我正站在下风处，知道那熟悉的恶臭正是朗普里埃先生原子化的本质。

我注意到猪圈远端有碎裂的陶器，认出那是两便士莎尔和我用于发酵拉里金汤的罐子。卡斯尔雷不知怎的设法用前蹄把它们从篱笆底下扒入猪圈，砸开后喝下里头的烈酒。我看向那头猪。那猪睁开眼睛看向我。

我向上帝发誓他咧嘴讥笑了。

我惊恐万分，踉踉跄跄地后退，以手捂嘴。

我像是做着一个阴沉的白日梦，看见朗普里埃先生是怎么确凿地走到了人生的尽头，瞧他坐在篱笆上，喝着酒，醉醺醺，对着卡斯尔雷说话，拿这头暴躁的野猪当最后的听众，聊起了科学、文明、卡巴拉的小册子、雪白的半球，这一切无非是已然腐烂的、仍在继续腐烂的记忆。我看见卡斯尔雷被我们粗劣的朗姆酒灌醉，火气越来越大，来来回回、来来回回地疾走，凭借醉酒的猪配有的活跃思维，琢磨这疯狂的聒噪何时才能消停。我看见卡斯尔雷终于发出一声震耳欲聋的嘶叫，用尽全身力气冲向篱笆。

然后，朗普里埃先生失去所剩无几的平衡，坠入虚空。

想必他在那里看见了许多他很久以来避免去看的东西。想必他听见了口水流淌声与蹄音一同趋近。然后，我猜，到了某一点，想必他便清楚现在一切都避无可避了。

锯　鲨

THE

SAWTOOTH

SHARK

锯鲨

基督，卡巴拉派，以及猪粪——论爱之铲遭遇了什么——历史的幻象——九死一生——肿块的分类——约恩·约恩森——论他成为冰岛国王一事——滑铁卢报告——约恩森的新使命——伏尔泰脑袋的发现——古尔德的框架——第二本《鱼之书》。

1

朗普里埃先生傻傻地相信猪的完美，最终因此丧命，相较之下，我选择记住他对鱼类短暂的激情，而这份激情如狂涛巨浪，在他心中甚至拥有了某种不幸的宗教维度。这种错觉在约恩·约恩森借给他的一本卡巴拉派的小册子里得到了确证，他发现希腊语中基督耶稣、上帝之子、救世主的首字母分别是 ich、th、ys，连起来即希腊语中的鱼——*ichthys*。

“所有生命都是神圣的，古尔德，但鱼最神圣，”在他这种癫狂的热情成为我的信仰前，他曾这么对我说，**“这就是为什么早期基督徒会以鱼作为基督的象征。”**

令人惋惜的是，上帝留在了他的天堂，伟大的科学家则留在了猪屎金字塔和恶心的甲烷雾气里，而鱼跟我在一起了，但我并非圣父圣子圣灵，不知道该拿鱼怎么办，也不知道该拿朗普里埃先生的残骸怎么办，更不知道它会把我怎么样。

我试着把这场惨剧看作上帝的恩宠——许是古老鱼类的神意干预。《鱼之书》现在永远也不会错以科斯莫·惠勒爵士为作者注释、出版了。仿佛外科医生之死将鱼传递给了我，免受科学或朗普里埃先生的社交野心所阻，而二者已经发展成了一回事。鱼的界域一度如此有限，如今似乎却变得无边无际。我本应欢欣鼓舞，但我当即面临的两难困境如此紧迫，除了恐惧我没有其他感觉。因为谁都知道今天我要去见朗普里埃先生，因为他的死亡肯定会被发现，因为在关押囚犯的岛上无一例死亡不被视为谋杀，我很清楚如果不处理他的骨头，我就会被处理。

我并不是说接下来的事我干得有多漂亮，或者有多明智。但在一段时间内这么做至少解决了他遗骸的问题。我把剩下的酒全都扔给了猪圈里的杀人犯卡斯尔雷，他已从先前大餐带来的睡意中醒来。这猪劲头十足地舔吸着朗姆酒咂巴着嘴，不到一刻钟便来了个酣畅淋漓的后空翻。卡斯尔雷翻了个身又睡了过去，猪蹄像四个空酒瓶，升入空中。

为了确定那猪睡得足够沉，我就朝他扔石头，见石子从他糙皮的毛茬间弹落，他却毫无反应，我便放松下来，走入猪圈，着手干起这肮脏的勾当，从猪屎中寻找朗普里埃先生的残骸。慌忙间我将他的衣服扔入木屋里的火堆，皮带和鞋襻埋在附近，骨头丢进木屋后面的一只旧水桶里。接着我往后一站，吸了口气，开始琢磨如何——以及在这座拥挤的海岛的哪里——藏这么一只装着恶臭人骨的水桶。

2

至于该拿这些骨头怎么办，两便士莎尔和比利·古尔德一样拿不出主意。她的小黑屋没比牢房好多少，天花板太低，墙壁太潮湿，行军床上挤满破破烂烂的草垫子，唯一的其他家具就是一把断了腿的柳条椅，而他用自己的问题填满了这个空间。他从自己两难的处境入手，偷偷摸摸处理掉过去，发现自己站在了启蒙的边缘，而这时卧室的房门吱吱嘎嘎尴尬地开了。

比利·古尔德刚把自己赤裸的身子藏到两便士莎尔的行军床底下，就听见明白无误的粗重喘息，接着嘎吱一声，指挥官坐在了断腿的柳条椅上，他的不适和比利·古尔德当时的惊恐有得一比。也就是在那时候，我才意识到我的一部分身子从毯子里支了出来，晚了。

屋子里太暗，指挥官又昏昏沉沉，所以误把床底下绽开的两瓣屁股当作破旧的歇脚凳。他用脚后跟踹了几下，把被岁月磨平的屁股踢松软了，以求些许舒适，然后就用靴子顺着我的屁股缝来来回回地揉搓。要在光着身子双膝跪地的状态下不出声且保持静止实在是太难为人了，陈旧的爱之铲还遭受着来回撞击。眼下的情况极其糟糕，指挥官的长篇独白也无法缓解此等折磨，他并未立刻开口，我后来猜出他是先服用了几滴鸦片酊。

他越来越癫狂，说历史远非停留在过去，而是近在眼前。数世纪以来那些有意或无意发现了范迪门地的人，他现在认为都在此处，此刻正扬帆驶入两便士莎尔的卧室。他看见十二世纪的阿拉伯商人驾驶三角帆船，十四世纪的日本海盗因长途旅行而疾病缠身，形销骨立，很快就死于无解的忧郁，黏糊糊光秃秃的尸体轻得飘浮空中，得绑上石块才能安葬于墓地。他看见十五世纪患坏血病的葡萄牙冒险者乘坐三艘三桅帆船，寻找黄金和改信基督者，想要调和底部是一团模糊的 *Terra Incognita*（未知之地）的托勒密海图与赤身裸体的黑人居住者怀抱的笃定态度间的矛盾，后者却对贸易丝毫不感兴趣，把葡萄牙人送的礼物全部扔了回去，只留下红色手帕，绕着毛茸茸的脑袋系上。

这种天真的可悲教指挥官摇头。葡萄牙人离开卧室，驾三桅帆船向南驶去，他们的头领莽汉阿玛多听闻在浮动的冰山群上居住着一个热衷于生意的种族，那些人没鼻子，只像蛇一样留了条缝，全靠气味过活，愿为此交换黄金。

我感觉到有只跳蚤咬了我的裆，屁股不自觉就扭了起来。指挥官对准他多半以为是倾倒的歇脚凳的东西，狠狠地踢了一脚，继续讲起了那些他似乎觉得正和我们共处同一空间的人，眼下这历史的卧室已然相当拥挤。

然后指挥官开始冲荷兰人吼（吼到兴头处一只靴子还蹭上我的卵蛋），荷兰人驾着粗短的帆船驶过两便士莎尔行军床的顶峰，寻找商机，后面跟着爪哇人被远远地从西北方的渔场刮来的狭长帆船，还有由博物学家、天文学家、艺术家、哲学家、百科全书派、智者组成的法国探险队，带队人勇猛的佩龙先生于共和六年登上一片长长的海滩，以为到了范迪门地，于是边摘下手套边冲一位黑人妇女鞠躬，她放声尖叫，以为他把自己的皮给剥了下来。直到佩龙先生唱起《马赛曲》，任她脱去他的裤子，以确定他是个真男人，她这才消除了恐惧，喜上眉梢。

接着一阵最糟糕的恐惧袭上指挥官心头：

“要是时间从不曾流逝呢？”他尖叫起来。仿佛阿拉伯人、日本人、葡萄牙人、荷兰人和法国人自始至终都在两便士莎尔的卧室里探索着范迪门地，连同德·赫罗特少校，哪怕身中剧毒仍然面带笑容，聊得欢畅，连同所有死在犹大摇篮上的人，他们脑袋里的蛆比后背上还要多，再次活了过来，连同另外一千零一个人排起长长的队伍，拥入两便士莎尔的房门，末尾是莱斯伯格中尉和他的人马，他们被水泡涨的疲倦肢体犹如努力保持秩序的气球一般行进。突然指挥官把腿从我的腚上甩了下来，站起身，不发一言，踉踉跄跄地走了出去。

后来死神卡普瓦告诉我，他听说指挥官因鸦片引起的幻觉一直都是这个样。许多年前，指挥官第一次服用鸦片酊的时候，据说效果极其显著。如今在两便士莎尔肮脏的屋子里，它却被贬至萎缩得可怜的艺术甚至娱乐领域，就像所有具有重大精神意义的事物因亲密接触和重复而折损一样。

现在他会在爪哇人消失时欢呼，冲法国人喝倒彩，嘲笑濒死的日本人。但那时历史成了一场噩梦，指挥官无法从中苏醒。那张黄金面具底下，他的脸因忧虑布满下疳。不管在哪儿他都能看见令人不安的证据，表明往昔和当下一样皆是混乱，根本没有直线，只有无休止的循环，就像石头没于当下之水中扩散的层层涟漪。绿色的鸦片酊他喝下越来越多。治疗花柳病的水银剂量他加倍再加倍，似乎肉体和心灵都被吞噬。他最最害怕的就是他疯了，囚禁于自己的想象之中。

囚犯始终都能逃跑，可即便腐烂于荒野中这样悲惨的解脱，他也不可能享有。有一次他找来混血女，想要确认自己的存在，想要抛弃生命的理性，想要遗忘日益充斥身心的迷惘。但无济于事。混血女会弯下腰，裙子往背后一掀，露出令他兴奋不已的美妙臀部，叫他快点，自己还有事情要做。指挥官就这么孤独地忙活，诅咒她，抽身时假装获胜一般，而两人都清楚这不过是虚妄。

可以提出这个问题：指挥官花柳病缠身，而两便士莎尔（显然还有比利·古尔德）怎么就能不受其扰。然而他患病许久，且正如那个诅咒，这病眼下全然由他独享；就像他的思想，已无法传播。

许多年前的那天，指挥官第一次见识到往昔逃无可逃的恐怖，便仔细审问了约恩·约恩森，然后一边在房间的角落里撒尿，一边下了一道毫不含糊的命令。

“我命令你，”指挥官说，“将岛上发生的事情悉数记录在案。”

指挥官转向丹麦老头，将长满脓疱的阴茎抛回马裤，既不害臊也不在乎，只是因为剧痛而微微颤抖。

“如果我没法在当下控制往昔，”他说着，湿乎乎的手指在短尾鹱肩章上擦拭，面具发出炫目的光芒，丹麦老头不得不将手拢起遮住双眼，“我至少要在未来控制往昔。”

相比这番时间专政上的野心，比利·古尔德的麻烦确实微不足道。毫无疑问，未来的民众也许会希望将他随后的行动视为内心的叛乱或激烈的人性宣言。但国王和我明白，恰恰相反：比利·古尔德的麻烦远不止朗普里埃先生的骨骸，他必须尽快脱身。

3

我穿好衣服离开两便士莎尔的营房。她仅有的建议谈不上多好，但至少是个想法，不像我惊惶的大脑里唯一晃荡的对被捕的恐惧，孤零零如囚犯汤里的一块肉。

我拎着装了骨头的水桶踏上命运林荫道，见谁都说那是外科医生还来的变质腌猪肉，一路向着军需处的一间屋子走去，朗普里埃先生就把收集来的土著颅骨储藏在那里。

幽暗的房间没有窗子，只靠三盏鲸油灯幽幽的光线照亮，闻着像濒死鲸目动物悲伤的尖啸，朗普里埃先生就在这里颇有耐心、偶尔掺杂暴力地训练哑囚赫斯洛普将颅骨清洗干净、分门别类、正确包装，准备运给英国的科斯莫·惠勒爵士。

“这项使命，”他对那哑囚说，**“荣耀而神圣——我赋予你——你说呢，嗯，赫斯洛普？”**对此，那哑巴自然是无从回答。

当我把最新这组骨头交给赫斯洛普归类的时候，他发了火。他通过手势表明他以为他已经整理完了死去的黑人的骨骸，现在应该回到更愉快的分类上，专注于植物和花卉。他将目光投进我吃力地扛在背上的旧木桶（莫名其妙散发出猪的香味），从乱糟糟的烂泥堆里发现了又一个新鲜的人类颅骨，上面爬着看起来格外恶心的泥炭。他摇摇头，恼火地咕哝了几声。

显然哑巴对朗普里埃先生把更多骨骸扔给他的做法很是不满。我很同情。那天晚上有艘船回霍巴特城，朗普里埃先生坚持要载上土著的全套骨骸，以运往伦敦。

所以只能干活，为免惹朗普里埃先生不高兴，赫斯洛普立马开始对颅骨进行清理、腌制、分类，颅骨挖出来的时候受损相当严重，像是被野兽啃过。他拿起布满棕褐色痕迹的粉色颅骨，火气平息下来，打手势表明他松了口气，因为这个颅骨和其他的不同，在他剐擦、烹煮、清理的时候不会发出无言的抗议。我尽力帮他的忙，仔细地把对颅骨尺寸的描述记录在会随颅骨寄出的册子里。

这一切中蕴含着一种对称和美，逃不过我的眼睛——关乎死亡的伟大科学家如何成为他自己那个不朽体系的一部分。我很想哭，一边在目录册潮湿的纸页上写下颅骨的编号兼朗普里埃先生的墓志铭，简明得体，令人想起扔入火中的那条泄气的刺鲀。作为麦夸里港藏品中的第三十六个颅骨，它按照朗普里埃先生自己的方法就叫作 MH-36[①]。我抬起羽毛笔，往纸上撒沙子。斑驳之下，我看着那四个流动的字干燥定形成现实。

当晚货船装载上特制的木箱，每个箱子含有独立的隔层，每个隔层都装了一副仔细垫上芬芳的泪柏木屑的土著颅骨，目的地——

科斯莫·惠勒爵士

皇家学会

伦敦

——遵照朗普里埃先生的指示标在每个盒子上，奇怪的是，在录为 MH-36 的颅骨附带的描述栏却不见殖民地著名外科医生兼收藏家的评语。是有点蹊跷，哑巴心想，但他可不想因为多嘴而换来一顿胖揍。

我拍了拍赫斯洛普的后背，感谢他活儿干得漂亮，但我也应该知道朗普里埃先生的消失不可能就这么轻易被允许。

① MH 为 Macquarie Harbour（麦夸里港）的首字母。——编者注

几天过去了。那段时间雨几乎下个不停，我在指挥官宫殿的一间屋子里干活，绘制他畅游港口、被心怀热爱的民众包围的新肖像画。雨的动静让我压根听不见他，只能嗅到背后传来的臭气。我转过身，面前站着一只三条腿的狗和一个淋成落汤鸡的人，我立马就认出这是谁，一条青金石项链在傍晚余晖下闪闪烁烁。

“谁爱得长久？”约恩·约恩森嘘声道，“男人还是女人？”

我咽下口水。

那条癞皮狗凭借后腿站起身子，发出哨声。约恩·约恩森狠狠地踢了她一脚。掌声并非他想向听众索取的，他要的是配合，以便编造故事。即便埃尔西诺天资聪颖，这方面的局限有时也会惹得他暴跳如雷。

他伸出的手里握了一只伏尔泰头颅形状的香水瓶，满一半，空一半。那色彩，我头一次注意到，如绿松石一般。

4

绿松石的名字本身暗示着异域的他者，即西方。它来源于，据外科医生告诉我（这无疑不太准确），法语的*pierre turqueise*，意为土耳其石。和我此时写下这个句子所用的绿色墨水同样散发神秘气息的，是我将始终与这色彩相关联的人物，是此时向我展示伏尔泰脑袋这不忠的魅惑之物的人物：约恩·约恩森。

那个潮湿的午后，他站在我面前宣读对我未曾犯下的谋杀的指控时，我才意识到关于萨拉岛的可怕真相：这儿根本就不是人的流放地，而是伪装成人的鱼的流放地。当他如此残暴地宣判我的未来，我看见的并非约恩·约恩森，而是一条锯鲨，长长的吻捅了过来，将我切成碎片。

若要我推测约恩·约恩森的动机，我会说这可以是他对一个可能对指挥官有影响力的人的嫉妒，或者他身为小职员对明确的因果关系的渴求，但这仅限于文学，而非生活，生活中人的行为是没有解释或动机的。我猜，这不过是他的本性，锯鲨的本性正是如此。

我后来发现，也发现得太晚，约恩·约恩森和指挥官一样，在遭受日薄西山的痛苦。他读了太多的书，十六岁时受浪漫和冒险故事的影响，于一七九八年的一天从故乡哥本哈根大胆出走，却发现这世界和他读过的任何内容都无从呼应。

事物在崩塌，什么也靠不住。书本稳如磐石，时间却已熔化。书本一以贯之，人却并非如此。书本立足因果，生活却是难以理喻的混乱。没有什么与书本吻合，对此他永生满怀憎恨，最终找到了复仇这一表达形式。

这艘风雨飘摇的英国运煤船上什么也靠不住，他当着学徒，和另一个水手同享一张跳蚤肆虐的吊床，两人睡在这片欲火焚烧、漆黑翻滚的低矮空间内，在他颤抖着向下的手中，水手原来是个女人。偶尔上岸后他分到手里的牌也是靠不住，每次都让他分文不剩，也因此特别需要钱，而这只有靠杜撰才能解决：杜撰故事，也可以说是撒谎，赊作本钱，好在第二天晚上再上赌桌。他先是用八卦来赢得青睐，最终当起了间谍，告知各国政府的特工他们需要了解的一切恐惧。

他发现自己重塑世界的能力只有世界摧毁自身的能力能够媲美。他认同的，他说，是鹿特丹的伊拉斯谟[①]。“事物的真实，”他会引用

---

① 即 Erasmus of Rotterdam（1466—1536），文艺复兴时期尼德兰人文主义思想家。

这位巡游的荷兰人，“仅取决于观点。”自己的生活，他相信，充分证明了这句箴言。当世界不甚信任他的时候，他就会倒霉，遭到毒打、关押，最终是放逐，而这都是基于一个错误的看法，即他根本没有还债的打算。“言辞，”他会站在被告席上说，希望就算自己的历史打动不了人，至少他的哲学可以，“事物，二者莫不可相吻合。”但这有悖真实，他也清楚。他化言辞为事物——那是他的天赋，也导致了他的毁灭。

他为现实主义的思恋所苦，又浸淫在那个时代的浪漫主义中，便尽可能创造自己的革命，二十六岁时在英国武装商船的协助下，派六个全副武装的士兵潜至总督在雷克雅未克的宅院的后门，另六个守前门，然后大摇大摆地走进去，唤醒沙发上睡午觉的可怜人，将之逮捕，就这样推翻了冰岛手无寸铁的丹麦总督。他接着升起代表自由冰岛的古老旗帜，发表宣言称冰岛人早已不愿受丹麦人的束缚，一致同意由他领导新政府。此后他便一直坚持赋予自己冰岛国王的封号，哪怕英国人不到一星期就篡夺了他的政权。

因为未来已随往昔的运星逝去，大战之后一天他才来到滑铁卢，触发了他总是晚一步来到错误的地方的特殊才能，他因此觉得自己有资格当记者，但他的战地报道（大多抄袭自报纸）在一八一六年这个饥肠辘辘的冬天，并不受伦敦街头兜售小册子的摊贩待见。不管怎么说，很快他就被当成乔装的法国逃兵逮捕，只得用从英国士兵尸体上偷来的战地望远镜贿赂当值的守卫，逃出生天。

约恩·约恩森这人惯于讲故事，真假与否他和别人都不在乎，因为故事就是他的生意，他是故事的熟练工，是穿梭在虚构共和国的行者。他倾向于把自己和自己的冒险当作上世纪深受洗衣女工和鬼鬼祟祟的仆人欢迎的传奇流浪小说讲述，他自己就爱读这类书，以至于朗普里埃先生会私底下叫他约瑟夫·约瑟夫逊。

他脸色蜡黄，白发蓬乱，鼻子长又尖，胡子耷拉着，一绺绺尖尖的须发垂在嘴唇上，末梢挂着汤里油脂凝结成的圆珠。

早在贺拉斯中尉到来之前，约恩·约恩森就已在定居点的军需处任职，据称负责管理政府库房，事实上则是亚瑟副总督的代理人，范迪门地专制君主彼时的小小帝国内，若是有任何密谋行径，身居这个遥远岗位的他都会随时上报。但与贺拉斯中尉共事之后，他便认识到背信弃义的限度。

后来，当两者的工作将他们牢牢捆绑，纽带如谋杀般神圣，据说正是约恩·约恩森同谋的行为，那份觉得指挥官爱听什么就会生造什么样的故事的能力，引起了指挥官的注意。很有可能是约恩·约恩森觉得有必要用自己的故事来讨新指挥官欢心，但也有可能是自打很久以前他接获任命记录岛上大小事务的那一天起，他从指挥官身上看到了镜像，那是他长久压抑的想要更彻底地背叛这世界的欲望，因为他觉得这世界竟然和书本不同，就这么背叛了他。他从指挥官身上感受到一个真正的听众所拥有的对创造的痴迷，一种不惜任何代价也要相信的绝对欲望。

约恩·约恩森仍像对待约里克[①]的头颅一样捧着伏尔泰的脑袋，用他不寻常的声音对我说（我会发现这嗓音和他花里胡哨的意式字体一样做作），现在已不可能将朗普里埃先生的死亡视作不幸的意外。因情势所迫，人的动物性偶尔也须展现，一旦展现，则定受惩罚。外科医生的家人不会吃亏，而且考虑到指挥官的商业进程和政治抱负，他并不想由霍巴特城发起调查。如果说是我窃取了他最喜爱的香水，指挥官会以相当野蛮的方式慢慢将我折磨至死。另一方

---

① 即 Yorick，莎士比亚《哈姆雷特》中的弄臣，哈姆雷特曾面对他的颅骨发出感叹。

面，他，约恩·约恩森，却愿意给我为国家和我自己最后做些贡献的机会。此时他停下来，有些淫荡地用舌头划过锯齿般的可悲胡须，继续说了下去。如果，他说，我愿意签一份声明，承认谋杀朗普里埃先生，那他就会使我前往对岸的路途轻松一点，在绞刑架上给我个痛快。

我坚持不依，告诉他是治安官巴哥犬穆沙在军需处协助看管仓库时，把香水瓶卖给了我，他还吹嘘这是他偷来为了进一步追求混血女，也就是指挥官的女佣的，所以我没法签。

5

我签了。翌日，还在下雨，约恩·约恩森呈上砌满辞藻的声明，里面详述我如何向人吹嘘自己溺毙朗普里埃先生，还将他的尸体喂了鲨鱼。这所有陈词都由一份详细的供认状证实，而写下它并在上面签名的正是指挥官的黑人女仆。

麦夸里港没有鲨鱼。但指出这一点，或者指出两便士莎尔不会写字，似乎都没什么意义。老实说，不签似乎并不明智，毕竟他随口提到治安官巴哥犬穆沙昨天大半夜被弄醒，榔头砸了裆，卵囊变成装糖袋的大小，沙砾般的男根残余就这么漂在了由晃荡的恐怖所熬成的蔬菜炖肉汤里。

我因谋杀朗普里埃先生受到公正审判，一同受审的还有织工咆哮汤姆，罪在穿着女仆的衬裙。在我们落座的审判席旁，为了复兴旧时的手段，放了两具棺材，那棺材像我们的猫狗似的，尖锐地提醒着我们即将到来的命运。

次日，织工咆哮汤姆登上绞刑架时放声大笑，爽朗地咧开嘴，从发间抽出发带，任由金黄的辫子散落，伸手向下，脱去没有鞋带的靴子，扔给老鲍勃·穆夫，自己初来萨拉岛，满脑子装着逃跑和自由的计划时，正是靠他照料。和我一起走，鲍勃！他吼道，然后便开始他那有名的怒吼与哀号。他显然喝多了，鼓得像个胖姑娘的罩衫，我们又是欢呼又是大笑，而他的怒吼和哀号与我们一同升腾，穿透我们，远离我们。

行刑者眼见如此闹剧竟敢嘲讽死刑的庄严权力，不禁勃然大怒，赶忙下手。活板门随闷声巨响敞开，咆哮汤姆坠落，震颤，战栗，咆哮声最后一次自他的体内炸响，显然执行人搞砸了绳套，未能折断咆哮汤姆的脖子。咆哮汤姆没有马上咽气，而是死命扑腾，缓缓窒息，咆哮如今成了刺耳的咕嘟。刽子手绕到绞刑架前方，摇摇头，猛地一跃，抓住咆哮汤姆乱蹬的双腿，挂了上去，与他一同摇晃，以期靠自己额外的体重助咆哮汤姆更快丧命。这情景太骇人：让我惊讶的是，就连死神卡普瓦都抑制不住尖叫。

次日清晨狱中囚犯都被叫醒参加早间集合。吊床卷起，整齐悬挂，在墙上各有各的钩，其中一个眼下挂着老鲍勃·穆夫。钩子也就手肘的高度，但上吊不靠高度，只需绳索和坚强的意志力。他们怕我学，企图逃避绞刑架，就把我带进咸水牢，交给波布乔伊看管。

在法庭上他们要我解释——可我又能怎么说呢？说我起初从鱼身上看见了人？说然后我越是注视这些可怜的生灵，它们命悬一线，偶见尾巴濒死的拍动或鳃部绝望的起伏，表明它们所受的无声折磨尚未终结，我就越发地没入它们眼眸的无尽深处，它们身上的某种东西就越发地开始潜入我的体内？

而那些更独特、更惊人的事情，我又怎能说得出口呢：近来，哪怕我并不愿意，体内一个小小的部分仍然渐渐踏上漫长的、命定的旅途，进入它们的体内！先是一个小小的部分，后来越来越多的部分向下翻滚，透过它们指责的眼眸向内坠落，跌入螺旋的隧道，只有当我猛然意识到我已经不再下坠，而是愈来愈缓慢地在大海里翻滚，它才会休止，可我并不清楚自己是终于安全了还是终于死了，而且在坠落途中的某一个节点，我惊恐地意识到我正在抬头凝视一条假扮成约恩·约恩森的锯鲨，我竟然从人身上看到了鱼！

仅仅想到这些瘆人的事情，我就浑身不适，汗如雨下，更别提公开谈论，因为我很清楚想要活下去，而且活得好，就千万不能对任何人任何事怀抱感情，而我知道我想活下去，而且要活得好。但由于我近来与迄今无异于污泥和鳞片包裹的恶臭过从甚密，我便开始梦想这非凡的宇宙间无一物向我敞开胸怀，无论男人无论女人，无论植物树木，无论鸟儿鱼儿，这样我或许就能继续保持无动于衷的心态。

我受到指控，将遭遇审理，且无可避免地会被判有罪，这表面上的罪行是谋杀。而我真正的罪行……？

我真正的罪行就是看清了世界的真面目，而且把它画作了鱼。仅仅出于这一个理由，我就乐意签下认罪的供状，不需摇篮或钳口管，哪怕对我罪行的细节描述再不准确。

我在这间咸水牢如今已待了近一年半，一直等待着行刑，而波布乔伊找到各种的托词，得以一直拖延。起初这对我有利无弊。波布乔伊将我原始的鱼类画作收集装订，再卖给霍巴特城的奥尔波特医生。我倒无所谓，因为我对给朗普里埃先生的鱼之书绘制的图画都很不满意。奇怪的是，直到如今，仅仅凭借不牢靠的记忆在咸水牢幽暗的光线中作画，我才感觉到笔下的鱼终于担得起这样的名号了。

波布乔伊感觉到我自从被囚禁于咸水牢后，信念就起了变化，才能便如同蕨叶一般舒展开来，遮天蔽日。波布乔伊以前只把我当作踢打的对象，如今为我想着画画、且一心只想着画画颇受触动，而更触动他的是霍巴特城的医生愿意为朗普里埃先生的鱼之书付这么多钱。

波布乔伊渐渐明白绘画就是硬通货，只要押对宝，就比烟草和朗姆酒管用得多。可我若要画画，波布乔伊若要挣钱，我就需要材料，他则小心行事，供我所需。

身处咸水牢，借囚犯版康斯太布尔的掩护，我决定凭靠记忆重画所有的鱼，这次还要添上这些笔记。波布乔伊为我的康斯太布尔提供颜料和画布，还有我坚持索要的纸张，理由是打草稿需要。但若要完成我的第二本鱼之书，我还需要水彩颜料。

我最后一次见两便士莎尔是她来牢里假装送吃的。我坐牢的日子单调得美妙，除了波布乔伊，就所幸免受和人打交道的麻烦。天堂即他人，那个替我揉脚的同时希望也能揉揉其他东西的老教士常这么说，但我觉得地狱也是如此。所以我不想见两便士莎尔——说实话我一点都不想再见她。但她还是来了，穿得像家仆，有时候她就靠这身打扮假装成家仆。

我能从她的大肚子看出来她怀孕已经挺长时间了。但我们没往这上面聊，也没聊她父亲的死。虽然她什么都没说，但我心里清楚她很快就会冲回丛林，留下伤心欲绝的指挥官，而我会拥有的除了她偷带进来的朗普里埃先生的水彩颜料，还有朗普里埃先生装绿鸦片酊的铜壶，不得不承认，她离开后我便从后者中寻求慰藉。

绿色——丰饶，诞生，不朽，正义者的复活。于艺术中即为希望，喜悦。在希腊人和摩尔人间，所谓胜利。在教会，是上帝的赐予，欢笑，复活。在天上，称维纳斯。但猪屎味，嫉妒心的邪恶力量，幻觉的面孔，对我来说永远都是绿松石色。

眼睛盯着她的肚子，心想这究竟该由哪个魔鬼负责，我在她转身离开之际只说了一个词。

“穆瓦尼？”我问。

“哥们儿。”她说。

6

你以为我只是被囚而已？她转身离去往门上敲了三次让波布乔伊来开时，我真想大喊一声——因为我也是狱卒。你觉得为了免受鞭刑我不曾撒谎？从没偷过朋友的东西？我无法抵抗蓝色金酒、老女人、白朗姆酒、年轻姑娘、黑啤、皮斯可、人的陪伴、指挥官的鸦片酊。我特别怕痛。我恬不知耻。你觉得我从来没告发过朋友？我既是哥们儿也是二五仔，我喜欢他们，他们因为我的虚假信息被带走抽打，我也会为他们痛哭。我活了下来。这不是好事而且不对，还不如说我就是让他们的后背皮开肉绽的九尾鞭，为残羹剩饭和颜料出卖灵魂。我需要什么都摊在桌面上。我就是牢里一坨卑鄙的屎。我轻嗅同伴的呼吸。我品尝他们腐朽生命的酸臭。我是臭不可闻的蟑螂。我是肮脏的跳蚤，一刻不停使人发痒。我是澳大利亚。我还没出生就已濒死。我是老鼠，吃自己幼崽。我是抹大拉的玛利亚。我是耶稣。我是罪人。我是圣人。我是肉体，肉体的欲望，肉体的结合，死亡，爱，在我眼里这一切都一样臭一样美。我搂抱他们残缺的濒死的身子。我亲吻他们化脓的疖子。我清洗他们瘦削的胫骨，上面布满溃疡，一窝窝腐烂的脓疱；我就是那脓疱，我是灵，我是上帝，即便对我自己我也不可翻译无从知晓。我因而如此憎恨自己。我如此期盼尝试我所爱的宇宙而那宇宙也是我，我如此希望知道为何我在梦中飞越海洋，醒来却成了土，散发着新鲜翻动的泥炭味。没人能回答我愤怒的哀叹，他们也听不见我的玩笑，为什么我就得忍受这人生。我是上帝我是脓疱，一切是我皆是你，你神圣，你的双脚你的肚腹你的土丘你的腋窝你的气味你的声响和滋味，你坠落的美，我是你映射的神旨我是你，于这广袤的土地我已不再绵长，为何不闻话语诉说我告辞之际怎会如此受伤如此疼痛？

金黄六棱箱鲀

THE STRIPED COWFISH

金黄六棱箱鲀

戈特利布森夫人的乳晕——其他出人意料的现象得到讲述——两便士莎尔与她的圈子——论条金黄六棱箱鲀为何颤抖——一场神秘的灾祸——登记处的发现——丹麦老头的发明——一场致命对决 ——谋杀的文献——外科医生的脑袋不断繁衍——一只展开的茧。

1

我明白我讲述这个故事时仿佛把马车拉到了马的前面，而自始至终戈特利布森夫人已准备就绪并将马套好，等着鞭策我前往我命定的目的地。

读者若是觉得比利·古尔德（那时还没被当成谋杀启蒙运动的凶手，仍是个替外科医生画鱼的画师）始终跟两便士莎尔在一起，对她矢志不渝，那读者既是完全正确也是完全错误。她成功地睡到巴哥犬穆沙，比利·古尔德则被介绍给戈特利布森牧师的妻子戈特利布森夫人。这些乘坐单桅帆船前往悉尼的访客都会经停萨拉岛。

他们领教着朗普里埃先生的好客，得以在他外出视察戈登河畔的前哨期间使用他的木屋。他要我充当仆人，暂停作画，直到他们离开。

戈特利布森牧师身材瘦削，不苟言笑。他不乏自信，不为思虑所扰，仅凭这一点我就讨厌他。他的思想和醋瓶的脖颈一般狭窄，自认为是审美的行家，货真价实的湖畔诗人，而所谓的艺术家囚犯让他颇有兴趣；他感兴趣的是，那晚我上菜时他告诉我，这两个极端竟能共存——也许是不得不共存？——于同一把灵魂的雨伞之下。

照我看来，这是把破烂的漏伞，只有傻子才会去底下避雨；但戈特利布森牧师没问我也没说，只是向他保证既然他年富力强，理应着眼于比艺术更糟糕的投资。

“你为什么画画？”他问我。不等我指出这胜过在黑相思木后遭受群体鸡奸，他就自己作答：“因为你肯定在极端的逆境中寻找到了美。因为即便最无可救药之人心中，”他思量道，以期我认同他的陈词滥调，“也蕴含着通过自然寻找神圣救赎的希望，而那就是艺术。”

“你不会碰巧带着黑人烟草吧？”我问。

戈特利布森牧师停下来，歪头琢磨起自己颇具启发性的洞见。他为人的荣耀，为人想要踏入超凡之境的无尽欲望欣喜地晃着脑袋。

“照我看，”我继续说道，“朗普里埃先生不会反对。”

但他似乎并没听见，过了一会儿放松下来，给了我一点鼻烟，我觉得这倒也是个还能接受的选项，连同他思考后的观点，即犯罪正是体液失衡所致，他相信像我这样的人只要在孩童时期每天倒吊数小时，几年就能治愈。

也许小时候把我倒吊起来我就会变得不同，也许就能得到改善。但我那时候受过的羞辱何止千千万，也没见丝毫改善，而且我受的许多苦远比起被绑住脚踝倒吊惨烈得多，就这么跟你说吧。

他们入住后的第二晚，我拿了壶上好的马提尼克朗姆酒（照外科医生的指示掺了水）过去，戈特利布森夫人见状就把手搭在了我的手上。她告诉我她丈夫看过我的几幅作品，觉得我是个感官享乐者，是体液失衡所致。她将我的手抬到唇边亲吻，抚摸我的胳膊，随后问我是否愿意要了她，戈特利布森牧师则会在恰当的距离内观看。她奉上六盎司最上等的黑人烟草。为了这六盎司，我说，戈特利布森牧师想凑多近都没问题。但戈特利布森夫人似乎对此并不热心。

她让我给她戴上眼罩，用绳子将她的手腕绑在床柱上。为了这六盎司，我觉得有必要向她展示自己的全套绝活，于是我们跳起古老的荷兰静物之舞，踩着吉格步子踏入启蒙时代，她在漆黑的欢愉中一遍又一遍喊叫，对她而言这美妙绝伦，可于我却是无望，因为这佛兰德斯画师根本没法从调色盘里装载弹药。

可怜的戈特利布森夫人！她是个无畏的女人，身子更是无畏：雪花石膏般粗壮的大腿，起伏的腹部，厚重的乳房缀以硕大的乳晕。她脸上蒙着华丽的锦缎，眼下叫唤着："奸了我！奸了我！"但我也只能将鼻子凑到她的大腿间，手指抚弄她的乳头，舌头舔舐那丰盈的乳晕，内心越来越绝望，因为一切都是徒劳。

可怜的鸡奸佬比利·古尔德！曾经他会拿老鼠夹上的一条女人内裤干上一炮。可如今最需要它们的时候，他那失衡的体液又去了哪儿？我备感惶惑。她是堕落的怪物，拉我下地狱。我茫然。她疯狂地扭动，比刚被抓的噪犀鸟还夸张。"你个畜生！"她喊道。作为回应我咆哮。“你个可怕的畜生！”她开心地喊。我驴鸣。戈特利布森夫人开始呻吟。太可怕了。我嘶嘶嘶哼哼哼哞哞哞咩咩咩。我是笼中的野兽，情欲震耳欲聋。但不管我发出多少荒唐的噪音，意图延续我虚构的激情，我仍然只是一道回声，寻觅它迷失的呼唤者。无论戈特利布森夫人狂野、粗俗的喊叫，还是我内心的告诫或裸露的外在表现，都将无法对我疲软的下身产生任何影响。戈特利布森夫妇渴求的是利维坦，我却成了一条沙丁鱼。

回首往事，比利·古尔德能有幸见识如此丰盛的肉体却不为所动，这一点实在令人难以置信。我无意羞辱戈特利布森夫人，从许多方面来看她都是个好女人，除了那张脸之外她极具吸引力，不过拨火时谁还会瞅那壁炉呢？只是我无法点上蜡烛，更别说燃起大火了。我心想也许是眼罩的缘故吧，就设法想象戈特利布森夫人的眼睛，却实在记不起来，然后我感觉到在身后的沙发上做着不可描述之事的戈特利布森牧师浇灭了我的兴致，于是又设法想象他不在场。

然后我很生气，他们竟然让我扮那个手指像粉笔的牧师。我设法把天底下各种腌臜之事想象了个遍，满脑子净是些超乎想象的想象，无论再怎样我在她面前都是个小娃娃。惊恐间我向圣吉尼奥尔祷告，这位不举者的主保圣人在布列斯特有一尊备受景仰的雕像，以其坚挺的阳具知名，尽管那些绝望的恋人这儿切一点那儿割一点，它仍不可思议地维持着惊人的长度与指向。

事实却是两便士莎尔不知何故进入了我的头脑，无论我如何祈祷，怎样尝试，多么渴望，她也不愿离开，不允许我应对挑战。戈特利布森夫人在我面前摊开，比整个欧洲还要大还要白，而我要做的就是像亚历山大那样征服她，事后再去哭泣。但我眼前只有两便士莎尔细瘦如剑麻绳索的黝黑的二头肌和前臂，略微低垂的小巧乳房下肋骨箍住小木桶似的胸廓，皱缩的腹部上妊娠纹闪烁荣耀，双唇似蚌壳不断催我深入……

我并没觉得要对两便士莎尔忠诚，毕竟她也不是什么贞洁烈女，但有层东西横亘于我和扭动的戈特利布森夫人之间，后者眼下满嘴污言秽语，说我就是头野兽。若果真如此我们就太走运了。她的话让我恼火，因为毫无道理可言，我想取悦自己，也想取悦戈特利布森夫人，却清楚我办不到，一切都无法与理性相抗衡——谢天谢地，这么想的时候我记起了那位伟大的哲学家。

我抓起伏尔泰，马上令它派上用场，戈特利布森夫人开始嘶叫得比卡斯尔雷更难听，戈特利布森牧师也呻吟起来，翻着白眼，我不确定他哼哼唧唧的时候是否真的看清楚发生了什么，因为次日在码头上和他们道别之际，我总能逮到他们偷瞄我的裆部，他们显然相信那是一片隐藏着诸多巨根的山谷，而非我所知的欲望的荒漠。

六盎司的黑人烟草，我算了算，若是用心分配可撑上四个月。我两天内抽了一半，然后捎话给两便士莎尔说我有烟草，问她是否有兴趣。她的回复第二天就来了。

她有。

2

两便士莎尔给我看她黝黑的小腿肚，后侧有两个插进肉里的圆圈，结痂后形成凸起的疤，呈钢青色，触感异常柔软。她摸摸其中一个，说“太阳”，另一个被一条线切成两半但没有断开，她摸了摸，再次用英语说，“月亮”。

然后她在外科医生的柴火堆里找到一根Y形的棍子，用厨刀削尖两头，让我撩起衬衫趴在地上。我感觉到她将棍子插入我细窄的背，把它当作指南针，在脊椎的两侧各划了一个圆圈。她拿棍子缓缓地绕着圈刻写，痛得我直哆嗦，当她开始用线从中间切割第二个圆圈的时候，我陡地缩了一下。

她一边将朗普里埃先生火堆的灰烬揉入伤口，完善疤痕，一边再次摸摸第一个圆圈，说，“帕拉瓦”，这是她对自己族人的叫法；将灰烬揉入切断的第二个圆圈时，她说了一个词，一遍又一遍，“努米讷”，她把我当成傻孩子，边说边笑，“努米讷，努米讷”。

“我不是努米讷。”过了一会儿，我说道，翻了个身，知道努米讷是她们的语言，既指鬼也指白人，他们相信自己死后灵魂会飘往英国重生为英国人，而白人就是他们回归的祖先。

为了证明这一点，我就让她躺下。我仔细研究眼前展开的圆形的鱼和圆形的画布。我仔细研究两便士莎尔身上各种凸起的圆形伤疤。太阳，月亮。黑种女人，白种男人。但对我而言，她最奇妙的圆圈是我接下来会开始在上面描画的那只。

乳房的种类无穷尽，每只所呈现的画面荒唐又美丽：隐匿存在的乳房，是纤弱的小丘，有乳晕也有乳头，仿佛将自身一切的美都汇集于这圆锥状的精髓中；似乎渴望揉捏、盈握的硕大乳房；狗的奶子和牛的垂乳，各有其毋庸置疑的情色意味；任你用舌尖舔舐，将鸡巴挤入其间的乳房；互不理睬的乳房，好似彼此仇视的夫妻，虽永不分离，却再无交流；覆盖蓝色血管的母亲的乳房，散发着酸酸的奶味；结实的乳房和松弛的乳房；乳头犹如左轮手枪枪管的乳房，还有乳头内陷的乳房，必须好好吮吸，直至其弹入口中，摆出一副立正的姿势。但那天两便士莎尔躺在朗普里埃先生布满灰尘的地板上时，她的乳房所呈现的却是一条圆圆的小鱼，好似古怪的转盘穿梭于礁石间，身上华丽地装点着光滑柔软的条纹。

我将笔尖抵着她的舌头，慢慢扫过她的脸颊，和脸颊上她用作胭脂的赭红。我用舌头濡湿她的褐色乳房做准备，再以那赭红为底色，起先靠刷子翻皱并捕捉她的肉体，然后拿手指，一圈又一圈缓缓地勾画，不去惊扰下方月牙形的乳房。

她乳头的右侧，我用群青的颜料调制出了浅蓝的色调。白色小犄角是用朗普里埃先生的白色铅粉打造的，鱼儿独特的黄色虹膜则靠很久以前从大雄麻将堂偷来的一点金粉绘制。我在两根手指间极其舒缓地按揉着她炭染似的睫毛，还拿她的腹部当作临时调色盘，将那黑色的沉渣用唾液混成一小团深色的泥糊。我凭此以条纹之态勾勒她乳房的轮廓。最后，在她偏离中央、长而黑的奇妙乳头上，我描上几缕轻盈的线条，恰似鱼儿别致的胸鳍。结果虽不完全令人满意，却也活灵活现。两便士莎尔用手肘支起身子，但我眼中只有缓缓游动的金黄六棱箱鲀。

我将画笔放到一边。

我俯下身子，舌尖触碰箱鲀的胸鳍，它便战栗起来，似是期待着生命。

我希望她不会讨厌我，却也绝不心存幻想，认为她会心存柔情地记起我；当然，前提是她还记得我。我只是队列中的一员；我提供额外的吃的、喝的，那天还有些烟草，除此之外在她心里我并不存在。不管用何种方式买下一个女人，金钱、尘埃、人类疯狂的欲望、生命苦涩的余味都会一并涌上，一念及此我便头晕眼花，像是望向无尽的黑洞，失去了平衡。我心想：这不是不诚实；这是对我们所有人的一切无尽悲哀最诚实的表述。我曾心甘情愿如水银，流经太多女人的手心，但清算之日终会到来。爱的宽免并不存在；认为世界唯剩两人的想法也不含救赎。因为那天在她的内里，我清楚自己什么都不是。

我抬起头，凝视硕大的巨蟹蛛用编织的纱网纺出的繁复的阿拉伯花饰，丝滑的路肩连接起坍塌的四壁和朗普里埃先生肮脏木屋的天花板。我低下头时觉得从她的脸上看见了心不在焉的表情：或许正是这种表情，至少对我而言，赋予了她某种宁静的深邃。她的眼眸似乎充满智慧，但她一开口却不过是问你索要皮斯可，接着她起舞。

那个秋日，朗普里埃先生的木屋外寒风变成劲风，那也是她回到我身边的唯一一天，想来是受到烟草和皮斯可的允诺的诱惑吧，只见她赤身裸体地站立，随着身后湿漉漉的香桃木的熊熊火焰噼噼啪啪，就这么舞动起来，像是在躲避火枪的子弹：佯装往一处走，却又拧身一跃，往另一个方向去。她的舞蹈全无女性气质；丝毫不能用我们所谓的女人或女人味形容。忽而狂暴，忽而无耻，优雅无踪，似乎并非憧憬美，而只是在讲一个故事，我还自负地以为是专门为我而讲。她似乎是在挑战重量，挑战重力。金黄六棱箱鲀纵身一跃，欢蹦乱跳，掠过她舞蹈的海洋。

跳完舞后她又是出汗又是发冷。我不敢在朗普里埃先生发霉的小床上与她相拥，她也没这想法，我们就以肮脏的地板为床。我先是吻她的后背，然后她转了个身，我就开始又嘬又舔。随着我们跳起启蒙之舞，伏尔泰的理性微笑开始在她体内慢腾腾的海浪间叠加，期待崩裂的时候，我看见了这些东西：一只手腕上戴着一只大号银镯，另一只手腕上有一块未曾放脓的大疖子。一只箱鲀凝视着。跳蚤爬上她的胳膊，登上化作鱼的乳房；眼见一具躯体让位给其他躯体，死亡的前进避无可避，同时也转换成新的生命，我觉得既恐怖又奇妙。一切并不会消解归位：一切都那么美。

她的滋味中有一丝刺激的苦，一点盐，一点水果，一点酸，一点肉桂，相融便是一种广袤、浓郁的甜。当我和她一同躺在朗普里埃先生肮脏的地板上，看见她黝黑的胳膊大腿躯干与尘埃泥土死苍蝇混合在一起的时候，在我眼中，她疤痕的蓝、她皮肤的暗影置于这污秽中，便愈显夺目、动人。

那天，我越是爱她，便越觉得她神秘。起先我很有把握。她是黑人，她于我是欢愉，我可以和她做爱，不计后果。最后我狐疑满腹，不知她是谁，更惊异的是，甚至不知自己是谁。

我将她的后脑勺在掌心滚动，手指握着她一股股粗短的鬈发，我还将她的头往后拉了拉，头发打了结，我用力又这么猛，生怕她疼，可我越是用力固定她的脑袋，她坚持的臀部便越是起起落落，快乐地回应，向我紧绷的下身索求再索求，而我越是凝视她的脸庞，就越是清楚这和她的脸庞无关，和我对美为何物的空洞、贫瘠的自负见解无关，和我对其所在愚蠢的认知无关；我越是寻觅她紧闭的双眼，便越是清楚她很远很远，从我身边越飘越远，而她仅仅要求我继续转动她的脑袋，拽她的头发，用我仅剩的力气回应她汹涌的、丝绒般的下体，她在我身上翻滚似最最壮美的风暴，欲将我永恒地沉入海底，而在我们下方，那只金黄六棱箱鲀缓缓地溶解成一团团迷失、晦暗的色彩所浸染的汗渍。

3

水彩颜料几乎全都用完了。两便士莎尔走了。外科医生是一股恶臭的瘴气。我装鸦片酊的壶空了。波布乔伊越来越高。死神卡普瓦不见了——有人说他逃走了，也有人说他被宰了，由指挥官直接下令，那是在不幸铲除西北通道冰冻的垃圾后，因为它被蒸汽引擎的煤渣点燃，在指挥官的夜间火车旅行途中化为灰烬。那时候，我身边没有国王与我讨论自身日渐孤绝的处境，因为我所要讲述的事情发生在他和我同囚一室之前。

简而言之，已不剩下什么可供我的叙述加以诠释的了。我的工作，我的生命，正在产生关联，我并非完全看不到，毕竟其中一样即将终结，另一样也不至于落后多少。

我知道现在是平安夜，由于死期迅速逼近，我对时间的流逝特别敏感。白天异常炎热，当晚潮水开始上涨时，我欣然接受它悄无声息的围裹。海水上涨我也随之上涨，在漆黑的牢里漂浮，鼻子一颠一颠撞向天花板。闲极无聊，我就朝鼻子上方巨大石板中的一块捅来捅去，它们由厚重的横梁支撑，构成了牢房的天花板。

我就这样心不在焉地玩了天花板不知多久，听着海水慢悠悠地叩击牢房的外墙，从这声音中获取了难以言喻的慰藉，被海水浸泡得皱皱巴巴的手背一路摩挲着天花板那柔软的粗粝质地，这儿推推那儿戳戳，既无目的也不索求，就在这时最最可怕的事情发生了。

我突然发现自己在被猛烈地按进冰冷、煤黑的海水。尽管我死命挣扎扑腾，我仍在不断下沉。我的思绪奔向远方，变换成急速上升的水泡，有太多疑问永远都得不到答案。布拉迪的光明军是否正在形成合围，用炮火轰击我所处的大牢？波布乔伊的客户之一是否趁着夜色的掩护想要将我溺毙，因为他成了提香的敬慕者，而我那毫无生气的囚犯版康斯太布尔如今已不值得他倾注激情？

正当我琢磨还要过多久我胸腔的疼痛、脑袋内的搏动、喉头的痉挛才会化作死亡的时候，我感到那股一直将我往下压的巨大力量从胸口滑落，狠狠刮擦我的皮肉。我的身躯不再下沉，开始上浮。

等到我晃动至水面，花了好一阵又是吐水又是猛吸空气，如同饿殍往嘴里猛塞面包，却无法满足欲望的时候，我这才渐渐明白究竟发生了什么事。我往上伸胳膊，发现自己不仅到了囚牢的顶部，而且甚至身处一个比我刚刚离开的空腔略大的空腔。我小心翼翼地再次抬起胳膊，用手感知上方破裂的石板天花板边缘，发现手可以抓住。

沙砾，潮湿而咸涩，手摸到哪儿，它就会从哪儿大块大块掉下来，落到我的脸上，落入我半张的嘴。然后我才意识到，当地的砂岩即便在理想情况下也很柔软，正屈服于每天的咸水浸泡。我推一推捅一捅就纷纷陷落，导致天花板的大石板掉下一块，带我一同坠至淹水的牢房底部。

压抑太久的各种可能性开始浮出水面。兴奋感激活我的身躯，一分钟前的不可能成了可能，我像个盲人那样四下摸索，小片小片的砂岩扑簌簌散落满脸。我在寻找一条可以把手插入的小裂缝，好以此作为支点。我发狂似的乱推一气，双手被水泡软的皮肤开始脱落，我开始将砂岩视作千万根针构成的毋庸置疑的粗糙利器。

我没什么计划，不清楚能干什么。我甚至都不知道头顶上方幽暗的虚空是什么，是开阔的空间，或者只是另一间牢房。我抬起胳膊探入那片未知的黑暗，终于找到一处抓点，紧紧抠住，开始往上提拽。

4

费了不少劲，我半拉半爬，翻越垂悬的断梁，穿过碎裂的石板，爬入一片崭新的世界，只见头顶上方豁然开朗。对我这样总以缺乏体力为豪，甚至在不过一臂宽的监牢里囚禁了数月、仅靠波布乔伊扔来的泔水过活的人来说，这样的成就绝非小可。

我意识到自己躺在一片潮湿的石板地上，喘着粗气，吸入混杂的浓郁气味：灰尘，干啤酒花，湿皮革，熏制烟草，而压倒一切的那股麝香，我后来才明白是羊皮纸混合濒死气息的味道。

我想站起身，脑袋撞上类似桌子的东西，啪地摔倒，我爬出来，这次站了起来，环顾四周，却发现我所处的地方是一间宽敞的屋子，沐浴在明亮、清冷的月光中，弥漫着神秘的群青。房间看上去空空如也——有的，只有书。

到处都是书，到处看过去都是更多的书，全都堆叠整齐，排在厚重的粗制黑木隔层上，架子很大，由地面攀及天花板，好似轮辐自轮毂发散而出，轮毂处设了一张很大的圆桌，我正是从它底下爬出来，犹如破茧的飞蛾，浑身僵硬，不知所措。

我被书包围，单单看向它们，意识到不仅世界上能有这么多书，而且一间屋子就可以容下这么多书，我便头晕目眩。我的上方有一大卷一大卷的羊皮纸封面书籍，下方是蒙尘的巨著。我的身后有大小不一的线装手抄本，前面则是更新、更小的精美的登记簿，裹着深色的摩洛哥皮革。

我想说满月的光亮从高处的窗户射入，使房间呈现深沉的蜜色，犹如老旧的图书馆一般散发出琥珀的迷人气息。但这样讲无异于撒谎。这是波布乔伊想让我画的，安娜小姐想要写的那种蠢东西。真相是这房间就是一座移形换影的迷宫，层层灰色蓝色交叠，丑陋而邪恶。

圆桌上摊着一册巨大的对开本平装书，精致的牛皮纸封面用奶牛流产的胚胎制作而成。我低头看向蓝墨水书写的一栏栏记录，是流畅的意式字体，花哨、古老的圆环和涡纹投下长长的阴邪的影子，交错勾连，仿佛所有的文字都戴上镣铐，被迫屈从。

我接下来读到的内容让我困惑：这应该是记录此前六个月囚犯活动的清单，但似乎几乎每一处细节都错了。不过有一个疑团解开了：这间房间的用途。这儿，我意识到，就是流放地神秘的登记室，书架上是这座岛的全部记录；正中央的圆桌应该是办事员丹麦老头约恩·约恩森每天消失后工作用的，他将对我们这个奇异世界唯一持久的回忆记录下来，其时间之久超越了任何人的印象。

拂晓时分，光线愈强。我热切的眼睛不用再费劲，而是不情愿地合上刚读过部分的簿册，准备返回地下世界。

我专注于设法使这次闯入尽可能显得不动声色。幸好登记室圆桌底下被我毁坏的那部分地面阴暗潮湿，很难会被人注意到。我从一个书架靠近顶部的位置抽取了一大卷似乎鲜少使用的簿册，摊在洞上。这是没办法的办法，我也想不出更好的点子。

然后，上方原始活板门归位，我返回自己的囚牢。我尽可能不露痕迹地顶起断裂的横梁，用牢房里铺地的海卵石和沙砾盖住掉落的大石板，这样波布乔伊就不至于发现任何不对劲的地方。他也许会抬头看，注意到天花板缺了什么，这我倒不太担心；考虑到他需要弯着腰才能进来，这应该不太可能，而且无论如何天花板的阴影都很浓重。

你或许会问比利·古尔德为什么不干脆冲刺，毕竟他碰巧撞上的登记室房门并没上锁，完全可以尝试从那儿逃出去。他已决心推迟行动，等做好准备再逃，从中能看出这不俗的胆量完全合乎他的性格。事实上我认为他就是一只从笼中取出的鸟儿——第一反应是恐惧，接着是对熟悉感的渴求；他最初的念头无非是撤退到自己知晓的世界，即他的咸水牢。

此外还有一件更复杂的事，也就是他第一天晚上从那本摊开的簿册里读到的——内容无耻得难以理喻，令人震惊，可与此同时那种清醒的疯狂又让人欲罢不能，必须深入调查，这样他就能继续探究，同时也希望能预知那谜团的走向。

5

接下来的七个夜晚我都迫不及待，潮水涨势过缓，慢慢拍击我那蚌壳咬合的踝骨，跳蚤肆虐的裆部，疮痂密布的肚子，时间的流逝仿佛安娜小姐源源不断的信函那样漫长，直到我漂浮起来，越升越高，终于能触摸到裂开的粗糙砂岩，再将自己拉进上方的登记室。

整整七晚，为了避免身上的光亮暴露位置，我就坐在靠近圆桌的地面上，置身于登记室的蜡烛投射的一小摊光亮和暗沉的月光中，继续阅读那些庞大的簿册，它们如此厚重，有时候得费尽全力才能从书架上取下来。

我在那些隔板之间发现的并不是我所认识的流放地、指挥官的新威尼斯国的编年史。我先后翻阅囚犯的报告登记簿、信件集、流刑犯运送名单，搜寻着档案、图纸、石匠的大雄麻将堂平面图。

什么都没有。

整整七晚我都在军需处的档案中梳理账目、发票、收据，以期确定指挥官曾入手南美的蒸汽机车；设法找出书面痕迹，以期切实证明他出售特兰西瓦尼亚荒野之举，以及将澳大利亚大陆用于交易的更大胆行为，还有对摩鹿加珠宝、中国药材、海参、爪哇家具、一船又一船暹罗女孩的购买。

什么都没有。

整整七晚我都在搜集私人信件和日记，寻觅蛛丝马迹，以期那些细节能暗示在指挥官的噩梦中过往挥之不去，阿拉伯商人、不死的日本海盗、裸体的法国理性主义者随处可见。

什么都没有。

翻阅丹麦老头的书写时，我先是惶惑，继而惊奇，猜不透他为何要写下这么多真凭实据这么少的东西。

对霍巴特城的亚瑟副总督和伦敦殖民地事务处撒谎的必要性显而易见：我偶然翻见几封好几年前殖民地事务处寄来的信件，要求提交完整的无罪判决书、报告、库存清单、审计资料，这一切需要的都是谎报，描述他们想象中的流放地，而非我们所知的。

必要的文书虚构已演变成重新想象流放地的更为宏大的项目——至于这从何时开始，原因何在，我一无所知。唯一清楚的是，指挥官遴选出来从事定居点全套记录工作的人是丹麦老头，以求符合期望，而非现实。

但到了某个时刻，约恩·约恩森的工作取得了疯狂的成就，甚至连他主子的雄心都相形见绌。虽然一开始他让自己的工作听命于指挥官的欲望，表面上这只是他人心血来潮和虚构杜撰的密语，他却渐渐陷入自己对另外一个世界的非凡想象。

夜复一夜，我读啊读，他的胆大妄为愈来愈清晰可见，我的惊奇成了单纯的叹服。

这世界，正如约恩·约恩森在那些蓝墨水浸染的纸页中所言，与我们身处的现实相互争战。坏消息是现实正在节节败退。它已难以辨认。它令人无法忍受。归根结底，它毫无人性。停止阅读也已成为不可能。

我设法想象丹麦老头起先是被迫将我们定居点的野蛮和恐怖重塑成物质、道德、精神上的秩序和进步，他将鲸油点燃的光亮混入定居点官方文件上雅致的意式字体中，记录这一切。这对他来说，我想，是一个必要的负担，最初他可能认为这是用自己的生命换取一个惊人的、全然不实的故事，就像他以前用谎言赊取在欧洲的赌桌上征战的资格。

然后过了一段时间—— 一年？几年？——或许自某个令人狂喜的时刻起，他便永远囚禁于这迷醉的解脱中。那一刻他先是超越自己的意识，将羽毛笔浸入恶灵的汁液，恐惧且震惊地发现自己体内蕴含一切男人和一切女人：一切善，一切恶，一切爱，一切恨，以及一切时间，以至正是那一刻他的灵魂爆裂成无数蒸汽水滴，他的想象之光开始从中喷涌，折射成彩虹般的故事，变得具体，化作报告、长期有效的命令、流刑犯运送名单、书信集、备忘录。

因为在丹麦老头的叙述中一切都是不同的。每一种生活，每一项行为，每一例动机，每一样结果。照指挥官的理解，我们都由时间构成，无一幸免，它作为我们的本质和生命动力，在这些叙述中却是脱离我们存在的东西——是那么多同样重量的砖块，共同构筑了名为当下的墙，否认我们与往昔的联系，从而否认我们对自我的一切认识。

对于指挥官，清醒、幻梦、噩梦均为一体，而在丹麦老头的记录中它们却无望地彼此分隔、对立。噩梦被禁，生活与幻梦也不得合谋。这堪称历史上最了不起的老千，我心想敬爱的布吕歇尔元帅该多替这位曾跟自己打过一回斯卡特牌的搭档自豪。

6

我呢，听我补充，我从约恩森身上也越发觉出一种暖意，而第七晚，在一堆尚未填写的军需处申购表背后发现一批藏匿的丹麦烈酒后，这种感觉只增不减。我沐浴着夏夜月光的清辉，在圆桌底下继续阅读，只会在拍打蚊子、斟上一指烈酒，或往通向我囚牢的洞里飞快撒尿的时候才会停下来，我越来越欣赏丹麦老头，觉得他的杜撰精妙而且无穷：在他耗费这么多年为主子创建的这个宇宙中，每一个细节，无论多么琐碎，都会被放大、详述、制成表格。

我只能对约恩森所创造的这一切惊叹，比如，他在整齐有序的长条形栏目内列表显示的数据表明好几年来鞭刑数量呈下降趋势，结合手写誓词集、新建牢房的草图等资料共同描绘出的景象，便是对囚犯凶残本性实施必要体罚的系统缓慢让位于更为文明的手段，单独禁闭和卫斯理宗传教士派上了用场。

对约恩森而言，这项工作无疑缓慢而枯燥，但通过遵循模式相继、因果相续的法则（这无法形容生命，对纸上的文字却有其必要性），他创造出的定居点形象可使后人同时相信囚犯的兽性和当局的睿智，这种不懈的、温和的规训化作一种有效的范式，可使扒手变成补鞋匠，娈童变成基督徒。

这些卷册盘根错节，犹如无数纤维状的根系，埋藏于其中的个体故事可分离出来，主角大多是囚犯，也有狱卒，比如贺拉斯中尉，即后来的指挥官，他的事业单调而成功，而这一切如圣人的生活一般不合情理。他出身寒微，在亲手搭的木屋里呱呱坠地，参军后先任九十一团步兵少尉，凭在不同行政岗位上展现的英勇攀升，作为英属洪都拉斯的委任参谋军官也相当成功，在大规模处死印第安土著、转任至萨拉岛之前，秉持人道、启蒙的精神处理他们的事务，其人性可从写给密友威廉·威伯福斯[①]的几封论述奴隶制之恶的信中一窥端倪。

让我向如此乐善好施的监狱敬一杯，这儿美好得让你乐意掏钱离开英国前来生活，再敬他一杯，竟然允许我们这些囚犯拥有随机的能动性。我再三举杯，偷运入狱的囚犯信件经巧妙编造，可以佐证官方报告和长期有效的命令里的种种细节，比如重刑犯扔下工具，拒不干活，除非特定条件得到满足，或投诉得到受理。在一个高耸的架子上竟然还有几只瓶子存放绞刑犯的皮肤，那皮肤上的刺青相当醒目，吻合卷帙浩繁的书信集里饱受罪与罚的人生，以至于这一片片真真切切的死肉也能相通，不，是拥有了生命的气息，多亏丹麦老头的故事，而我就着每一个浮动的锚链、每一位天使、每一句蓝色墨水写就的箴言痛饮。

一而再，再而三，故事越积越多，酒越喝越猛。我一次又一次向约恩森祝酒，每次约恩森的玻璃杯空了就该满上，向约恩森创造的这个奇妙的世界祝酒：刑罚系统成了带有启蒙色彩的大规模移民方案，由善良的长者主导，恐怖难得一见，却总是应得的，人只会行善，从不作恶。无论好坏，这个世界并非由创造所致，允许人们持续重塑自身；它是一个系统，赋予人某种卑下却必要的角色，犹如蒸汽机里的活塞或皮带，那苏格兰织工徒劳地砸毁的蒸汽机。

我为机器和系统的辉煌狂饮，然后那些厚颜无耻的伪造报告、信件、长期有效的命令让我的脑袋疯狂旋转起来，却丝毫未显我所熟识且从属其中的邪恶或癫狂。

我敬这一切的彻底缺席，我敬所有崭新的美丽谎言融入其间。

① 即 William Wilberforce（1759—1833），英国国会议员、废奴运动先驱。——编者注

接下来我找不到可以祝酒的对象，直接对瓶喝完，结果觉得反胃又内疚，开始担心约恩森的世界正是地狱，在死神卡普瓦坐到那个砸机器的人身上之前，就盈满了他的双腿和嘴。

然后——我羞愧难当，只能用第三人称指称自己——比利·古尔德感到呕吐的冲动。倒不是比利·古尔德认为呕吐不好，毕竟外科医生曾告诉他，呕吐可以清除体内不必要的流体半流体，预防次日由暴饮暴食引起的持续惨剧。

确实，为了促进体内的疗愈性清理（我敢保证戈特利布森牧师也会赞成），比利·古尔德甚至将两根手指捅入喉咙深处，来回搅动，直到觉得胸口一阵翻腾，喉头涨满，随后决堤的溪流从口中喷涌而出，夹杂着他从未吃下的西红柿和胡萝卜，恐怖的意识袭来，原来他所读到的一切不过是指挥官心中的蓝图，认为理性社会应形同监狱，这一点就连欧洲的安娜小姐都不敢幻想，而这项最终的创造，或许从许多方面来看都属于他最丑恶（如果并非故意为之）的成就，凭借对旧世界毫无察觉却荒诞不经的敬意，完全超越了大雄麻将堂和国家铁路线。

千头万绪同时洒到你的脚上，泼到你的裤子上（如果绝对坦诚，就会承认这一切实在太多），若非他的第二次顿悟比第一次更糟，比利·古尔德本该当场开始尝试清理尚未彻底消化的那坨欧洲。

这领悟在他用手背擦拭嘴巴的时候降临，犹如最沉重、最令人无法忍受的负担照着他的脑门敲击：在这普遍的历史中，他所看见的了解的，他所目睹的承受的，如今均已迷失，毫无意义，恰似醒来便会溶解的梦境。倘若自由，如在苦艾啤酒中夹带往昔精神的死神卡普瓦坚称，仅存在于记忆的空间内，那么他和他所认识的任何人都会被判以永恒的监禁。

7

我头脑所感受到的恶心的恐惧非语言所能形容。滴水兽的脸庞似乎丛聚于上方的窗户前，恳求安抚它们无穷尽的苦痛，一种无人记得、无人讲述的苦痛。我感觉仿佛那些剥了皮的恐怖头颅前进又后撤，红色的骨头往外探，像是被狗啃过，仿佛希望我纠正往昔，可那完全超越了我的能力。

我曾读了又读，可始终无人为往昔复仇，它始终未曾受人注意，那我又怎可能将它重塑成其他什么呢？苏格兰织工和织工咆哮汤姆的颅骨上凝视着、怪罪着的眼窝里，托泰莱被盗的颅骨和他孙子砸碎的颅骨里，蟑螂爬了出来。跳蚤从他们锯齿状的鼻骨里飞出来。颅骨开始滴落脓与血的腐烂泪珠，穿透玻璃，将我的身体爬了个遍。惊恐间我疯狂拂拭自己的肩膀、胳膊、脑袋，好像这样就能把它们抹掉；不要！我喊道，不要！请走开！但那些吓人的阴影不愿离开，而是求我去做我根本办不到的事。我浑身裹满腐烂的肉块，觉得曾在那个烧死在火刑柱上的黑女人身上蠕动的蛆虫此刻全在我身上蠕动，散发出衰朽、病态、回归的气息，而看见这世界何其恐怖又何其美丽的化身从我身边经过，我又怎能说两者都让人逃无可逃呢？

我只是个读者，我试图说服他们。但他们不听，没法听，永远不会听，似乎只专注于将我变成他们复仇的工具。

随后比利·古尔德发现自己不仅仅是染有微恙，而是病入膏肓。

因为这世界不再是为了成为一本书而存在。眼下一本书怀抱着成为这世界的卑劣野心而存在。

8

我瘫倒在地。我躺了一会儿，好似中国灯笼，熄灭光亮，皱巴扁平，脑袋陷入难以置信之感与惶惑中。这就是有朝一日人们所记得的往昔吗？

就在那时我听见一声奇异而尖利的呼哨。伴随一下惊恐的抽搐，我猛地转身，同时张开双臂护住头部。

面前出现了一条小小的癞皮狗，靠两条后腿直立在月光中，打着呼哨。然后那狗停下来，重心落到另一条好腿上，越过我的肩膀看了过去。我还没来得及转身，甚至都没听到他讲话，就知道背后是谁。

“你就是个造假者，古尔德。”他说，话音就像他的字体那样滑动，移行。

我缓缓转过身，看见笑嘻嘻低头瞧着我的不是别人，正是约恩·约恩森。有一刻我以为他站在椅子或者书架上，显得那么高大。他朝我弯下腰，将我投入阴影中，自己犹如书架，等待倒塌。我非常缓慢地，眼睛一刻都不敢离开他，站了起来。

约恩·约恩森跟登记室里的其他东西一样，黑白、冰冷。在他的灰色皮肤上十字交叉的是呈现无数形状的白色线条：一条白色泡沫弄皱了扭曲的嘴巴，一绺绺白发以稀奇古怪的角度垂挂在他懒洋洋的脑袋前，好似破碎的蛛网。

“命中注定，”他继续道，品味着这个词，“会永世遭受折磨。”

约恩·约恩森并非称职的上帝：首先他没有络腮胡，只有唇上那撇可怜兮兮的小胡子，挂着昨夜一半的肉味淡汤凝结成的水珠。其次他闻上去是腐烂的猪下水，化形万物的上帝绝非如此，否则他便成了世界上一切难闻的气味，同时还会是水仙花、爱、日出，等等等等。但上帝似乎是约恩森很想扮演的一个角色，因为既然重新创造了世界，他眼下似乎便决意发布天堂之门的声明，其中第一条就是我得死。

自从济贫院教士告诉我完全是上帝的爱令他如此渴望揉搓我的脚，我就持这样一种观点，即就算你接受某件事出于上帝的意志，也不意味着你得认同它。你可以，比如，接受下雨是上帝的意志，但这并不意味着你就得继续站在雨中。诸如此类。尽管我接受约恩森的论点，即我那可悲的皮囊只配最最凄惨的死，但我并不同意此时此地我就得死。所以，当他突然凭借与那可怜巴巴的身子骨和年纪完全不成比例的力道和敏捷向我扑来，锈剑出鞘，径直刺向我的心脏，我就往边上一跳，撞翻了我搁在地上的蜡烛。

蜡烛唰地熄灭，我跑到书架后躲藏，可丹麦老头对他的图书迷宫了如指掌，胜过待在自己窝里的老鼠。我甚至还没来得及嗅到腐烂肝脏的臭味，就感觉到他那冰冷的剑身抵住了我的脖子。

“如同但丁笔下伪造佛罗伦萨弗洛林币的布雷西亚的亚达莫，”他发出嘶嘶声，“你的身体也会如曼陀林一般，深受浮肿之苦，在冥界恶囊之环漆黑、恶臭的坑内愈涨愈大！”

他的语言愈发华而不实，牙龈外露的嘴巴泛满泡状的唾液，仿佛他的形容词全都窝藏于汇聚唇边的白沫中。他将剑身更用力地压住我的脖子，我开始窒息。我控制不住地发抖，就连倚靠的那面书架都颤抖起来。凹凸不平的地面上，粗制的柜子生硬地摇晃，它的平衡，据我身体的感知，已岌岌可危。

丹麦老头猛地推了我一把，向我描述他眼中我未来的地狱，用的不仅是字词，还佐以滴滴答答的口沫，通过喷雾的形式糊了我一脸。

“你会遭受饥渴与恶疾的折磨，”他喷溅道，“你会加入破碎脑袋无休止的巡游，无非是又一个残缺不全的阴影，注定活在腐肉的恶臭之中，你们这些弄虚作假者全会浑身爬满烂疮，被彼此脱落的鲜肉覆盖。”

说完他将剑身狠狠一推。锈蚀的刃在我的脖子上划出一道细细的断裂的血线。就在他更用力推剑的时候，我那只涂满呕吐物的脚往后一滑。失去平衡，我随之滑动，下背部撞上不稳的书架，它死沉死沉的重量出现了转瞬即逝的转向可能。我想起两便士莎尔的圆圈，想起她臀部的升腾，但若认为我当时的行动是出于文辞的尊严，便大错特错。

我没了所有力气，如受鸡奸一般，屁股狠狠撞向摇摇晃晃的雄伟书架。

这条书蝎肯定听见了什么，也许是木材尖锐的吱嘎，或者书卷多米诺骨牌般一本接一本掉落的沉闷重击，因为他突然抬头望去。我不知道他是否看见书架在摇晃，但他动作快速连贯，抬头一瞥，后退一小步，自己绊到了自己，三个动作几乎连成一个动作。他失去平衡，正好在最初几本书开始落向地面时倒了下去。

我最后看见他的时候，他正在徒劳地用剑格挡那些砸向他的硕大书卷，似巨石雷霆万钧，似雨水无处不在，似雪崩惊心动魄。等到那些书卷压在约恩·约恩森身上，我听见他尖叫道没有什么会持久，即便是书。

但随后我又什么都听不到了，因为我身处塌落的书本堆成的洞穴深处，屁股撅起头朝下，正竭尽所余无几的力量将书架撬离身体。我离底部近，这意味着倒塌的书和隔层没有那么大的下落距离，只会伤到而不至于重创我。但接着一个更高处的隔层丧心病狂地向外拱成弧形，不顾一切向我砸来。

我根本没感觉到重击。

因为我正在支撑正在失守正在陷落，不知自己是否还能活在这么多文字的重量下。

9

我听见清晨的聒噪：集合令，窸窸窣窣的鸡群，杀人者卡斯尔雷遥远的欢呼。可我四周的一切仍陷在黑暗中。在这黑暗中待了多久我一无所知。我的思绪云遮雾罩，沉重得一瞬间令我恐慌，觉得自己的脑袋已脱离躯体，而意识尚存，正在前往英国的木桶里晃荡。

当我感觉到一本书摊在我的脸上，其他书沉甸甸的角戳着我的肋骨和肚子，胸膛包裹在没打开的书的重量中，我便明白我的脑袋与我必定仍为一体。我嗅到了羊皮纸，牛皮纸，酸涩的汗，约恩森腐烂的肾。我的下背部有阵沉重的钝痛，应该是书架的一角压住了身子。远处，传来喊叫名字和回答的声音。我听见镣铐囚们上工途中脚镣沉闷的咔嗒咔嗒。锯木工的咒骂，守卫的咆哮。

可似乎没人听见或注意到我，哪怕围裹的纸张间难以忍受的灰尘害我打了好几次喷嚏。

我衡量我的处境。

我听得见。闻得见。但什么也看不见。

这些沉重的死物对约恩森似乎相当重要，于我却不过是令人窒息的蒙眼罩，必须摘掉。我害怕它，害怕摆脱不了它就会杀死我。我觉得置身于这难忍的密闭之中我随时都会控制不住喊出声来。这些书比任何锯齿脚链都糟糕，跟随我的每个动作，嘲笑我，在我扭来扭去想要挣脱时甚至试图更有效地闷死我。我艰难地又钻又推，直到从后面把自己从那团漆黑中拽出来。

我觉得恶心，头重脚轻。倒下的书架上方，新鲜乌木奇异的甜蜜油香从碎裂的架子间飘散。我设法站起来。

然后我看见书架的远端是一摊黑黑的水洼。我磕磕绊绊地走向它，爬过掉落书本和碎裂木头的残垣。水洼是凝结的血，尘埃漂浮，几绺头发弄皱了它，从一本大书底下露出来。

我推开那本书。

丹麦老头的一只眼珠子挂在染血的眼窝边上，应该是被书角或者架缘砸出来的。他的剑有一部分穿在一本破破烂烂的旧书上，仔细一看，是普林尼的《自然史》。我心想他是真死了，还是只是承蒙天恩，如同惊人的圣克里斯蒂娜，晕厥后了无气息，后来竟在安魂弥撒中途飞出棺椁，攀上椽子。但我眼前不见任何天恩的迹象。我用脚先后推推丹麦老头的身子和头，踢了几次，但他早已开始僵硬。

我久久地凝视着他。

我不知道有多久。

过了很长或很短时间，无限或几秒，我掏起了他的口袋。起先一串无聊的垃圾倒确实引出了几样有用的东西——两支坏掉的羽毛笔，一把小折刀，几块上好的黑面包（专为军官烘焙所以不掺锯末和泥巴），一副眼镜（碎了一面镜片），一只金戒指。我发现他的外套领子缝进了十几块孟加拉元，后来证明这堪称无价之宝。

一束强烈的蓝光似乎在他脖颈的皱褶间闪动。老古尔德曾教过我，蓝是女性的色彩，在所有颜料中最为昂贵，被文艺复兴的大画家用来装点圣母玛利亚的披风，而群青[①]之所以叫这个名字，是因为

① 即 ultramarine，源自拉丁语 ultramarinus，意为大洋彼岸。

得从中东进口——远渡重洋。

但我要经过的距离却短得多。我只消往下伸手，从他肉嘟嘟的脖子上扯下那条青金石项链，当天就拿石头把那块亮蓝的宝石磨成粉末充当群青墨汁，眼下便用来撰写这场冰冷死亡的故事。蓝色指的是清晨，天空，大海。然而鱼身驳杂的色彩教会我，每种色彩均蕴含其对立面，蓝因而也是悲伤痛苦淫荡的色彩。而那个炎夏清晨在我眼前缓缓变成那种受诅的色彩的，被越来越多苍蝇包裹的，是一具尸体，如果我不做点什么，它会见证我牵扯进第二桩谋杀案。

死亡如此简单，可卡斯尔雷的屎块令我明白，它能具有难以预料的后果，而我迫不及待想要退避。我把曾经的冰岛国王的遗体拖到圆桌旁，踢开一只空酒瓶，拉开临时搭的活板门，将尸首拖过一摊呕出的欧洲，任由他坠入我底下的世界。

这是个愚蠢的行为，但既然做了，也就没了回头路。现在正值退潮，我把尸体藏到牢门后，那里还有牢房天花板部分坍塌时掉落的断木和残砾。涨潮时我们就一同漂荡。

从许多角度来看，尸体都是活人的负像；从许多角度来看，我发现对于曾栖身这具崩溃肉体的人而言，它都是不错的归宿。约恩·约恩森试图让这个世界服从自己的欲望，他的尸体即国王（随着指挥官的面具连同剩余的皮肤剥落，摆脱了其烙印的束缚），正是西方式接纳的典范。约恩·约恩森希望向子孙后代传达自己的想法，国王倒是乐于思量我这番冗谈的微言寡义。

正如我所详述的，国王随后的陪伴填补了我在这儿的空虚，对此我也学会了欣赏。若是没有他和他的鼓励，打个比方，我根本不可能在这部鱼之书上取得这么大的进展。他从不批评我的努力、轻视我的雄心、攻击我风格的贫乏。这是一种善意的忽视态度，我坚信我的写作因此受益。

但起先，约恩·约恩森奶白的眼眸、紧绷的颧骨、胡子、指甲仍然在生长，他的尸体，我必须承认，令人不安。后来，随着尸气令他膨胀，尸身渐黑，继而转绿，变得黏滑，肉片像油腻、腐臭的破布，从现已形同巨象的躯体剥落，我们漂来漂去的时候，他这具臭烘烘的气球状尸体就会和我撞个满怀。

我强忍厌恶，想用战栗的双手将他推开，只求我的手能像被施了魔法一般，穿透他膨胀的腐肉，直到撞上国王体内最后一样坚实的东西——他的臂骨或腿骨，胸骨或颅骨。我记得那天晚上在登记室里国王留给我的临终遗言，说我这个弄虚作假者会在但丁风格的地狱里饱受浮肿之苦，可现在围着我游动的肿胀尸身才是货真价实的弄虚作假者，他最后的王国是我的囚牢，现如今成了他的地狱之环。

10

次日晚上我返回登记室。白天极其炙热，即便到了深夜房间里仍然黏糊糊的，空气厚重而滞涩。一切和我离开时没两样：倒塌的书架，砸碎的层板，书本散落，摊在那儿，姿态千奇百怪，破破烂烂地垒成一堆。登记室作为丹麦老头的领地无人踏足，没人胆敢白天进来，他们也不会进来，除非，我意识到，有人注意到他不在，而这可能需要好几天。我拿起那本横躺在丹麦老头脸上的书，边角把他的眼珠子顶了出来，血渍已是漆黑一片，我想看看书里对非蓄意谋杀有没有什么要说。

这是一册对开本的大书，外观雅致，最近才出版。贯穿前封的，是用烫金的哥特式字体凹凸压印的书名——

塔斯马尼亚颅骨

科斯莫·惠勒爵士

我打开书，读里面的题词：

献给托比·朗普里埃

来自阁下科学界的步兵战友——

科斯莫·惠勒 K. C. B

封皮内夹了几张评论的剪报，来自知名刊物，全都不吝溢美之词，一篇夸《塔斯马尼亚颅骨》是惠勒的杰作，另一篇拥惠勒为英国的布卢门巴赫[1]，称——

……虽然伟大的普鲁士颅骨测量学家约翰·弗里德里希·布卢门巴赫无疑确立了欧洲人种的存在，并称之为“高加索人”，与其他四类人种加以区别，其高加索人优越于其他人种的理论——在《塔斯马尼亚颅骨》横空出世之前——一直都是条顿人大胆的主张，并非确证的科学事实。

布卢门巴赫据搜集自高加索地区的颅骨推断，它从形状和结构上展现了最优良的人类特征，他由此称欧洲人种为“高加

① 即约翰·弗里德里希·布卢门巴赫（Johann Friedrich Blumenbach，1752—1840），德国医生、自然学家、生理学家、人类学家，是最早将人类当作自然史研究对象的人之一，用比较解剖学的方法，将人类种族分为蒙古人、高加索人、马来人、埃塞俄比亚人、亚美利加人五类。

索人”，以示敬意，自然而然便有了科斯莫·惠勒爵士从范迪门地搜集的黑人头骨，我们只知道它名为MH-36，其中退化的和……

震惊之中，我任由剪报从汗涔涔的指间飘落到地板上。它下面还有一篇评论这么说道——

作为沉溺动物激情中性这一类别的一种倾向，爱欲最为明显的体现在于，其堕落的能量会穷尽一生在颅骨一侧的乳突间，亦即耳部与枕骨基部间，制造大于常态的空缺（阻碍其他所有脑部组织生长）。科斯莫·惠勒爵士所言极是，MH-36拥有“爱欲腔体的广大南方领地，一片比例惊人的黑暗罅隙，等待着进一步的科学探索”。

我想起了外科医生的阴茎可悲的命运，这不啻是一种残忍的讽刺。我扔掉剩余的剪报前读的最后一篇评论言之凿凿——

……只消看看MH-36颅骨骇人的堕落、绵羊的形状、普遍退化的形状，便能理解《塔斯马尼亚颅骨》为何是我们时代伟大的科学成就。

惠勒确切地证明了塔斯马尼亚黑人属于完全独立的物种，甚至有可能比新荷兰人[①]更为野蛮，趋近于纯粹的动物。

精神低等和种族衰退的种种标记在书中上佳插图描绘的窳败的颅骨特征中处处可见，更能证明这种不幸却不乏趣味的物

① 澳大利亚大陆旧称新荷兰，新荷兰人即指澳大利亚大陆原住民。——编者注

种，定是与欧洲人分开被创造出来的。其起源故不在伊甸园之内，而是在伊甸园之外，带给现代人类事务精神、道德和功利意义上的后果。

我翻动这本书，一边看一边用食指撕着没裁开的书页。里面有许多范迪门地土著头骨精美的蚀刻画，画得很棒。不过没有哪个完成度比得上 MH-36，这颗意义重大的颅骨独享各式巨细靡遗的描述，接连不断以自上而下、自下而上、侧向而对的姿态增殖，占据好几个页面。如此恭敬而投入的态度让我想起圣阿加皮图斯，整个意大利半岛都对他不少于五个完美保存的颅骨无比尊崇。

书本还附了两封信，都是寄给朗普里埃先生的。第一封带有完好无损的皇家学会印章，通知朗普里埃先生，为表对他勤勉不懈收集自然史样本之举的认可，学会决定予以嘉奖。

第二封是科斯莫·惠勒爵士寄来的私人信件，这位我们时代知名的颅相学家在信中向他亲爱的朋友保证，他在学会力排众议，为朗普里埃谋求会籍。他告诉同事自己门徒搜集的颅骨有多重要；尤其是标为 MH-36 的颅骨，决定性地证明了他一直以来的观点。这个颅骨比他检视过的任何颅骨都能更为清晰地证明塔斯马尼亚黑人存在道德缺陷、颅骨容量缩小、具有退化天性，无论文明进步的欧洲人是否到来，都必将万劫不复。

然而，他得宣布一个悲哀的消息，即漂亮活跟漂亮话一样，都无济于事，他要求将朗普里埃纳为会员的提议敌不过学会更普遍的意愿。尽管如此，科斯莫爵士继续说道，万不可对这样一个威望十足的团体所作的表彰嗤之以鼻，它毫无疑问能是他成为会员的踏脚石。

与此同时他是否考虑收集鸟蛋呢？鲍德勒－夏普的研究匮乏得

令人绝望，科斯莫爵士想要对新旧世界的鸟蛋进行对比，不知托比是否有兴趣加入如此了不起的集体事业？

11

我觉得自己正在慢慢窒息，仿佛房子一般大的书页落到了我的身上，紧紧压实，而我只不过是一朵花，将被压扁脱干保存；仿佛天空一般广的卷册层层围裹我卑微的形体，很快就将彻底闭合。

人的生命并非递进的过程，不似历史绘画传统描绘的那般，也不是可供枚举的一系列事实，顺序正确便能理解。其实人的生命是一系列转变，有的惊人，有的缓慢得难以察觉，但都是相当地彻底和恐怖，以致来到生命的终点，人搜寻记忆，欲求觅得晚年的自己与年轻的自己彼此关联的片刻，却是徒劳。

我说不清我最初是什么时候意识到萨拉岛的漫长生活其实是一场无限缓慢的变形。当我开始尝试着挣脱《塔斯马尼亚颅骨》以及里面的信件营造的黑暗时，又怎能料到我会很快获得重生，变得焕然一新、截然不同呢？画鱼的过程如此痛苦艰巨，并非因为鱼处于濒死状态、我与它们的形态不对等，而是因为为了让我自己的形体发生改变，我也得死去？我怎么会知道这么长时间以来我的画都在改变我，我并非用我的画笔创造出如此多的图像，而是用画中数不胜数的丝线纺出了一只茧？

我又怎么会知道当我将那封信扔到地上，终于企图离开自己的蛹时，我逃离的绝望使命即将开始呢？

鸡 冠 胎 鳚

THE
CRESTED
WEEDFISH

鸡冠胎鳚

讲述的是一场胆大妄为的逃离——受阻记忆的雪橇——布拉迪，一个复仇天使——死神卡普瓦归来——遭黑人攻击——一场谋杀——火葬堆。

1

太初有道，道与上帝同在，道即上帝。太初与丹麦老头同在，如与上帝同在，万物皆由其造；若无他，万物皆不可造。

但接着道被变成肉身，栖居于我们中间，作为我们的黑暗的一部分，并不与我们的黑暗相通；因为它的肉身是酸臭黏滑幽绿肿胀腐烂的破布，似残骸一般漂浮于我的囚牢。当我试图将自己的脑袋保持于这夜夜在我周围升起的黏液上方，避免永世沉沦于太古之道的感觉，我生命中最神圣的欲望便成了让世人明白道与世界不再如其表象，不再同为一体。

那天是一八三一年的新年，我决定遵循我新做出的逃跑决定——胸怀的野心却比逃跑大得多：我要一劳永逸地摧毁囚犯制度。我达到这个目的所使用的武器就是从登记室窃取的大量档案。

这一切，连同我，经罗洛·帕尔马的捕鱼帮同意，会趁着夜色的掩护被运出港口。作为回报，我向他们保证，无论是他们还是任何当局都将再也无法见到他们的囚犯档案，还给了六块孟加拉元，和一本声名显赫、有些破烂且部分残缺的一六二八年鹿特丹版老普林尼的《自然史》（菲利蒙·霍兰首部英译本），连同其中千奇百怪的种族的传说——提比安人一只眼睛有两个瞳孔，另一只里有骏马的形象；独脚人的单腿跳速度极快，天气太热就会躺下来，抬起那条腿当遮阳伞；阿斯托米人无口无鼻，像蛇一样露两个洞眼当鼻孔，靠气味过活。

定居点一片骚乱：丹麦老头神秘失踪，马特·布拉迪和光明军据说即刻就会杀到，指挥官在神隐——这一切教人毫无来由地冲来撞去。逢如此动荡，跑路不会太难，在此我就略过我逃离的冗长的故事了。否则我就得解释种种细节——最初和罗洛·帕尔马在夜间碰面，新月提供足够却又不会过剩的光亮，潮水于我们有利，还有面粉和腌猪肉、斧子和罐子、靴子和雪橇，以及我是怎么购买它们外加我的自由的——而我对细节从来不感兴趣。这件事，不管怎么说，无关勇气和胆量，而在于贿赂和时机。一向如此。

这场癫狂见报后，捕鱼帮回忆最后一次看见我的情形，后来就提到囚犯登记册、书信集、大理石花纹环衬的各类档案、文件和手稿，借拂晓灰色的光线在檫木雪橇上堆成一座像窝棚的小丘。

罗洛·帕尔马手底下的人抄起粗制的桨，感到身下的捕鲸船随着他们的节奏慢慢恢复了生气，起先只是轻微的战栗，然后就沿着漆黑、静谧的水面无可置疑地滑动起来，向萨拉岛驶回。

夏日凛冽的拂晓时分，大家指望靠干活取暖，我听见他们的声音携着团团雾气掠过平静的水面传来，一边设法将雪橇拽入仍旧漆黑潮湿的荒野，仿佛一个衣衫褴褛的人被袋鼠皮带固定在自己的重负上。

“他完完全全，”我听见罗洛·帕尔马说，“像只试图拖动砖头的螳螂。”

然后太阳出来了，想必他们意识到那个窝棚和他们的捕鲸船一样，也恢复生机动了起来，因为我听见他们吃惊地喊道它不见了——被吞没于茫无涯际的碧绿，向东奔涌数百英里，那儿只有黑人，野生动物，更狂野的河流，上帝知道还有什么其他怪物一般的种族与生灵——随之逃亡的疯子也将注定流向遗忘之境。

2

必须理解的是，比利·古尔德认为档案资料具备的力量只有浸淫纸面太久的人才会欣赏，即便不能完全参透。我担心除非我有所行动，否则我拖在身后的谎言有朝一日会成为定居点仅存之物，子孙后代会试图通过指挥官骇人的臆造机器评判先人——评判死神卡普瓦、朗普里埃先生、指挥官，甚至可怜的卡斯尔雷，评判他们，评判我——评判我们所有人！仿佛那就是真相！仿佛历史和文字是朋友，而非对手！

只有一个人，我知道，会清楚该怎么做。

马特·布拉迪对我们所有人来说都是一个谜，但在我那间恶臭囚牢的漆黑里，当抄录员丹麦老头慢慢在我周围解体的时候，布拉迪在我心目中就成了一座灯塔。我认识的人没一个见过他：他的体格特征因此众说纷纭。可我确信相遇的瞬间我就能认出布拉迪。有些人说他是高个子，皮肤黝黑，一侧脸颊上有毛利人一般的刺青；也有人说他有一半的萨摩亚血统，这样就能解释他好战的秉性；另有人说他身材矮小，满脸雀斑，一头红发梳成两条马尾辫。于苏格兰人他是威廉·华莱士，于爱尔兰人他是库胡林；于谁他都是英雄。

可唯独于我布拉迪是那个可能替历史复仇的人。

我的欲望，你现在想必已猜出，是多种多样的；我本来应该知道它们也是无法实现的。我想首先移除定居点的管理根基，即其臆造历史的书面记录、维持监狱岛现实所必要的虚构，使这里彻底瘫痪。我接下来决定找到布拉迪，将这些档案交给他。因为我一直抱有一种幻想，它甚至比那只檫木雪橇装载的粗制的希望还要骇人，即布拉迪一旦拿到官方虚构文档和我用作纠偏的真实证言，这个丛林悍匪就能在解放萨拉岛的时候组织复仇。

布拉迪会将告密的老鼠们，那些为了一间舒服的营房出卖伙伴的充当治安官的囚犯，送上上帝的审判台，因为丹麦老头的档案将他们悉数描述成英雄，描述成高尚的、可敬的囚犯。布拉迪会予其他人以自由，而囚犯若没有犯罪记录就是自由人，如今我很清楚正是这些虚假的文字在奴役我们。没有它们，谁能说哪个人自由，哪个人不自由？一旦获得解放囚犯就能想去哪儿去哪儿，以自由人自称，一旦没有记录，脱离文书的监狱，就没有人可以证明他们不是。之后，布拉迪就会传播真实的记录，曝光定居点的恐怖及其真实面目，这样就能揭露官方档案的谎言，所有官方档案的谎言，凭此在整个范迪门地浇灌反叛的精神。

所以，最终作为光荣目的的工具，我慢慢步入未知之境，背负这奇异的重担，眼前始终是我的救星布拉迪的愿景。

可即便不计这一雪橇如此骇人的野心，我的路途也无比荒谬。这片暴力的土地从未有人涉足，布拉迪的行踪在英国大小的荒野间无人知晓。地表覆盖着茂密的，有时甚至无从穿透的原始树木和蕨丛。时而狂野的山脉连绵起伏，时而浩荡的瀑布一泻千里，似花岗岩一般闪烁白色。

旅途成了难以想象的折磨。但当我拖拽着受阻记忆之橇穿越雪地，穿越暴烈的雨雪，爬出又一条沟壑或翻过另一片纽扣草平原，跨过好几座山脉，涉过那么多涨水的河流，在我最绝望的瞬间，在我陷入最深的肉体痛苦之时，我也从来、从来无法忍受会找不到布拉迪的想法，因为布拉迪——我会找到他的——会理解这一切。布拉迪会知晓我所不知。布拉迪会告诉我这世界将会如何天翻地覆，再次走上正途，它以前如此，今后也应该是这样。

3

他傍晚走入我燃起的熊熊火堆中央。他爬满疥癣和烂疮的身子枯槁又可怜，简直完全赤裸，除去头上那顶草帽，右手那只剐蹭得厉害的暗沉的陶土壶，屁股上烙的那个大大的“S”，像是两个皱缩的马蹄铁高抬又交缠。

我窝在一片薄薄的页岩架底下，一开始既因他的身份迷惑，又为他的莽撞震惊。我的手紧紧握住斧子。但当他斗胆提议，一切也就清楚了，还有谁会像那样一无所有却又能将弱点化作优势。

“你如果能分享吃的，”死神卡普瓦说，“我就帮你分担重量。”

我给了他点腌猪肉。我注视着他像狗一样用一侧咀嚼，余下的牙齿我猜都掉光了吧。我问他为什么要逃跑，毕竟他住的是优待营房，比岛上绝大多数屋子都要好得多。

死神卡普瓦仍在咀嚼，一边摘下草帽，从头顶上拿下一张脏兮兮的破纸片。它叠过太多次，折痕都已撕裂，几乎成了四张单独的纸片。

亲爱的卡普，纸上写道：

你始终都是我的，唯有你才是一切如此甜蜜如此良善我怎能忘记我是多么爱你歪歪扭扭的笑容你卷曲的头发我一直多么爱你

你永远的亲爱的

汤米

我把信递回给死神卡普瓦。

自从织工咆哮汤姆被绞死，他说，他的心就碎了。起先他准备自杀，过了一段时间转而决定第二年夏天逃跑。几个星期前他和六个人逃了出去；食物耗尽他们也就各奔东西了。一个伙计过河时淹死了，另一个返回烧石灰岩的营地自首了。死神卡普瓦一周前从一只袋獾手下抢来一具袋熊的腐尸；从那时起，就一无所获。

“没错。”他说，但这是对什么的回答我不得而知，接着他拧开随身携带的陶土壶，里面盛满了尿浸染的液体，那曾是拉里金汤，还有历史，他说（我意识到他现在脑袋糊涂得很），曾属于他的历史。他抽出一根黏糊糊的草，讲起他来萨拉岛不久后目睹的一名重新被捕的囚犯的受审过程。

那囚犯是个伯明翰的糕点师[1]，跑了好几个星期，另外三个逃犯仍然不见踪迹。身处那样恶劣的环境，他被认为出于对食物的渴望，在寻路穿越西部群山前往东部定居点失败后吃掉了同伴，最后，实在饿得不行，又返回定居点投案自首了。

他宣称厌倦了人生，坦白自己的食人行径，但没人相信，直到他脱下并挥舞人皮做的软底鞋。巴哥犬穆沙更感兴趣的是糕点师对未知的特兰西瓦尼亚荒野究竟了解多少，而非他堕落的告白，就逼他描述他曾经穿越的那片土地的精确特征。

糕点师很恼火，凑上前去，请求指挥官允许，问正在记录审讯内容的约恩·约恩森要了张纸。他狠狠地把纸揉成一个难看的球。

“先生，”他平静地说，“特兰西瓦尼亚就长这样，”随即把那团揉皱的纸扔到了脚边。

为了我所剩无几的食物，死神卡普瓦就和我一起穿越被揉皱的密布着瀑布、雨林、沟壑、石灰岩层的迷宫，这片风景在我们眼前渐渐展开，模样非语言所能形容。

我们向法国角进发，那是特兰西瓦尼亚的巨大山峦。从任何方向，至多一百英里外，都能望见它断裂新月的鲜明形状，禁锢于萨拉岛的那些人远远看去，它生动地（对我们囚犯而言，则是讽刺地）昭示着法国军帽下的自由，而我有理由相信（基于无数传言中的定量，和我找到的总督寄给指挥官的几封密信）布拉迪就在那儿安营扎寨。

我们向法国角进发，但我们并不是第一队。我们遇上营火，时而可见大腿骨或前臂骨。我们遇上香桃木根与无名逃犯戴着镣铐的

①即 the Pieman，一名名叫托马斯·肯特（Thomas Kent）的囚犯，曾是糕点师。后文的地名“糕点师河口”（Pieman Heads）来源于他的这一身份。——编者注

尸骨纠缠不清。

我们站立不动，倾听着，我不知道在听什么。

“你准备怎么办？”死神卡普瓦问，一边挠着一块巨大的红肿的痂，就结在他前臂上笑脸面罩的烙印上。

我们继续踉跄前行。腌猪肉吃完了。书本变潮，长起青苔，地衣迸芽，小虫子和小草茎生生不息。死神卡普瓦胳膊上的痂化脓，动作变慢，头脑亢奋。茶叶喝完。我们莫名其妙丢了斧子，不过我觉得是死神卡普瓦干的，以免我们有人忍不住模仿。面粉吃完了。在一条幽深的河谷中我们遇上一棵形如死亡的白色牡鹿的蓝桉，腰围有二十个人那么粗。躯干上远远看去像是呈一条直线钉着一片片树皮。死神卡普瓦发着高烧，相信那是砸机器的人成倍的眼睛，正盯着他看，决意复仇，所以他不想靠近。但根本不是那么回事：经过仔细查看，我发现那一片片树皮是十几对皱缩的黑人耳朵。

后来我们从一处高高的岩石层上一瘸一拐地走下来，遇上广袤的平原，纽扣草及胸，一片铜色点缀着小花和鲜嫩的生机。我们看见一道不规则的闪光正穿越平原朝我们而来，过了一会儿认出那是两个黑人。

我们玩起了老把戏，捡起棍子抬到肩膀上做出火枪射击状，但两人都没被吓跑。没必要跑，我们甚至希望他们其实没有歹意，会给我们点袋鼠肉吃，因为我们看见其中一人肩上扛了一头。

但从他们朝我们走来的模样看，很显然他们并不准备分享任何东西。其中一人高高的，长了些疥癣。另一个矮一点，更壮实。我们看得出他们很生气。我们根本没看见在他们身后地上拖动的长矛，紧紧夹在脚趾间。

“努米讷？努米讷？”他们询问，而我这个愚蠢的白人认为努米讷的意思是白人，对黑佬犯下种种恐怖罪行的白人，便说：“不，我不努米讷。”死神卡普瓦这个聪明的黑人认为努米讷的意思是鬼魂，觉得他兴许能假扮，耍耍这些头脑简单的家伙，于是挺直身板，竭尽全力不让自己抖得太厉害，以免他们看出他病得有多重，身体有多虚弱。

鼓足所剩无几的力气，他高声说：

“对，我努米讷，我他妈大努米讷。”

4

死神卡普瓦在凄惨地死去前最后所见的景象将是自己可悲人生的倒放。他在萨拉岛上的沉浮，砸机器的人，金龟子，他在霍巴特城当酒馆老板时的风光，他在利物浦的岁月，他看见这一切正透过苦艾啤酒壶泼洒的汁液飞速后退。

他抬头看去，发现自己游回到奴隶船上，受一个白人羞辱一番后任自己成了仆役，愈发悲哀地凝神注视着，逐渐放弃了追求自由的强烈渴望，法国人则哈哈笑着，把奇异地固定在黑人将军莫勒帕肩头的木制肩章上的钉子起了出来。

莫勒帕抬头凝视兴高采烈的法国人，浑身发抖，觉得匪夷所思，与此同时他的妻小从海中返回，狗呕出的人类碎块重组为整体，对奴隶暴动的残酷镇压变成短暂的自由，而最终，又一次成了无尽的奴役。

死神卡普瓦不愿再受奴役的难以抑制的怒火与决心，犹如残烛之焰逐渐消退，因为他已失去男子汉的力量，身体沦落至幼儿般孱弱，开始接受这个世界都是无穷的劳作，是来自主子和同伴无休止的残忍和无意义的暴力，无论此处，彼处，还是世上任何一处，生命皆莫不如此。终于，唯有窃自他口中、移植回树上的一颗番石榴的味道方能赎回终结的漫长时间，此时黑人监工把一个号啕大哭的黑女人拖上前来。

一个白女人一直在用很大的力气，把如今已成婴孩的死神卡普瓦往那个尖叫的女人身上推，后者很快不再尖叫，把这个仍湿乎乎、血淋淋的孩子在乳房跟前抱了一小会儿，就从凳子上站起身，往积灰的院落里一棵番石榴树底下一蹲，死神卡普瓦便终于得以返回他从来不曾知晓的宁静时刻，先是用双脚，穿越她那荒蛮、撕裂、血淋淋的洞穴开口，探入她的浩渺。

在这黑暗将他永远围裹起来前的最后时刻，死神卡普瓦转过身，发现自己投射在空空的苦艾啤酒瓶的镜面上，瓶中时间已不再往回翻滚，此时正疾速向前转动，但他不为自己的未来所动，对自己命运的启示无动于衷，这启示见证他和我跃过雪橇的缰绳，奋力逃离那对黑人，两柄长矛飞掠，刺透了他灼热的躯体。

死神卡普瓦转过身，深吸一口气，缓缓站起来，仅仅从那只在时间中前行后退的瓶子边上走开了慢腾腾的三步，便感觉到第一根长矛犹如大锤的重击；感觉到自己踉跄起来，随后的第二击甚至比第一击更猛。他像只扦上的乌鸫旋转起来，双膝笨拙地跪倒。他试图爬开，却觉得那些人的狩猎棒开始捶击他的身体，觉得语言开始飘

离，

词语趋向彼此相撞意　义所剩无　几然后番石榴的气　味变了汤米讲话和我走在　一起　　很远很远很

远汤米！汤米！冷冷又

又——①

我边跑边回头望，看见黑佬正在用狩猎棒狠揍死神卡普瓦，像是要把他四肢的骨头都打断。我见他慢慢抬起一条胳膊，姿势怪异，不明所以。或许他是在向什么人或什么东西告别。他们往他的脑袋上乱砸，倾尽全身之力。在一片浓密的茶树的掩护下，我看着他们随后任他死去。

等到翌日清晨，我小心翼翼地回去取回雪橇时，发现它原封未动，不像死神卡普瓦的尸体，凹陷的肚子里内脏都拖了出来，形如厚实的腊肠和下水，凝结的血块斑斑驳驳，早已成为袋獾和袋狼的夜间美餐。

掉在他脑袋一侧，那浑浊的双眼仍牢牢盯着的，是他那只破了的空酒瓶。散落碎片四周的，是它的故事：半只石榴石戒指；几块卵石、暗淡的野草、三只小小的海贝壳——一只滨螺壳、一只小蚌壳、一只破碎的扇贝壳。他是被夺去苦艾的拉里金汤。他是没有身子可以涂抹、可以起飞的鸟血。他是历史。

我用画匠可怜的双手，用动不动就折断的朽烂的木棍，在纽扣草底下潮湿荒漠的酸涩砾土中开始挖墓。过了一会儿我就精疲力竭地停手，只挖出一个最浅的坑。我把死神卡普瓦的身体拖进坑里，随后离开，头也不回地逃跑祈求希望人生会是另外一番景象。

时间流逝。

我的谵妄加重。

时间并未流逝。我的诸多幻象与我的视象合而为一。时间绕圈。我正在拖拽一雪橇名为历史的谎言穿越荒野。时间大笑。我正在等

① 此处遵照原文排版。

待永远不会降临在萨拉岛流放地的囚牢里的一场死亡。时间嘲讽！痛！伤！溃！我正在另一个时间中写一本书，尝试理解为什么没有文字能诠释发生的事。

没有。

完全没有。

我衣不蔽体，骨瘦如柴，迎来行进的尾声，开始攀爬法国角。我每天都从袋鼠皮坎肩上割下一块，放嘴里咀嚼，以此维持生命。据计算，坎肩可以撕出二十条，衣物的缓慢消失就这样充作日历，我的牙齿先是在发炎的牙龈里松动肿痛，然后就开始掉落。

过了很长一段时间，在西侧山脊半途上几块硕大的花岗岩突岩附近相对平静的地方，我发现一小堆篝火正在雨中挣扎，围坐一旁的正是几张最意想不到的熟悉的脸孔。两天前我已经吃下了坎肩的最后一条。

5

三个小女孩和一个小男孩虚弱的身子几乎一丝不挂；几条癞皮狗饿坏了；还有一个没穿鞋的女人，我认出就是指挥官所谓的混血女、罗宾逊口中的克莱奥帕特拉、囚犯们和我眼里的两便士莎尔，正在折树枝为火堆添柴。对某些人，不，几乎对任何人来说，这些人看着都不养眼，但于我这个似乎已经永生永世都没见过一个活人的家伙而言，他们美得无与伦比。

两便士莎尔穿了条旧的黑色棉布裙，裹了件羊毛粗织的黄色囚服，戴了顶红色羊毛帽。她背上沙袋鼠皮做的吊兜里面放了个娃娃，裙子上遵照她们族人哀悼的方式系着一颗小小的颅骨，我明白过来这是一对双胞胎。那娃娃比她的其他几个孩子肤色要浅；眼睛是蓝色的。她有可能，我意识到，是我的孩子。或者如果有哪个孩子是我的，兴许已经被两便士莎尔宰了。一个黑男人背对着我，正在把三只长鼻袋鼠放到火上烤。起先我叫他名字，他都懒得抬头看。

可当追踪者马克斯最后抬起头，我吓了一大跳。他已经不是几个月前我在萨拉岛上所见的那个优雅、强壮的男子，现在的身体与其说瘦不如说是皱，一度风雅的红褐色马甲成了一团油腻的黑，沉甸甸地绕在他身上，如同曾经的铁镣之于我，做工精良的蓝色条纹衬衫黯然无光，破得不成样，深色的袋鼹皮裤子成了垂在瘦削的胫骨上长长的条。

他的样貌极其怪异。他的脸破损得厉害，等他凑到我面前，我便明白他的耳朵和鼻子都已经被割掉了，只有几块隆起的鲜肉，部分裸露，红红的，还在发炎，留在了它们曾占据的位置。我看见他那张毁坏的脸上布满了天花的脓疱，像大量残忍的食肉甲虫。我始终想把追踪者马克斯画成衣冠楚楚的鸡冠胎鳚，如今他成了鱼在朗普里埃先生的木屋里放上几天后的那副模样，是一摊卷曲、松弛、恶臭的肉。

我忍不住地盯。追踪者马克斯随后的举动，我就算跋涉一千英里穿越一百片荒野找到这么一个地方，也绝对不会料到。

他伸出胳膊。

他朝我伸出胳膊。

他的指背抚上我的脸颊和嘴唇，开始触摸我。

6

他的手从我的脸上滑落，我和他们一起围火堆坐下。长鼻袋鼠的毛皮开始燎焦，嘶嘶作响，追踪者马克斯通过手势和他们称为德曼通的范迪门切口，一种一半来自黑佬一半来自白人罪犯的杂种方言，告诉我他们已经等了我一段时间，自从发现我沿着山的两侧慢慢地蜿蜒行进生火时留下的烟雾，便一连追踪了好几天。

两便士莎尔点燃烟斗，吸了几口后递给我。像是土人自制的烟草，呛，油腻，提神。我传给追踪者马克斯，他吸了一口，打起喷嚏，猛咳了好几下（听上去很糟），接着告诉我他是怎么决定离开萨拉岛捕猎袋鼠的。走了几天后他来到白人口中的糕点师河口。在那儿他遇上一群被派来找追踪者的英国兵，他们要他帮忙找找臭名昭著的丛林悍匪马修·布拉迪。

说到这儿追踪者马克斯暂停，把燎焦的长鼻袋鼠从火上取下来，用一块锋利的石头熟练地掏净内脏。他把它们放回火上，又咳了咳，然后继续讲起故事。

英国兵给他金子，还有靠近杰里科的一片土地，供追踪者建立自己的农场。接下来几个礼拜，他们交错穿越特兰西瓦尼亚。追踪者带他们看岩石，那是布拉迪，看山中湖泊，那是布拉迪，看鱼，那是布拉迪，让他们在深山的急流里游，那是布拉迪，让他们站在寒风中，那是布拉迪，然后那些当兵的让追踪者明白他没用了，割了他的鼻子和耳朵，其中一只耳朵割得太多，一部分脸颊也没了，然后他们赏他一顿胖揍，说他就是个自以为是的黑鬼，胆敢带他们走这么长时间，离猎物越来越远，下次再见就一枪崩了他。

这故事让我听得血脉贲张。在如此意外的陪伴下，我的心灵回暖，烟草也令思绪异常清晰。我灵光一现，猛地意识到自己的旅程即将圆满终结。显然，追踪者马克斯知道布拉迪的营地在哪里，却巧妙地避免让英国兵发现。现在他会领我去。

7

黑云逼近，无边无际，天地日益灰暗，几乎阻隔所有的光线，加快了夜幕的降临。几乎同时，范迪门地的夏日一如往常般任性，下起了雨夹雪。

凌乱的雪轻蔑地嘘着篝火，追踪者马克斯便从火上取下烤熟的动物，切成块，分给大家。他自己什么也不吃，哪怕两便士莎尔敲开烤熟袋鼠的大腿骨凑到他嘴边，央求他嘬点骨髓补充体力，也是一样，被拒后她便将骨髓抹在他的脸颊和脑门上，仿佛这样也能输入力量。

吃完饭我问追踪者马克斯布拉迪在哪儿，他说岩石就是布拉迪，山中湖泊就是布拉迪，鱼就是布拉迪……

我或许曾哀叹追踪者马克斯不仅身体，连头脑也垮了。但说实话，除了突如其来饱餐一顿有袋动物引起的困乏，我几乎没什么感觉，就是有点恶心，但也离奇地满足。我向篝火靠近，直到两便士莎尔要我钻进岩石缝间有如窄小洞穴的凹陷，他们全都撤退进去了。

一到悬垂的岩石底下，追踪者马克斯就让我和他们一起睡，面前是火堆，狗蜷在脑袋和脚边，孩子们窝在我身体一侧，两便士莎尔在另一侧，追踪者马克斯则在离她最远的那头。

我没料到大家会挨得这么近，说实话有点不适，但由于没人觉得这有什么奇怪，我也就翻过身，鼻子顺势埋进她的后背，也就是指挥官所谓的混血女，罗宾逊口中的克莱奥帕特拉，囚犯们眼中的两便士莎尔，我突然羞愧地意识到，我从来没想过要弄清楚她的土著名字是什么。

我觉得自己像个孩子，隐约意识到自己的无知足以构成模糊却真切的罪过，可怕又无法言说，虽然还没获得原谅，我仍睡了过去。我睡着的时候，觉得自己身上的肌肉和骨头正渐渐地温暖起来，放松下来，这么、这么多天以来，我第一次觉得自己安全了。

8

我醒来的时候是夜间，除了篝火之外一片漆黑，早先它像是注定会熄灭在湿冷中，此刻却隆隆呼啸，燃得起劲，成了一大片狂躁的红，高达三码，半径至少也有这么大，凭跃动的黄光填满我们的洞穴。

追踪者马克斯、两便士莎尔、孩子和狗——全都不见了。一阵有些熟悉的烟熏气息飘入鼻孔，让我想起初进登记室时嗅到的那股葡萄汁发酵味。

在火焰对侧我看见两便士莎尔正和孩子们在跳舞。她已脱下欧式衣裙，除了一根抹了赭红的由肌腱制成的项链，一条绕腰际几圈、眼下系着那颗小小的颅骨的袋鼠皮，她一丝不挂，赭红涂抹在脸上和阴毛间，后者犹如锈铁的屑被她阴部的磁力吸附。她换了发型，抹上厚厚一层赭红和油脂，像是层叠的鱼鳞。孩子们也是光着身子，类似的打扮。

当我绕过火堆朝他们走去的时候，我觉得有什么东西落到了肩膀上，又掉了下去。我停下，转身，往下看。摊在我身边地上，终结于冒烟的前臂残桩的，是一只正在闷燃的黑手。

淡　水　龙　虾

THE
FRESHWATER
CRAYFISH

淡水龙虾

克努特国王[①]——一场澳新式的异端公开处刑仪式——两便士莎尔的离开——变形——颅骨的火场——所罗门之歌——蜂巢棚屋——阅读的代价——食用布拉迪的日志——恐怖的宇宙，爱之无限——克卢卡斯在前方——他的背叛获得回报。

1

一阵恐慌迫近的感觉袭来，我停下，转身，抬头看去。起先我拒绝相信自己目睹了什么。这肯定是头晕眼花所致，是我错将流体状源源不断的火焰当作了其他东西。但我盯得越久，便越清楚自己肯定没错。

① Canute，丹麦国王，曾征服英格兰，建立包括丹麦、英国、挪威在内的庞大帝国，被尊称为克努特大帝。——编者注

因为在大火的正中央，高达七英尺的地方横亘一根皱缩的、溅着火花的深色木头，为四周成堆的燃烧的枝条所支撑。那深色木头是兴高采烈登基的黑人克努特国王，潮水般黄蓝相间的火焰在他周围越涨越高。我眨眨眼睛—— 一次，两次——可确实没错：克努特国王是追踪者马克斯，现在已死，而这是他的火化仪式。

这衣冠楚楚的黑人，随着他刺耳的干咳如今于舞动的焰心永远地平息，正在炭化成难以名状之物。血红的火舌犹如奉承的手缠绕着腰肢，抚摸着胸膛，渴求着下颏。一条手臂在肘部结束，烈火噼里啪啦。一个耳孔燃着柔和的黄色火焰，好似一盏油脂灯。

我听见一声叫喊，低头看见其中一条可怜的狗想要叼着那只从追踪者尸体落到我身上，再掉到地上的手跑开。一只脚落到那手上，谢天谢地我认出这脚并没点燃，还是活的，是两便士莎尔的，只见她弯下腰，从狗嘴里抢下那只仍然冒着烟的手，踹了狗一脚，随意一掷就把手扔回了火堆里。

如果读者默认此刻比利 · 古尔德惊声尖叫，那就大错特错。如果他们以为比利 · 古尔德大胆一跃，从火堆里夺出追踪者的尸体，随后给他来个体面的基督教埋葬，那错得就更是离谱。

其一，我能做的只剩继续站着。其二，我从来就不是那种会告诉别人该怎么生活的人，而且根据我自己的经验，这个并非不合理的原则现在也可以扩展到死亡上。我已经干预了两具尸体，一具已从一坨屎化作一个科学体系，而另一具已成为黏腻的哲人。我已经认识到，无论从科学还是灵性的角度来看，跟死人掺和不清都没有好结果。而且，我觉得追踪者马克斯在篝火顶上还挺开心的，仿佛伯利恒之星在圣诞树顶上闪烁。不算漂亮，也不算丑。不算对，也不算错。闻着确实像我希望卡斯尔雷有朝一日会散发的气味。

我意识到两便士莎尔正抬头望着我。我能感受到脸上火的热气，我也能看见火焰描摹雀跃的叶片，用红光和黑影覆盖她的身躯，她的脸蛋，她那噙满泪水的黑眸。她从腰间肌腱制成的带子上垂挂的袋鼠皮小篮子里取出一块赭红的颜料，在我的掌间碾成齑粉，然后拿唾沫揉成糊状，一边念念有词，巴勒温尼——巴勒温尼——巴勒温尼，一边哭喊，脸在跃动的火光下抽搐颤抖，就这么一直看着我，而我只会时不时低头看她用唾沫濡湿的赭红做些什么，尴尬得什么也干不了，哪怕当她抹红的手指抬到我面颊前，开始在我脸上涂抹标记。

她一边揉入赭红的颜料一边紧盯着我，就好像我是失散已久的朋友，就好像我是她的男人，她的兄弟，她的父亲，她的儿子，所有在追踪者马克斯之前的他人。她将这赭红揉入自己的脸庞，焦炭抹上自己的身躯，以此一个接一个地悼念那些死于风寒、天花、淋病、火枪子弹的人，就好像我们的共同之处超越了我们的躯体、我们的历史、我们的未来，就好像若用赭红给我做标记，我也可能会以某种方式知晓所有这一切。

但在火焰扭动的光与影中，尽管我脸上涂抹着死亡与生命，他们讲述着种种神秘，我仍只感觉到自己对此一无所知。

黑女人转过身，抄起一根硕大的枝条，狠命砸向追踪者马克斯燃烧的头，砸开他的颅骨，为火焰完美地暴露他的脑髓。然后她的枝条在尸身上游走，拨拨抬抬捅捅，似乎打定主意要确保追踪者彻底燃为灰烬。

之后她唱起歌，孩子们也加入进去。孩子们是一起唱，她的嗓音则高八度，形成极其精准的和声，我尽管一个字都听不懂，却仍不禁深受触动。

就在这时候，正当我想摆脱对歌词一无所知却又惊恐地怀疑自己其实全能听懂的郁闷，这个名字繁多、我已不知道该如何称呼的女人转回身来，开始把一本书上的纸页撕下来，扔入火中。

我抬起头，意识到追踪者指向北边的头颅被囚犯登记簿、书信集、报告和长期有效命令的纸页包裹，这一切如今沦落到为葬礼火堆助燃的地步，迸发烈焰，继而愈蹿愈高，飘离追踪者愉快炭化的脸庞，拍打间一瞬被追踪者耳朵的光点亮，随后便分解成焦炭的叶片没入夜色。

当两便士莎尔绕至火堆靠我最近的一侧时，我看见她始终都在边跳舞边疯了似的将纸页从登记簿上撕下来，投入火堆。

登记簿！

我耗费这么多日子，做出这么大牺牲拖拽来的登记簿！布拉迪会用来解放我们的登记簿！要了约恩·约恩森老命，让我冒上生命危险，令死神卡普瓦不经意间献出生命的登记簿……

我冲过去，从她手中夺过她正在撕扯、投入火焰的簿册，决心从她疯癫的澳新式异端公开处刑仪式中至少救下一卷，但让我惊讶的是她竟对我的突然攻击毫无抵抗，任我出手。

我边拍打书本燃烧的边缘，边注意到火焰照亮的一些文字。就着火光我读了几句，完全没意义，讲的是通过购买椅子对某些并未言明却又非常真实的罪行进行无效补赎。然后火苗就蹿过页面，跳上我的手，本已松散的纸页掉入火中。我再次抬头看看她，但她仍然在低头凝视那本书，这时我读到它此刻的开头，撕下一半的纸页上，前几个仍能辨认的字句写道：

“……我是威廉·比洛·古尔德，黑刺李的灵魂，绿色的眼睛，大大的牙缝，蓬乱的头发，咕咕哝哝的态度，我想画鱼，从中再捕捉一个如我一般的灵魂……”

我隐约有种扭曲的似曾相识之感，便多翻了几页，浏览着鱼的图画和文字，好几处都有我作品的影子，其他部分则是荒唐的胡言乱语，却与萨拉岛的现实不乏奇异且时常令人忐忑的关联。

可直到目光落到书前面一页底部几行字的时候，我才体验到类似恐慌的感觉。

“威廉·比洛·古尔德，”我读道，“生来就带有某种记忆，却缺乏任何能对此进行解释的经历与历史，依凭一种奇怪的信念，总在设法杜撰本不存在之事，认为想象能化作经历，从而解释并且疗愈他那难以慰藉的记忆。”

我决定不再去读这些奇思异想，便撕下那张恼人的纸页，扔入焰火中，但我此刻能感受到我的呼吸正在缩短成急促的喘息，后背汗涔涔的恐惧飙升，阵阵刺痛，肚里的肠子也跳起了水波荡漾的吉格舞。

两便士莎尔抹去脸颊上的泪水，示意柴堆远端要添点燃料。她对我的感受熟视无睹，我大怒，决定一个字都不再读，当即尝试将这一刻从生命中抹去。

我会重新开始寻找布拉迪，他会告诉我现在所目睹的一切不过是饿着肚子迷失在特兰西瓦尼亚野林里的人的谵妄。可这样没用——比利·古尔德无法摆脱愈来愈重的怀疑，即他困在书中，作为书中角色的未来就和他的过去一样，都已被写就、决定、预言，既无可改变也难以忍受。除了毁掉那本书他还有何选择？

我又奋力撕去十几页，扔入火堆，但火焰上蹿的气流抬起纸页，将它们径直扫回到我的脸上。我把一张烧掉一部分的纸从鼻子上掀开的时候，忍不住读了起来：

“摊在我身边的地上，终结于冒烟的前臂残桩的，是一只正在闷燃的黑手……”

我用很大的力道，将那页纸揪下来扔入火堆，却正巧看到下一页露出的是一幅淡水龙虾的画。看上去像是对我的画风的完美模仿。我极力想要避免妄下结论，担心如果这本鱼之书是定居点的历史，那它也会是其预言，然后我意识到这本书尚未完结，还包含好几个章节，我愈来愈惊恐，读着随后几页——“我意识到这本书尚未完结，还包含好几个章节，我愈来愈惊恐，读着随后几页——”

2

——奇怪的是——对我自己而言，倒不再是无法解释的是，我随后让整本《鱼之书》坠入地狱，和那黑女人一道撕开其他的书，为火焰添加撕下的纸页。

那些对如此多个体往昔的描述，他们对单一未来含蓄的想法，投向了那火葬的柴堆，瞧那些饥肠辘辘的火焰尖叫得多么愉悦！正如波布乔伊很早以前对我说的，定义归属于下定义者，而非被定义者，我已不再希望他人预言我的生死。我已经承受太多，无法被简化为一个想法。我把那么那么多文字扔到柴堆上，那一整套关于往昔的虚假文献，它们束缚我，控制我，就像长刺的铁领，绑腿的枷锁，锯齿的镣铐，铁球，铁链，剥头皮之刑，长久以来否决了我自由的声音，和我需要讲述的故事。

我不再想阅读关于我是谁、我为什么会这样的谎言。我知道自己是谁：我是曾经被挂在三角刑架上鞭打的过去，但我现在是鞭打者，把九尾鞭浸入沙桶，令鞭尾吃肉更深；我是曾经在阻塞的尖叫声中穿过绞刑架绿色的木制活板门的过去，但我现在是刽子手，抱着垂死者的双腿随之晃动；我是曾经被海豹猎人买下、上铐、奸淫的过去，但我现在是海豹猎人，让那黑女人吃下她自己的大腿和双耳。

我将那些书悉数扔入火堆，它们写满背叛，写满奇思异想的谣传，写满鲜有真实多为虚假的故事，核心全都是重大又不值一提的变节行径，向我们隐瞒自己被塑造成囚犯兼狱卒的耻辱。无论我们还是我们的孩子，抑或他们无穷的后代都不会忘却这耻辱，那时有关为何沦落至此的记忆早已丧失。我把《塔斯马尼亚颅骨》扔入火堆，那些被窃颅骨的漂亮版画也围绕那具烧焦的尸体起舞。我们朝着火堆，直入其饥饿的核心，堆积这一切模糊了谜题、线索、回声、问题、答案的谎言，以期最终能彻底地、永远地逃脱监禁；我们将每一页登记表、每一张松散的纸页投入火堆，周而复始，它们便周而复始地燃烧。

起先这么多潮湿的纸张也无非是闷熄了火堆，很快烈焰重现，火再次蹿成一只硕大的球，就好像这体系是一条刚被屠杀的龙，濒死的吐息呼唤末日，仿佛一千只狂怒的精灵正被释放出来。烈焰尖啸着，噼啪着，将迸发火星的间歇泉远远地溅入夜空，四周的丛林被舞动的红光映得通亮。

大火气焰嚣张，然后四周的丛林自然而然地因报丧女妖的呼吸而燃烧，夜空也开始应和着她越来越响的哀号弹拨。火势开始蔓延，周围的柏木与远处的森林相继被点着，目之所及，一切均已燃起熊熊大火，我不抱意愿也未做多想，就这么加入黑女人的舞蹈，沐浴在地狱投射的狂野的赭红光亮中。

我拖着干瘪、溃烂的双腿，蹩脚却笃定地模仿她的弹跳和蹦跃，我和她还有那些孩子一起跳了那么多埋在我灵魂那么深处的舞，我感觉这就像是一场净化的火。它是一种欢乐，它是一种悲哀，它无从解释。它是织工和我可怜的母亲，它是奥杜邦和被他射杀的所有鸟儿，是老古尔德和老古尔德的女儿，是伏尔泰和戈特利布森夫人，是外科医生和鱼，是指挥官和托泰莱，是死神卡普瓦和他最爱的汤米，是长鼻袋鼠和追踪者。我们所跳的舞远非语言能及。我的身体承托起独立于我自身的狂放生命，我生怕在这无休止的古怪耕犁之举下，这把老骨头会断裂、破碎。

过了很长时间，当火焰攀上远处的山脉和山阶，唯留温热的余烬在我们周围，浓烟沐浴着拂晓升腾的光亮在遥远的山脊下方翻腾，我注视着黑女人搜集死去的追踪者马克斯的骨灰，掺水和成泥，灰灰的又粗粗的，然后全涂抹在自己和孩子的身上。就这样裹着哀悼的夜色，他们准备踏入一片她似乎决心永不摒弃的黎明。

“你不担心，追踪者他去英国，”她告诉我，“追踪者他努米讷黑娃娃现在。”

“他死了，”我说，“人死是不会重生为英国人的。”

“努米讷！”她喊道，“追踪者努米讷！古尔德努米讷，可很久前你是帕拉瓦。”她展开一臂，穿过头顶拂晓的天际画了个硕大的圆弧，伸出的手指先是朝我，又冲着她世界的另一端，指向下方烧焦的土地。

“很久以前，”她说，“你是我们。”

我看着她，随即无法再看她，于是我看向撒满灰烬、舞步摩擦的地面。

“古尔德，你来。”她说。

我脚趾踢进尘土，感到自己在战栗，在吞咽。

她说："回来吧，哥们儿。"

3

但我沉迷于往昔及其编年史，发现自己既无欲望亦无能量跟随两便士莎尔踏入未来。

我目送他们离去，这女人拥有我始终未曾知晓的名字，带着几个脏兮兮的孩子，其中一个兴许还是我的，就这么步入仍在闷燃的焦黑森林。不一会儿，就难以从点缀这片美丽焦黑土地的烧焦的牡鹿、幼树间辨出他们赤裸的形体。

我踏入东风，朝着跟她和向西涌动的大火相反的方向走去，绵延的烟墙自我的背后消退。我翻越遍布石楠和小灌木的山地，仍紧咬着法国角顶峰这个目的地不放。不再受雪橇和书本拖累，我发现自己即便如此虚弱，行进速度也快得多了。

正午时分我来到一条陡峭的溪流边。它坐落于山间湖泊中，高达数百码，那小小一片池水就在小山谷拢起的掌间。夏天的溪流只不过是条最最温和的瀑布，嬉戏于硕大的河石间，在其中一块上有一个生灵，闪烁着绿色和杏色，从长达一码的硕大的壳中探出身来。

一开始我也不确定那是什么，直到认出它是囚犯有时候会去河里捕捞的那种淡水龙虾。它正在褪壳，变得更新、更大，却仍是原本的它。我看着淡水龙虾丢弃的半透明外壳，惊叹于它的蜕变，它看似一物却化身另一物的魔力，它留下已不再是其自身形象的能力。

我想去把它逮住，因为它的肉非常好吃。但我刚把拳头大小的河石扔过去，那淡水龙虾便跃回水中。石头落至它前一刻还在的地方，响起无效的撞击，余下的一切指向的都是曾经：它栖息过的壳，它站立过的石头上湿湿的阴影，它没入的冒泡的漩涡。

我放弃，继续上路。越过山中湖泊，我途经一丛柏木，进入一片林间空地，其间坐落着至少十几座穹顶般的建筑，呈圆形环绕。根据它们巨大的蜂巢形状与茶树和草丛织成的精巧苫盖，我分辨出这些是黑佬的住所，山中湖泊就是他们的村落所在地。

但一个黑佬都没有。

村子中心有一处熄灭的火堆，地衣在肮脏的灰烬上结痂，散落其上的东西仿佛充当解释般，是成堆骨头和大量人类颅骨，早在很久以前就被野兽、鸟儿、虫子啃得干干净净。女人残留的饰品在一些骨头上腐烂，男人的饰品则在另一些骨头上腐烂。其上有一个，最多两个估计是火枪子弹留下的小洞眼的颅骨。后侧被砸烂的颅骨，被袋獾咬穿，吮吸底下的脑髓。白惨惨的颅骨，生了一簇青苔的颅骨。大颅骨。小颅骨，无牙，羊皮纸般半透明。

4

我躺在地上，呼吸急促，吓得无法控制地发着抖。山地的泥土散发出的甜蜜的死亡气息将我环绕。我的身子愈来愈沉重，头脑好似顽石，其中一个坚持不懈的声音如钻孔般，拖着我往下，催我睡去——睡吧，睡吧，比利小子。透过化作珍珠的双眼，我模模糊糊注意到几码远处有一个入口通往一座较大的穹顶屋，低矮的洞孔宽不过一尺，高不过两尺。

我开始从颅骨火堆旁往那狭窄的开口爬去，地面上散落着鸸鹋的羽毛，这种气宇非凡的鸟儿以及袋鼠和负鼠断裂的骨头，这一路很是折磨人。我拖着自己爬过精细编织的草包，将腐烂的苫盖上生长出来的小小植株压得稀巴烂。

我爬得极慢，中途停下来休息，看见自己童年祈祷文的字母全部弹了回来，在地上重新塑形，成了从圣经中撕落的散乱书页，涂抹着赭红。细细检查其中几片，我发现了这样的段落，“耶路撒冷的众女子啊，我虽然黑，却是秀美”和“你的肚脐如圆杯，不缺调和的酒，你的腰如一堆麦子，周围有百合花”；那种你可以用来哄酒馆老板的老婆那类淫妇上床的废话。但我发现这东西和我毫不匹配，不禁喷吐起渎神的言辞，由于完全无法应用于我眼前的状况，我便用它来擤鼻涕。考虑到我已经无数次向上帝喷吐二十六个字母（必须承认那是很久以前了），我想上帝本应该比现在做得更好一点。我浏览的最后一页躺在棚屋袋熊洞似的入口处。更是没什么关系的话。“我指嬉笑说，”纸上写道，“这是狂妄：论喜乐说，有何功效呢？”

屁都没有。我把它扔了。终于爬入棚屋后，里头混杂的气味势不可挡地扑来，是人类与动物的恶臭，熏肉与熟肉，腐烂与生长，但多为腐烂，我胃中一阵痉挛。我想呕，但肠胃里追踪者马克斯的长鼻袋鼠却不愿挪窝，只剩胆汁灼烧我的喉咙。我翻转凋零的骨架躺下。我在离低矮入口不远处躺了很久，精疲力竭，浑身难受，试图清空头脑，让双眼熟悉黑暗。

一间宽敞的屋子，舒适得惊人，特别温暖干燥，在我四周渐渐现身，大得足以容纳二十来人，眼下却只有两只长鼻袋鼠和一只虎斑猫在此安家，见我进门便踩着碎步跑了出去。

我觉得我就像蜗居在上下颠倒的巨大的海雕巢内，因为穹顶的四壁呈曲面围绕我，覆盖着凤头鹦鹉浸泡过硫黄的羽毛，和斑噪钟雀鸦黑的羽毛。随处可见兽皮被用棍子挂在毛茸茸的墙上。我周围散落着黑佬用作工具的那类尖利的石头，镜子的背面，和像是拿燧发机捶击而成的小巧的刀形工具。跟眼睛一样，我的鼻子也开始适应，起先如此难闻的强烈气味逐渐变得令人舒坦，介于肉凉下来和回到家之间。

我让自己坐起来。我久久盯着棚屋中央早已熄灭的火堆，迷失在绝望中，现在我该怎么办呢？走了这么远，我所有的记录却被付之一炬。承认我没法再往前走。不再关心自己是活是死，更别提找到布拉迪了。我的补给，我的力量，我的生命本身似乎都耗费在堂吉诃德式的使命上，毫无结果，唯剩彻底的幻灭。

我后背抽搐，疼痛的结节拧得更紧了。双腿的关节像是河石彼此摩擦。我的脑袋在低烧中浮游。寒冷，衰老，孤身一人处在一片白人甚至在地图上都找不到，更别提在心里有任何了解的地方，黑佬的羽毛屋里没有一丝救赎可言。尽管屋内暖和，一种恐怖而狂暴的冷冽却悄悄爬上我的身体。我感觉自己静止，可无论体内还是体外我都在绕着圈四处打转。意料外的清醒之际，我明白自己正在死亡，且如果什么都不做，用不了多久我就不会在乎自己是否正在死亡。我发现自己正在与死亡搏斗，更糟的是，也在和生的欲望搏斗。

我万分恐惧。

我决定向上帝祈祷。

我决定向他坦白一切。

我清清喉咙，笨拙地咳嗽一声。我让自己进入近乎不卑不亢的状态，跪了下来。我会让一切喷涌而出，从卡斯尔雷喝酒的嗜好到阿克曼糟糕的牙齿，诸如此类不一而足，终于把这些全都说出口，不再藏着掖着，着实会是件美妙的事。

“上帝。”我开始坦白，内容如下——

5

“A-B-C-D-E-F-G-H-I-J-K-L-M-N-O-P-Q-R-S-T-U-V-W-X-Y-Z。”

6

它是一条神奇的方舟，那份坦白，而我真的把自己知道的一切都放了进去，好让它们存活：所有我喜爱过的植物、鸟儿、鱼儿、兽类，更别提指挥官的口气、戈特利布森夫人壮观的乳晕、两便士莎尔的舞蹈，所有这一切仅仅二十六个字母那么长。

但这根本没起任何作用——什么样的祈祷起过作用？由于无法继续跪在教堂的石块上，我便摇晃着下坠着梦想着怀抱着大地。

7

若非我的下坠被一小堆浸染赭红的石头打断，让我极不舒服，我很有可能很快就会死。我翻身的时候，又一组新的淤伤和疼痛让我哼哼唧唧，也就在这时候，我注意到塌陷了一半的石堆间伸出来一本书。

那一刻没有什么能比阅读这一前景暗淡的行为更令我沮丧的了，因为阅读对我而言已成了仅含失望和幻灭的源泉，是似乎将我的生命彻底颠倒的手段，带来无可比拟的困扰与痛苦，使我觉得迄今这世上我视为理所当然的一切都等同于无能与谬误。

我很清楚如果我未在最后一刻发现伏尔泰，戈特利布森夫人会作何感受。她的感受本会和书给予我的感受相同。背叛。

毕竟，正是儿时阅读的那些浪漫故事和冒险故事导致了约恩森的灭亡，教他以为他能以书本的形象重塑世界。正是读了安娜小姐荒唐的信函，指挥官才会犯下愚行；正是读了林奈和拉马克的那些著作，刺鲀才会觉得自己能在重塑世界的进程中起到神圣的作用，可那么个世界只会将他重塑为黑人颅骨堕落的绝佳例证。

正是因为他们这番无稽的阅读，加上我千不该万不该，愚蠢地在登记室里埋头于书本，我才踏入如此凄惨的境地，即将在一片无名的森林里独自死去。

我心想：只有傻子才会碰它。

我的手指摩挲着封面蒙尘的邀请。我把手抽回来，抬头望向天花板，不去看那本从石头缝里探出来的恶之书，它像许多年前酒馆老板那个坐在吧台后的老婆，用潮热静默的媚术将我奚落。我翻身侧卧，伸出手推开石堆的残余，将那本书从干燥的乱石里取了出来。

它不是那种鸿篇巨作，并非约恩·约恩森重塑萨拉岛的那些簿册，就是一本粗制的小书。书页看起来是用肠线草草装订的，我知道这是黑佬通过咀嚼进行拉伸和软化制成的。封面用的是沙袋鼠皮，和其他部分一样，还染了赭红，我摸摸脸颊，意识到这与黑女人涂抹的位置仍留有的色彩相仿。

我心想：只有疯子才会打开它。

书在我伸出的手上摊开来，扉页上的笔迹在我看来惊人地稚嫩，写的是这个名字——

马特·布拉迪。

我心想：接下来的内容会让我承受不住。

等到读完我喘了好一阵粗气。我感觉皮肤刺痛，呼吸愈来愈浅。然后是抽泣，我把拳头塞入嘴里想要阻止，可是呜咽就像怪异、刺鼻的泡沫，从燃烧的罐子里喷发。我设法阻止脑袋晃动。

我只有一种强烈的清空之感。一种巨大的幻灭。时间……嘿，现在还去关心什么时间？也许它停止了或开始了或起舞了或睡着了或上酒馆喝了几杯拉里金汤。我的恶心减轻了一些。饥饿，无休无止、避无可避，重新降临。我把沙袋鼠皮的封面塞入口中，想要把书吃下去，这样既可摆脱它又可告慰我的肚腹。

但这样毫无意义，因为这书既不可食用也无法理解。我该如何将所读内容的百无一用传递出去呢？这书，我觉得称作个人日志最为恰当，据作者所说是用袋鼠血写成的，我也注意到一只小巧的陶土墨水瓶就在碎石当中我取出日志的那个位置。

它其实像只哗啦啦响的杂物袋。里面有对黑佬生活方式和习惯的观察，似乎毫无意义。有连篇累牍的粗俗玩笑，将本就不多的幽默倾倒干净。有些我觉得算是个人哲学的文字：各种谈论友谊的陈词滥调，如“若非持续不断地原谅罪孽，爱就无法存活”，都是这样的废话。丛林泥敷剂和药饮的配方。对鸟兽的观察。斑噪钟雀。袋鼬。海雕。袋狼。他没枪吗？他难道不能像奥杜邦那样，至少体面地射杀一两只，画几张糟糕的画？不能。他的文风毫无艺术性可言。“鵙鸫鸣声动人，像是失去了老友，就这么叫着乔·维提[1]？乔·维

[1] 即 Jo Witty，此鸟叫声的谐音。——编者注

提？”他没有野心。一旦被某种想法或者判断俘获，他并不会设法收尾，只会写“如此这般，周而复始”，就好像愚蠢等同于收尾的诉求。

我徒劳地搜寻着，纸页有时僵硬厚实，有时稀薄轻盈似压花，我搜寻的是农民起义的指令，一切对叛乱的提及，革命的筹划，甚至精心组织的起义的轮廓雏形，共和国独立宣言的草案——任何能从根本上危及体系的东西。

什么都没有。

唯有一页又一页对白种男人和黑种女人之间的爱的肯定，真是可悲至极，让我反胃。有一处旁白体现了典型的神秘：“爱并不安全。”

这又是什么意思？

我一无所知。

墨水干涸，所谓的梦想仅关乎布拉迪对一个黑种女人的爱，关乎建造一个白种男人与黑种女人的家园，这两相融合的整体并非其中任何一方，装点着短尾鳠和黑天鹅的羽毛，有着大菜园，他们会在此度过漫长的人生，知晓这个地方、知晓彼此、知晓自己的家人，一起变老。

爱并不安全。完整圆圈，黑种男人。圆圈一分为二，白种男人。真的就像笛卡尔，或者说笛卡尔就像他们，他以旋涡思考，他们以圆圈思考，一派相似的胡言。爱。宽恕。爱，爱，爱，我心想——这就是全部？就这个？

除了袋鼠肉饼的配方，就这些了。

我合上书。

这个布拉迪是谁？

我想到他有可能就是追踪者马克斯。或者勒内·笛卡尔。或者是我从不知其名的那个黑女人。我甚至觉得他有可能就是个想法，可这样一来他的故事应该归属于文学范畴，不应该放进只关乎真实鱼类的真实叙述。

究竟发生了什么？

他把住在这间和其他蜂巢棚屋的黑人全都杀了吗，还是他和他们一起被杀了？他现在是否被罚判至老普林尼那本被丹麦老头的剑刺透的书中描述的冥界，跟独脚人和阿斯托米人，以及所有其他神话人物生活在一起？

我翻身仰卧，累得过分，所有希望终于熄灭。

8

我已准备赴死。

好几个小时我都只是让自己的目光在棚屋内部游移，凝视着茶树苫盖和羽毛覆面的肌理，如此粗糙，如此柔和，在我的幻想中整栋棚屋好似一双青筋交错的老手，生长成巨大的翅翼将我围拢，一切都是烟草的暗灰褐色，我想那是曾在棚屋中央现已熄灭的黑煤间嬉戏的烟所致。

沙袋鼠、负鼠、袋鼬的皮挂在墙上，角度刁钻，仿佛它们会瞬间恢复野兽的原形，一跃而下。我看向用沾染焦炭与赭红的脂肪画在兽皮上的画，有袋狼、袋獾、袋鼠，有狩猎的队伍，有男男女女跳舞，有月亮各式的伪装，这一切，我不得不承认，都拥有某种惑人的魔力。

我从墙上取下兽皮，把它们垫在体下，盖在身上。我缩成一个球，上方的袋鼠袋熊袋獾舞者猎人月亮在我无法理解的故事里徜徉。置身在饰有羽毛的蜂巢棚屋宁静的漆黑中，包覆于无法理解的故事里，布拉迪难以消化的爱之书放在旁边，我终于睡了过去。

如同淡水龙虾抛弃外壳跃回水中，我也准备抛弃我是谁、我是什么的外壳，变形成为他者。我用心灵之眼看见蓝色火焰闪闪烁烁的弧光，闻着是燎焦的斜纹厚棉布，被舞动的野兽从我鼻孔中拖拽而出，然后横冲直撞出了窝棚，我终于感觉自己的灵魂腾空而起。

故事的书写循序渐进，句子叠加于句子之上，须如砖块叠加于砖块之上，可嵌于无尽神秘中的这场生命的美却是循环往复。太阳和月亮，永无止境旋转的球体。黑种男人，完整的圆；白种男人，一分为二的圆；生命，第三个圆；如此这般，周而复始。

我梦见我朝布拉迪墨水瓶底部开裂的深褐袋鼠血硬壳上啐一口唾沫，调制猩红的墨水，那是动荡的拂晓的色彩。我将旧羽毛笔的尖端浸入湿润黝黑的恶灵，然后在布拉迪的沙袋鼠皮日志中，于他梦想终结之处，在干净、空白的纸页上如此开头：

Orbis tertius，

我最初写下的文字用拉丁语表示第三个圆。

然后，终于，我破除围裹我的无尽记忆的蛛网，梦见了曾经的自己——一个造假的囚犯，自称威廉·比洛·古尔德，发现一只海马中蕴含着整个宇宙，谁都有能力成为某个人、某样东西、某个他者，努米讷就是帕拉瓦，帕拉瓦就是努米讷，他为鱼画过一些古怪的画，后来就死了。

9

我从上帝那儿偷了歌声。

10

昏昏沉沉之际，我开始琢磨这一切是否都只是梦，我是做梦的人，我所做的梦的许多奇怪的形态也许就是我自己。是否有可能，尽管是指挥官统治我，可我才是指挥官？有没有可能，尽管是朗普里埃先生命我画鱼，可我才是朗普里埃先生？尽管我画了鱼，我……？

可继续下去是不可能的。

传来了喊叫声，咒骂声，沉重的跺地声，遇上新发现的高呼，恐惧混杂兴奋刺鼻的阿摩尼亚芬芳，燧发机骤然的咔嗒。我睁开眼睛，看见枪管沿我的脑袋向外伸，仿佛我是海胆，平举的火枪是我的棘。挥舞火器的是些低等士兵，一大帮绿鳍鱼似的蠢蛋，气鼓鼓的脸颊比烂糟糟的军服还要红，眼睛往外凸。突然一个动作，我就被从兽皮铺成的床上粗暴地拽下来，抛到了外头。我呻吟着，将猛然落地时塞入口中的泥煤啐出，抬起头来。

我边上是一顶污秽的袋狼皮帽，还有一个人死透的眼睛，染血的脑袋似曾相识，高处是从这个部位砍断的荒唐的裸露躯体，我终于认出那是悍匪、叛徒、弑童者、奸淫犯和海豹猎手，克卢卡斯。我那时候还不知道克卢卡斯谈妥生意提供了几十桶火药后，获得的报酬就是他自己所用的死亡货币。但当我抬头往更高处望，虽没看见脸，我却知道了凶手的名字。因为此刻侵蚀着太阳冉冉升起的，无疑正是巴哥犬穆沙那牛乳房般可怕的巨卵的轮廓。

银 海 鲂

THE
SILVER
DORY

银海鲂

论时间之惑——新威尼斯付之一炬——吸食鸦片者的背叛——不朽的征兆——剖肠开肚——叛乱——银海鲂发生爆炸——天空飘落梦想、希望、火车车厢——爱的故事，以死偿还——对伦勃朗·范·莱因及诸般杂事的思量——鱼密谋复仇。

1

比利·古尔德惊醒过来。他晃晃脑袋，摸了摸胡子拉碴的下巴，凡是跳蚤啃咬的糟心的地方，他都挠了个遍。比利·古尔德突然很想活动一下，觉得哪怕能暂时止痒，摆脱那些傲慢的梦也好，便一跃而起，抓住牢房高处的铁条，将自己拉到细窄的窗口前往外看。映入眼帘的是指挥官的新威尼斯那可悲的宏伟景象，我感到一阵释然，心里对巴哥犬穆沙将我带回一事涌起了感激之情。

我本来应该知道自己为什么在那儿，但事实上我并不清楚。说实话，尽管我已画下自己所知的一切，很显然我所知的屁也不算。另一方面，我所不知的着实惊人，就连亚历山大图书馆都容纳不下我所有无知的细节。我不知道，比如，为什么我会因为两起并非由我施行的谋杀面临绞刑，却没人因为颅骨火场获罪。我也不知道谋杀布丁或约恩森为什么就会被当作犯罪，而谋杀一个族群顶多只是一个问题，甚至是一个科学上的必要举措。还有更多我不知道的。比如：为什么人们读鲍德勒－夏普，却视童话为无稽之谈。为什么字母表能为世界容纳，而世界却绝不能为字母表容纳。这些事情与那么多其他事情对我来说都是谜。船怎么漂浮。为什么我们视生命为阶梯，大地却围绕我们旋转。研钵如何工作。为什么女人走过时男人会像鱼一样颤抖。建筑如何能够不倒塌。为什么我们能走却不能飞。为什么我梦见自己变成森林，醒来却发现自己嘴啃泥土，直到撞上巴哥犬穆沙的靴跟。

无论他们更隐秘的目的是什么，巴哥犬的诱捕队已正式开始巡逻，目的是搜集有关布拉迪动向的情报，有那么一刻我昏昏沉沉地以为他们终于抓到了那个伟人。我告诉他们我确实遇到过他们正在找的那个人，并指向相反的方向，即两便士莎尔行进的方向。

“你觉得布拉迪能救你？”巴哥犬穆沙笑道，踢着我的脑袋。

“那当然。”我这么说，是因为他想听，但现在我知道事实截然不同。

即便这世界所有的历史和它的苦痛在他面前敞开，马特·布拉迪，无论他是谁、在什么地方，都无法拯救我们。什么都不行。外科医生的科学不行。指挥官的文化不行。上帝，代表无限时间的上帝不行。我们也无法拯救自己。往昔不见慰藉。未来不见慰藉。连救赎这一观念里也不见慰藉。有的只是巴哥犬穆沙的靴子，当它们照我的脸颊又来了一下，在我的嘴上磨来磨去，我吻了上去。我亲吻它们，因为我能爱的只剩下它们。

2

我被挂在细窄的窗口前，所见的景象既壮观又富有教益：捕鱼囚用粗糙的板子搭建的防波堤上竖立着一座绞刑架，目的在于促使我们这些从高处往下望的负罪的灵魂趁一切尽失前专注于忏悔。低潮时，防波堤下有一些莱斯伯格中尉那个排被冲上岸的颅骨和别的骨头，它们接受漂白，重新化作沙砾。被捕后我被转入一间新的牢房，也就是死囚室，以便等待即将于八天后来临的处决。

这个新家并非毫无优点。它不会每天发大水，天花板看上去也不太可能塌下来。这是岛上主要定居点另一侧的三间略大的囚室之一，我本该几乎为即将来临的死亡开心，若不是波布乔伊非要不请自来，打断我壮烈的孤寂。

我尝试像基督那样悬吊，但我对为自己受难并不怎么感兴趣，更别提像老教士所教的替整个世界受难了。我可怜的胳膊再也无法支撑我所剩无几的体重，就在我重新跌入囚牢的黑暗之中时，波布乔伊则一如既往，弯腰的高度再创新低，宣布他在想办法把油画颜料套组带回来。直到那时候我还以为波布乔伊的利己主义，以及他对囚犯版康斯太布尔持续供货的需求，或许与我求生的欲望不谋而合。恰恰相反：他平静地告诉我，我将至的处决不再困扰他。

“我觉得——”他边说，边断然走入囚牢，抓着颜料套组和我最新的康斯太布尔，纠正了自己："我清楚，你不干了我完全有能力接手。"

这次我抬头直视他的脸。他虽高，却长了张圆圆的红脸，单眼斜视，这或许可以解释他同样扭曲的幻觉。他下唇突出，发炎的下巴通红，胡子刮得乱糟糟的，就像银海鲂丑恶的嘴脸，虽然我也说不清为什么，但我从来就没喜欢过银海鲂。它们是祸害。

我本来应该从他近来穿红色军装只扣部分纽扣的不羁习惯猜到他已被可怕的冲动缠上。他的欲望很是了得。"我想，"他说着，脑袋往回一抽，既显高傲又显紧张，就好像在袒露一种会昭示他的灭亡的不法激情，"成为艺术家。"我告诉他还有比这更糟的野心，但那时候一个也想不起来。

他说得越多，脸就越红，脑袋也就来回抽动得更厉害。脑袋摇晃的幅度越大，脸红得越厉害，嘴唇就越往外突，仿佛在克服儿时说话方面的障碍。他的嘴唇越往外伸，如同银海鲂无限外延的吻，我就越好奇他究竟是想告诉我事情，还是想用那张大嘴从我身上嘬出什么至关重要的东西来，好帮助他滋养那愚不可及的美学抱负。

接着，或许是对往昔快乐时光的怀念袭来，他狠狠踹了我一顿。之后我向他保证，他拥有一切能让他享有一个成功的艺术生涯的潜质，但遗憾的是我的嘴肿得太厉害，没法为他好好列举：平庸；能和任何潜在对手发生暴力冲突；不仅渴望成功，还渴望其他艺术家失败；极不真诚；长于背叛。命运青睐愚行，我努力想把这话说出口，却只落得血水和牙齿滴滴答答的下场。

接着波布乔伊哭了起来，说他运气一直很差，就是运气太差才被迫当兵，后来运气更差，被派到这个偏远的破地方，而运气最差的是还得看管像我这样的白痴。我设法让自己的嘴唇重新动起来，开始给他讲故事，试图安慰他，但这似乎让他又来气了，于是他叫我闭嘴。

“我会让人把你拖到绞刑架前分成四块，”他吼道，“我会亲自抽你的后背，直到一点肉都不剩，直到九尾鞭彻底穿透，挠你的奶头。”

他把鼻涕从鼻子吸回喉咙，朝远在下方的我啐了口唾沫。

“你真这么蠢吗，古尔德？”

我知道最好别反驳权威，于是一边用手擦脸，一边谦卑地斗胆说我就是这么蠢。

“闭嘴！你个蠢杂种快给我闭嘴，你就笨得都看不出来我已经受够你还有你那些蠢故事了？你再多说一个字，我就再踹你一脚。”

于是我向他讲起我以前认识的一个来自沃特福德附近的名叫内德·亨尼西的人，蠢蛋一个，朋友们打算耍耍他。他们假装其中一个伙计死了，让那人躺棺材里，要内德·亨尼西带把手枪给他守夜，以免冥界恶灵把他偷走。接着，到了大半夜，那尸体弹起来，说，“你好，内德”，而怕黑的内德在裤裆里藏了把枪，就朝他恶作剧的哥们开了一枪——砰！——正中脑门击毙。

“闭嘴。”波布乔伊阴沉地说。

“内德·亨尼西，”我来了句总结，“就是个怪胎。”

这次波布乔伊又狠狠地揍了我一顿，拳头打脑袋顶，甚至还用颜料盒砸了几下，却懒得用靴子踹，我便知道他的内心已经不再向往这种暴力了，可怜的波布乔伊！

“像你这样的人，”我又开始了，但我口齿不清，血水滴落到我的话语上，躺在地板上也看不见什么，“显然年富力强……”但我听见牢房门摔上，插销归位，我一边啐出最后一颗牙齿，一边不得不承认这次见面着实不太愉快，我失去了颜料，这次没准真的要玩儿完了。

3

翌日清晨，我又被挂在囚牢高高的铁栏窗户前往外凝视，却没去看绞刑架，而是将目光聚焦于远处的袅袅烟雾，它每天都会更远地飘离法国角，离我们更近。定居点其余的人起初没怎么把这场只增不减的大火放在心上，它吞噬了指挥官没卖掉、日本人没运走的香桃木和松木组成的大片野林。

哪怕我告诉他们这火是怎么烧起来的也没人会相信我，而我又算什么东西，敢做这样的宣告？我算什么东西，敢说大火最初是由体系本身的诗性点燃的？

一开始我们都仅把这场大火看作我们自己特有的、古怪的虚荣心的延伸。对某些囚犯来说，空气中累积的尘埃乃是仅作为狱卒存在的自然界一个更具压迫性的要素，指挥官则透过他镀金的视角，仅仅将这场灾难视为又一个商机，于是即刻派人前往几处葡萄牙殖民地商讨木炭生意，这东西掺了水银后可用来在新世界偏远的丛林里冶金；大火继续燃烧，每个人都认为它只不过是我们的各类世界的延伸，而非它们即将到来的终结。

我上绞刑架之前五天，一小片一小片灰烬开始从天空落下。刮风的时候，更大的香桃木和蕨丛燃成焦炭的松脆叶片雨一般下在我们身上，形状和轮廓完美，但通体漆黑，预示着我们的命运颤颤巍巍飘至我们的头发、鼻子、肩膀上，仿佛一句句答复，来自被我们错误理解，因而无法挽回地毁坏的另一个地方与另一种时间。

我上绞刑架之前三天，如此多的灰烬纷然而落，在有的地方甚至聚集成堆，没过人的大腿，到次日清晨，作为证据留存，表明在这座灰烬成山的岛上曾有那么一个定居点的，唯剩场院里的桩子，高楼最顶上几层，还有镣铐囚奉命靠无尽的劳作保持通畅的狭窄街巷。

当东北风愈刮愈狠，当大火愈燃愈旺，愈燃愈近，犯人们，无论是死囚牢的，镣铐拴一起的，还是住得舒服的，全都开始感受到火势的宏大，渐渐意识到它的威力，便相信这肯定出自布拉迪之手，是他浩瀚愿景中的一个环节，将见证我们的全体解放——噢，好一个天才！他会利用囚禁我们的自然将我们释放，同时又将自然摧毁！他们就这么等待着，直到他、麦凯布和余下的一帮好汉犹如末日骑士，冲出地狱，凭雷鸣的火枪和正义的燧发枪，发起灼烧的审判。

因为深知审判已然临近，所以无论士兵还是狱卒，囚犯们一概不在乎。我上绞刑架前一天，听见外面的守卫耳语，说本·乔舒亚拒绝下锯坑，还对巴哥犬穆沙说，“布拉迪也会拿下你的，穆沙，”他就是这么说的，“布拉迪会把你五花大绑，巴哥犬穆沙，他会把你球茎一样的卵蛋捆起来，塞住你肮脏的臭嘴，再把你按到水下整整五英寻深，直到你眼睛变成珍珠，和鲔鱼做朋友去。”

巴哥犬穆沙狠狠地揍他，但这是在打女人而非男人，用的是反手抽背而非拳头抡，之后巴哥犬穆沙就迈着他的三条腿转身走开，每个人都看见那是扇耳光而非砸拳头。每个人都看见巴哥犬穆沙走开，每个人都清楚为什么是扇耳光而非砸拳头。后来担任守卫的囚犯命令镣铐囚干活，就遭到了他们的嘲笑，而当军官命治安官维持秩序的时候，他们又拒绝使用武力。治安官并没有当场把囚犯打到人事不省，而是躲进窝棚避开囚犯，或者试图讨好他们，又是递烟草、讲笑话，又是猜布拉迪抵达的时间、方式和巨大规模。

松木砍伐囚拒绝离岛沿河北上。造船囚躺进自己正在造的独桅帆船的船体内，箍桶囚留下完成了一半的水桶，板条还没箍紧，水桶看上去就像半是凋谢、半是盛开的花朵，无论威胁还是恳求都无法使重刑犯挪动脚步，很快岛上便陷入了停滞，包括守卫和囚犯，所有人都不过是在等待。

然后巴哥犬穆沙砸开一只又一只朗姆酒桶，请船厂内的锯囚、造船囚、箍桶囚喝，一再念叨，说兄弟可不能告密。再后来士兵们来了，却仅仅征用了一只酒桶带回军营，好静静地坐在那儿闷闷不乐地喝，或想壮胆造势，或想不省人事。日落时分，海岛烂醉如泥，魂颠梦倒间畅谈的全是新国度的样貌，所有的目光都殷切地聚焦于东方的群山，在烟雾中寻求布拉迪即将抵达的迹象，甚至连我，哪怕正坐在死囚牢决绝的漆黑中等待着次日的行刑，也无法压抑一丝丝希望的上涌。

4

活下来的几个人中没一个能在事后令人满意地描述那时的诡异，地狱之火围绕着成片的恐怖景象熊熊升起、震颤，好似指挥官的短尾艭肩章一般。

那就想象一下吧，我也得凭想象，那是自最初看见大火的第八天清晨，距行刑只剩几个小时，我赤身裸体地站在如烟雾弥漫的烤炉般的囚牢里，时不时将嘴凑到门黑洞洞的边缘，连最微弱的恶臭的穿堂风于我而言都是和煦的清风，是干冷的北风，懒散地过境，将恐怖的景象带往别处。

想象被烟呛住的鸟儿——还没被逮到和画过的本土雨燕和红腰鹦鹉，还没被人抓住和吃下的松鸦，所有的海雕、黑凤头鹦鹉、扇尾鹟、辉蓝细尾鹩莺——都从天空中跌落而亡，坠入沸腾的大海。它们尸身构成的潮汐线环绕海岛，鸟群激增，我们的希望也随之愈发无望地战栗，因为甚至在那时海岛就已开始闷燃，却又无处可去，只剩焦黑的死鸟投向甚至在那时就已遍及全岛的火焰。

看整座岛变成一只焚烧炉，一束似地狱般无穷的烈焰，一场无止休的苦痛，存留其中的仅剩助燃之物，接着只见大火寻路直入定居点的核心。

所有东西上，所有地方弥散的都只有火、风和烟，烟似罪孽一般刻薄，似尘埃一般厚实，热浪使你的皮肤起疱，燎焦你的头发，恶毒地舔舐着无处不在的红。

想象浓烟中穿入穿出，奔跑于火焰间的人们，旋涡到来之际，一切皆是一个模样。可怜那些士兵和囚犯，他们已不再与风暴般的大火抗衡，放弃了这场绝非势均力敌的战斗，竭尽所能奔向码头，只见杂色红装士兵和黏乎乎的黄衣线人成了移动中斑斑驳驳的恐慌，想要在码头上、水中寻求庇护，返回大海以逃避地狱的酷热，而凡是尚未丧命的都希望自己已经丧命。

他们穿越烧焦的大地；他们跑过车驾、木桶、造了一半的船、防波堤，甚至还有自发燃烧、爆成火球的人，还没将最后的痛苦喊出口，呼吸便已耗尽，融入火焰；他们逃离如旋涡一般打转，升腾百码直插云霄的火焰；他们咒骂，憎恨，逃离裹着蓝黄红的风暴重新从空中落下的火焰，唯剩一个萦绕不去的念头：快跑！

5

可你若胆敢停下哪怕一刻喘上几口气，想想那间悲惨的囚牢内的比利·古尔德吧。他逃不了。因为你或许以为所有锁在单独囚室内的囚犯都已获释，应该逃离了这场大火。这样想你就大错特错。我们的守卫早已撤退到防波堤下，没有波布乔伊的命令便拒绝打开牢门，而波布乔伊在定居点变成彻底的地狱不久前被传唤了过去（理由我会解释），那时我们谁都不知道的是，他再也不会回来。

我留在囚牢内被炙烤，呛人的烟顺着我的咽喉而下，浓得都成了发馊的油脂，我的双眼拼命流水，倘若我正在画画就可以用自己的眼泪来濡湿画笔，我只有靠想着一个境况比我更凄惨的人的命运来让自己好受一些，除我们之外他是岛上唯一没在逃跑的人，这并不是因为他像我一样没法跑，而是因为他不愿跑。

指挥官坐在沙发上，自从离开已成炙热废墟的小屋来到宫中避难起，他已在这儿躺了一段时间，岛上尚存几栋仍然矗立不倒的建筑，这座宫殿便是其中之一。他感到湿乎乎的、泪柏木油脂熏香的毛巾从面罩上脱落，怀着不倦的喜悦，重又注视起自己这座恢宏的宫殿，而此刻宫殿也着火了。他咳嗽。几滴血珠子似红色的溪流淌过他黑黑的嘴唇，滴落到他污渍斑斑的面罩上。

他身边所剩无几的那些人向他提供各种形式的支持和安慰，告诉他虚假的消息，说已经成功阻止火势，并端来一杯杯冰镇的黄樟茶清洁他的嘴唇，抚慰他被咳喘磨损的咽喉，而所有这一切无非让他愈发觉得这些人是如此遥远，对他和他的本性又是如此无知。

因为说实话，自从初遇混血女，就没有什么能带给他更大的幸福了。燃烧的屋顶开始坍塌，火焰似瀑布，他感到莫大的欢欣。然后，当他眼见自己拼搏奋战厮杀而得来的一切都被大火吞噬，他感到那狂喜转变成了偌大的平静；火焰消融了了无生气的物件难以承受的重量，它们已然成为巨大的锚链，太久以来将他与他不再想成为的那个人，即指挥官，绑缚在一起；与萨拉岛绑缚在一起，而他起先之所以能忍受，是因为世界上没有其他任何地方能让他感受到安全和自由；与一场人生绑缚在一起，即他自己的人生，而他眼下认为这人生明显是荒唐的。

他用来接待外国贵宾的客厅；举办大型派对和狂欢盛会的舞厅，他曾躲在那块由日本丝绸制成的长长的绿色帘子后面，静候着，以期当即要了混血女；挂满与人等高的肖像画的国家历史大厅，在我的笔下他成了高贵的圣贤、民族的英雄、古代的哲人、现代的救世主、罗马的皇帝、骑在白色骏马上的拿破仑式解放者——如今全都噼啪爆响，燃成火焰，随着画布因强大的热量鼓凸，画上的人物也似气球一般突然有了神采，终于摆脱了这偏远四壁上的流放地，怀揣着疯狂的虚荣和勃发的欲望，逃入烟雾之中。

此刻，他任由刚刚收到的托马斯·德·昆西八个月前写的信落入火中。写信人承受着莫大的伤痛：安娜小姐消失不见了，他极为担心她的安危。

他做了一个由鸦片引发的梦，“远处，”他写道：

> 犹如地平线上的污渍一般，伟大城邦的圆顶和穹顶清晰可见——这一形象或者说隐约的抽象图景，兴许是儿时从耶路撒

冷的图画中所见。离我不足一箭之遥的地方，掩映于犹地亚的棕榈树中，有块石头上坐了一个女人；我看过去；是——安娜小姐！她神色平静，庄重得异乎寻常；我带着敬畏凝视她，可她的脸色突然阴沉下来，我转身面朝群山，只见我们之间蒸汽翻涌；顷刻，一切都已消隐不见；沉郁的黑暗降临；一眨眼的工夫，我就远离了……

指挥官很清楚想要取悦观众的愿望犹如诅咒，不管怎么想，他都觉得德·昆西之所以这么写，恰好表明他渴望听见沙龙礼貌地为他的机灵鼓掌，伴随着不耐烦的伦敦文人接连的枯燥敲击，他在信中写找不到安娜小姐，所剩的只有传闻——说她死了，或者更糟，说她根本就不存在，只不过是现代小说虚构的人物，而小说家对她丧失兴趣，让她移居到了殖民地。他，她亲爱的兄弟，兴许曾在那儿见过她？

可指挥官的泪水无法向他模糊的视线掩盖如此明显的事实：德·昆西的笔迹与安娜小姐的笔迹别无二致。

原来他的姊妹和她的兄弟一样虚假，他的国度已成灰烬，指挥官一把扔掉熏香的毛巾，深深吸入浓烟翻滚的辛辣，忍不住干呕。种种想法，关于即将来临的黄金时代，方才隐于暗处的坠落，惨遭亵渎的乌托邦，只有毅然决然的遗忘才能抹去的地狱，所有这一切他终于在燃烧宫殿的浓烟中嗅到，皆是无法接受生命之人的愚蠢。

他被一种自己正在苏醒的感觉攫住，不是从梦中，而是从梦可怕、惊悚的反面醒来，从现实中醒来，意识到所有生命在恰当的理解下都是荒蛮的梦，人在其中晃来荡去，被潮汐、狂风，还有一种随时可能丢失的认知裹挟：人不过是每日奇迹充满敬畏的见证者。

他想——千万别烦我，别问比利·古尔德怎么知道他内心所想，因为如果现在还不明白他知道的比他所表现的还要多，那就永远不会明白——他想着好几件无聊的事情，我不依特定的顺序照抄如下。

——欧洲不值得复制，在吞噬我宫殿的火焰之外何来智慧。我们所知道的只是此生奇妙的尘埃、污秽、辉煌。

——过去的概念和未来的概念一样无益。在任何人的任何事面前，两者都召之即来。绝没有什么能比当下更美。没有什么能比当下更快乐、更悲伤、更奇妙，也没有什么能比当下更完美、更邪恶、更良善。

——为这一刻的意义我度过了毫无意义的一生，为这些我现在才领悟的东西，为这番将会如同它们来时一般，突然逃离我的头脑和心灵的领悟。

他心想，制香师夏尔丹是否有能力为伏尔泰的脑袋斟满这刺鼻启明的芬芳？

他还认为自己清楚透彻地知晓这一切，他觉得那是天恩的眷顾，使本该毫无意义的生命完满。然后他明白自己的思维是最后的徒劳的虚荣，他的一切想法如同他的宫殿，正在消失于烟雾中，徒留他手握一杯逐渐温热得诡异起来的黄樟茶。

当宫殿燃烧的屋顶坍塌成烧焦的木梁发出爆响，火焰尖啸之时，指挥官惊恐的双眼上方浓烟密布的天空开始随成千上万只短尾鸌返回沙丘洞穴的身影变暗。在不祥之兆的力量下，指挥官很清楚自己即将被夜晚所笼罩。

心想：

我曾是一切，却发现一切即是无。

猜测：

余下一片寂静。

他那杯黄樟茶开始在手中沸腾，还没等痛苦地扔掉茶杯，他便惊恐地感受到黄金面具也在加热，好似糖浆一般翻腾，太晚了，他嗅到自己的肉体正在灼烧，感受到皮肤正在煎烤，突然他尖叫起来，因为他发现面具正在熔入他的脸庞，将他的形象永远定格成某个并不是他，现在却成了他的人。

他孤身一人留在宫中，眼下明白自己的命运和他国家的命运已合二为一，在灰烬遍布的孤寂走廊上，火焰的尖啸乃是此刻唯一的回响，此刻是他的肺脏、大火，还是他的宿命在呼喊啪——啪——啪、动员他，是他的呼吸刮擦出刺耳的布拉迪——布拉迪——布拉迪，还是火焰的尖啸踉跄、跳跃、越飞越近，还是同一个噩梦，见证海水翻涌、翻涌、不停地翻涌，布拉迪——布拉迪——布拉迪愈来愈近、愈来愈近，地狱之火愈来愈热……

6

最终神志复归。指挥官躺在黑舰血染的后甲板上不住地出血，这就是他长久以来惧怕的：他是不朽之身。不同于部分被认作他的谋杀者的人的说辞，他不会变成鲸鱼，而将返回他所来自的大海。

早些时候，他套着肮脏的白棉布约束服，被遴选出来的一大队士兵反扭双臂，押送着穿过渐熄的火焰和他曾经的宫殿仍在闪烁的横梁，所有目送他穿过盘旋的烟雾的人都很清楚这个扭来扭去、号啕大哭的小矬子，和那个长时间担任我们领袖的耽于幻想的暴君不可同日而语。

这个嘶叫的傻子——又尿又拉弄了自己一屁股，裤子上的污渍散发恶臭，泛着泡沫的黑色水银从旋转的脑袋滴滴答答地飞落；脸好似生牛排，因被士兵用钳子取下那张熔化的黄金面罩而伤得惨烈——怎么可能是我们令人生畏、光彩夺目的族长，他曾在我们眼前把船舶变成云朵，邀我们和他一起飞翔，还信誓旦旦地告诉我们，他已经将流刑殖民地变成了新威尼斯。

早在巴哥犬穆沙发动政变之前，腐坏的迹象便已教警觉者留心。真菌从铺路石间迸发，蕨类从墙缝里窜出，黑木幼苗从芽上垂悬；但起先，只有少许人准备好承认那些虚荣的活动，恢宏的贸易狂欢，都只不过是一种幻象，是商业胜利的戏剧，向可怜的居住者隐藏海岛的绝望。

在巴哥犬穆沙（钟摆式的卵蛋来回晃悠）夺取权力之前几个月，他却当作什么都没看见。到处都能见他一瘸一拐，像是阴险狡诈的三条腿怪物，跑遍全岛，耳语着密谋和惩罚，做出虚假的承诺，保证未来会将权力分享，同时他会坐在风车的二楼，着手组建由美国现代武器和几十桶中国火药构成的秘密军械库，身边堆着存在那儿的两百四十副冗余的麻将牌。

可巴哥犬穆沙觊觎的一切已在崩塌。大火之前的那个夏天，一场如今看来无法逃避的命运再次显现，袋獾和野猪随之开始在空荡荡的仓库里漫步，负鼠在簿记员和精算师房间的阁楼上筑巢，啃咬绲着金边的紫色绵缎窗帘。空荡荡的广袤码头上的牵索柱，由于没有绳索来来回回打磨，所以日渐锈蚀，脚底下随处可见腐烂的天竺葵叶瓣的黏液，空中弥散着粉色融为褐色、肉体化作粪便的气息。

妈的，指挥官心想，周围全是被他蔑称为叛军的人，说再不投降就会将他处死，全他妈完了。但他一言不发，只是抬起手，感谢一种正在永永远远重临、无可否认的孤独所营造的静谧。

那些人让指挥官坐下，用刺刀指着命他在坦白书上签名，上面没一句是真的，而且这番对犯罪意图枯燥的陈述跟指挥官真正的成就无法相提并论，但他很清楚当局需要的是秩序，所以也就签了，而那些文件是上帝关于记忆的玩笑，是明天唯一留存的对今日的理解。

“历史，最最残忍的女神，”指挥官说着，将羽毛笔递了回去，判了自己好几项虚构的罪名，而这些罪名唯一出乎他意料的地方在于它们的平庸，“驾驶她的战车碾过受戮者的尸首。”

“且慢。”守卫对指挥官随后有关他在黑舰上的死法的礼貌提问做了这样的回答，与此同时黑舰正驶出地狱之门，驶入荒蛮的大海，那儿他将被扔入深渊，他们只能这么做，别无选择。故事疯狂至极，罪行罄竹难书，还有其他许多相关人士难逃责罚，因为他们曾相信他、支持他，于是每个人都有罪，先知受死总好过他的追随者受罚。“不仅仅是因为我们只能这么做，”水手笑着说，他的那张嘴如此温柔、漂亮，“而是因为这也会让人愉悦。”

最后坐实了指挥官长久以来的怀疑：如此他便不会弄错因果关系的模式，会理解生命是愚蠢的直线而非神秘的圆环，他们遵照穆沙元帅（这个曾经的治安官现在这样自封）明确下达的命令，阉了他，还让他用锤子把自己的卵蛋砸成沫，接着没能拿刀子割开他的胸脯，只得靠箍桶匠的锯子完事，这样就可把他的心脏从胸腔里揪出来挥舞，欢快地大喊——

“你个没心没肺的杂种！——谁给你的？”

——没人读出混血女的名字就镌刻在心脏上，如此醒目、清晰，谁都能看见，却没人看见那颗肥硕的心脏正是她，而且永生永世都是她，他们只是不停地笑。但那天的嘉年华有些人沉默不语，并非出于怜悯或恐惧，而是因为惊奇，原来他是人，虽然他像个怪物，可究竟是什么造成的，究竟是什么将他们同他区分开来？

他希望宣告，他终于知道困扰他许久的问题的答案了。对权力的孜孜以求，他在最后剩下的清醒时刻得出结论，是最悲哀的表达，是爱的缺位，或者更糟，是爱的能力。他希望大喊一声，我被囚禁在自己这份爱的孤寂中！希望大吼一声，看，看，这就是全部，我却没看见！确实，他也不敢完全肯定自己是否这么做了，因为当低低的呻吟从他口中传出的时候，拷打者先是往后一跳，继而兴奋地大喊，认定那只是开肠剖肚的过程中肺部的气体被最后一次逼出所致，之后这酷刑在醋腌的后甲板上又持续了几分钟。

7

就在指挥官变形成鲸类传奇的那个时刻，不单因升腾的热浪而脸红的波布乔伊正站在风车外，作为政变的大本营，这是为数不多至今仍受充足防护以抵御大火的建筑之一，恐惧气氛浓郁。几天前他将一幅康斯太布尔的真迹（我最后的作品）卖给穆沙元帅，换回了大量孟加拉元。我上绞刑架的时候，有人在画布背后发现一幅银海鲂的画，穆沙元帅很快就猜出了这场骗局的本质和缘起。

风车内，穆沙元帅没想到自己轻而易举就夺取了权力，秉承杀戮之心在楼上组装的大量武器甚至全都没派上用场，所以他的胆子大了起来，对着自己那帮新奴才足足怒吼了一个小时，一边说他沉浸于国家事务无暇开口，一边给自己列举了一堆新名号。

一开始，穆沙元帅这个称号唤起一种营房的熟悉感，挺讨他喜欢，现在却让他忧心。指挥官的愚蠢在于想让流放地变作国家，但巴哥犬穆沙再清楚不过，改为公司会成功得多。正当他划掉至高无上者、首席执政官、大闪人（拼写大善人这个词可把他累坏了），把主席这个词圈起来的时候，波布乔伊被推进门来见他了。

为了让所有在场的人都能明白时间就是金钱，穆沙元帅站起身，走到挂着囚犯版康斯太布尔的墙边，当着狱卒的面撕下画框里的画布，揉皱。他把这团画布扔到波布乔伊的脚边，要他次日清晨前交还之前支付的金额的两倍，否则等待他的厄运会比即将降临到可怜虫画家古尔德身上的还要惨。话音刚落，这次见面就结束了。

波布乔伊离开后，穆沙元帅命令一队守卫赶快前往海岛的另一侧，暂停对威廉·比洛·古尔德处刑。不管康斯太布尔赝品在萨拉岛上能值多少，在伦敦都可以卖更高的价钱。指挥官的罪行在于梦得太多，穆沙元帅心想，波布乔伊的罪行在于梦得太少。他呢，则决定追求极其商业化的适度掠夺，这一套之前用在克卢卡斯那类人身上相当成功。

室外，波布乔伊任揉皱的画布从他手上掉进眼下覆盖一切的灰烬中。烟灰中闷燃的余烬在画布团上燃出了一个通红的洞。波布乔伊朝掌心啐了口唾沫。他想，没了画至少得了头猪，于是抓起绑着卡斯尔雷的推车的手柄。他一边哼哼唧唧地用力抬举，一边回顾半小时前趁大火与暴动的混乱把卡斯尔雷从猪圈里偷出来的成功，完全没注意到愤怒的热风打着旋卷起了脚边的画布团，任它在空中飘舞。

我在脑海里看得见那鱼，那猪，还有波布乔伊：简而言之，整场灾难。瞧他走动了起来，噢主啊，瞧他离开风车返回命运林荫道，弓腰流汗喘气，由于不习惯如此用力而脸色发青，跟枯萎的芦笋似的，推着一头绑得结实却也固定得笨拙的猪怪，手推车几乎不堪重荷，而无论猪还是波布乔伊，都完全没注意到他们身后，绕着画布团劲吹的强风已将那通红的洞燃成火焰。

拜托别问我怎么会知道这些事，拜托：事关鱼我什么都知道，或者说几乎如此，况且，打断别人是件挺粗鲁的事，毕竟我正在向你讲述那团皱巴巴的可怜的海鲂画是如何燃烧起来，变成一只更大的火球，而这愈来愈大的火球又是如何顺风一跃，流金铄石，飞舞至风车的二楼，越过窗子扎入主席的秘密军械库，恰恰落到了几十只火药桶的正中央。

8

我听见一声轰隆巨响。

我感觉到空气和大地都在搏动，仿佛活色生香的奇想。

就像过了一生一世那么久之后，其实无非一两秒之内，耳畔响起了阵阵喘息，它们的主人和我不同，目睹了一个静止的世界瞬间地动山摇的壮景——此刻指挥官的蒸汽火车成了咆哮的碎片，跃向空中；车厢冲着星辰而去，就像引诱狗儿的棍子；处处可见硕大的铁轮犹如碾平的炮弹翱翔；西塞罗石膏半身像和登记室书架的碎片；打开的书本似濒死的鸟儿般振翅；还有墙壁，仍悬挂图画和镜子，像一张张风中翻滚的纸片喷涌入天空。弓腰的尸体早已瘫软，被拨火棒、栏杆、椅子脚、凹凸的地板托梁刺透，犹如古怪地穿在烤扦上的秋叶，向着荒蛮的红日升腾；无数安娜小姐歌唱欧洲的信件碎片爆裂成一千个无调性的音符，穆沙元帅最后的尖叫也粉碎成与他爆炸的卵蛋同样多的微粒。

太阳的体形愈发庞大，颜色也越来越红，直到它变成血红的怪球，分明的轮廓消失在了记忆的幽黑灾难之中；布拉迪及其雄伟的解放大军、猪肘、普林尼的惊叹、我们的希望、指挥官心目中的国家、书写爱恋的信函、麻将牌、梦想的共和国、猪蹄、波布乔伊的碎片，全都永远迷失其中。

但我待在自己的囚牢内，又怎么会知道他人将重建海岛，重写历史，再次将我们所有人判处有罪呢？当我把手伸出铁条，我只感受到沉甸甸的黑雨无比轻柔地落到了大地上，我只能看见我们集体的虚荣已化成如此多的灰烬返回我们身边，而我永远不会知道斑驳了这茫茫烟海的是一幅爆裂的图像，描绘着对这末日难辞其咎之物：银海鲂烧焦的残骸。

9

铸铁颈圈，铁链与带刺的镣铐，濒死灵魂与鲜活躯体的气味，还有受难的真实心境，蔑视之情奇妙的真相，疏忽大意的辉煌自由，许多鱼无法阐明的恐惧与我对它们怀有的无望之爱：这些事物我都已知晓，今后则将无从知晓。我被这世界伤害，将自己的灵魂变得透明，作为文字和图画对所有人可见，但这么做的时候，我被允许不为这战栗裸露的灵魂以外之物担负责任或目眩神迷。

如果我画的这些东西使我功成名就，那我本该清楚：我会受到追求、奉承、欺骗，我荒唐的观点会被认作意味深长，我稍微露露面就是他人的荣幸，我不值一提的脸也会引人注目。荣誉的虚假，不苟言笑的成功，名声的监牢；想用黄金雨蒙上我双眼的男人，和想跟我同床共枕的女人；全都在意我的陪伴，再不济也是我的尊重最微小的象征，一幅素描、一个音符、一丝认可。这一切都本该属于我。这一切以及更多都属于我，我的名字会大于我的作品。我的作品会越来越没意义，特别是对我而言。我会希望自己死了。

许多年来我一直都在画鱼，近来我并未忠实于此也是实话。我抛弃它们我烧毁它们，但我从未停止爱它们，就像伏尔泰，对夏特莱夫人爱得如此深沉，以至于能够和各种其他女人私奔，直到最后她经历了一场导致自己怀孕的短暂恋情。伏尔泰这才意识到自己冒险失去了什么，却悔之晚矣，只能回到她的身边目睹至爱死于难产——这就是为什么，造成如此悲苦的结局后，他只得成为一只头脑空空的香水瓶，自此以后专司取悦女人。

外面的世界闪烁红光。里面，凭借拿仅剩的、最绝望的权宜之物制成的褐色墨水，即由唾液跟通常专门留给波布乔伊享受的抛射物和成的一团泥浆，此刻我以真正的囚犯墨水，将定居点和自己最后的时刻付诸笔尖，囚犯就靠这穷人专用的棕土颜料，在监牢的四壁上用附着屎样涂层的屎样双手涂抹自己的抗议，涂抹自己对这屎样世界的愤怒、憎恨、恐惧，怀抱他希望并不渺茫的希望——如果他对自身的腐朽挖掘得够深，那爱便仍然会在最后一刻找到他。

比利·古尔德，他宁愿索要文字和波布乔伊剩余的纸张，可那都是一回事：随便你怎么解读他的涂抹——这是再次隐藏的借口，波布乔伊会看出来；是对黑夜的抗议，蹩脚的批评家也许会说；是对信仰的证明，如果你能接受；或者，如他所愿，是对失败的坦白。

许多年来我一直都在画鱼，我不得不说曾经的无礼要求——起初的命令先成了肥差，然后就成了犯罪——如今是我所爱。一开始，尽管我艺术上有缺陷，但我仍然尝试创造这个地方的记录，有关这儿的人和这儿的故事的历史，而这一切都会是鱼。一开始，这将是他们中的每一个人，所有那些面目不明、没有肖像的人，他们存在于肉身之外，仅仅是流放的判决，囚犯的运送信息，一连串的鞭打，重刑犯胸膛或手臂上的首字母刺青，火药蓝和毛发森林；是一便士硬币的定情信物，挂在皱巴巴的沉重脖颈上，缅怀一个年轻女人坚实、甜美的肉体；是消退得比希望更快的记忆。

我幻想自己画的鱼比历史上任何人所画的都要精美；无论是伦勃朗·范·莱因、鲁本斯，还是任何文艺复兴式的粉饰大师，都不配给比利·古尔德提鞋，我的鱼会悬挂在最精美的宅邸中，鳞和鳃的细节受一代又一代头顶假发的教授赞誉。

我会将这些变形的图画挂满伦敦著名的画廊，这样前来观赏的人很快就会发现自己遨游在一片无从辨认的奇异海洋中，会哀自己之所是，爱自己之所非，这一切会混合在一起，同时却又澄明无碍，而他们根本无法对任何人解释分毫。

然后我认清这是虚荣。我根本不关心我的画能否被悬挂，甚至不再在乎它们是否如外科医生和他的林奈著作中的科学描述所要求的那般精准、正确。我只想讲述一个爱的故事，它是鱼的故事，是我的故事，是关于一切的故事。但因为我没法将一切都画下来，因为我能画的只有鱼和我所爱，而我甚至连这都做不好，你也许会觉得这称不上故事。

我的年纪越来越大。我的赞助者成了一头猪。我被判处死刑。我们将世界付之一炬。我意识到我想要网罗的并非鱼，而是水，是大海本身，而正如网无法盛水，我也无法画出大海。

不过，我仍然一刻不停地打造《鱼之书》，因为我没法像两便士莎尔那样把它化作笑声或舞蹈，因为我没法像我描绘的对象那样畅游其中并活在其中，因为这种极度贫乏的交流方式——这些图像和文字成了我的刷子和羽毛笔下的死胎——就是我所能实现的一切。

可是正如外科医生第一天所指示我的，我的画将关乎生命，而非死亡。我将理解鱼鳍、鱼肉、鱼鳃的运动方式，做尽可能精确的研究，而每次见它们即将在桌上断气，我就会把它们扔回一缸海水唤醒，好让它们像我一样，将这短暂的生命维系得稍久一些。

我慢慢杀死那些鱼的时候想要讲述一个爱的故事，而为讲这样一个故事慢慢把鱼杀死似乎很成问题，随着它们的动作愈来愈迟缓，大脑由于缺氧而慢慢停止运转，我发现自己开始对这些濒死的鱼说起了话。

我向它们讲述自己的一切，说我是个坏杂种，把自己伪造成了一个更糟糕的画家，但好歹也是个画家。我慢慢杀死那些鱼的时候想要讲述一个爱的故事，我告诉它们我的画无关科学和艺术，而是为人存在，是为了使人笑，使人思考，给人陪伴，予人希望，让他们想起自己爱过的人和爱着他们的人，超越大海，超越死亡，以及我下笔时是如何感到这么画是至关重要的。

但这些东西并不是人们在绘画中寻求的，他们想要自己的动物死、自己的妻子死，他们想要能派上用途的东西，以便将死去的动物、死去的妻子、即将死去的孩子分类、评判、固定在画框的牢笼里，而这门走私希望的生意或许会让他们惊叹，或许会是那把砸碎内心冰封大海的斧子，或许会使死者苏醒，自由遨游。这可不是值两便士的画，而是比偷窃更严重的罪行。

我用希望欺骗自己，即我对我所画的每条鱼判处的死亡也许对它们是种深远的释放，也许它们期待的正是这个，就像我现在期待绞刑架，认为那是一种上天赐予的释放。

可事实却是鱼感受到我也正在死亡，每过一天我都会更难以呼吸定居点腐臭的空气，那属于压抑、堕落、征服的浓稠的烟熏气息。我的动作也愈来愈迟缓，我的皮肤也在灼烧，我的双眼暗淡无光，我们都很清楚鱼长久以来一直是我痴迷的对象，眼下即将实施它们的复仇。

草　海　龙

THE
WEEDY
SEADRAGON

草海龙

对布拉迪悲剧性死亡的讨论—— 一场短暂的战斗——从绞刑架上的戏剧性逃脱——论鱼的陪伴——迷失于大海——遗忘之岛——异端思想——雄先生归来——迫在眉睫的捕获。

1

我的悲剧在于我成了一条鱼。布拉迪的悲剧在于他没有成为鱼。因为我还活着布拉迪却死了，我知道他死了，是因为我也曾啃食过他无首的尸身（他的脑袋，不像他那条命，对总督来说显然更有价值），那是他们从宪法码头上扔进德温特河里的。对我来说这转变没什么神秘的，无非是毛发脱落，皮肤慢慢变粗糙，切分成无穷的鳞片，四肢卡壳、抽搐、变得透明，像鱼鳍一样边缘锐利；当我开始感受到屁股上蹿出的长尾巴的推动力和绝妙的控制力时，也并无醒醐灌顶的惊奇；当鱼鳃从嘴巴后面迸出来，对水的需求变成一种折磨，远非渴这区区一个嘲讽的词所能描述时，我也并无丝毫的惊恐。

我只是花了太长时间和它们做伴，盯着它们，犯下近乎有罪的愚行，认为它们每个个体都不乏人的属性，事实却是我们所有人身上都有些地方像鱼一样无可挽回地可疑。上一秒我还是犯下伪造罪的囚犯，冒充艺术家的恶棍，站在防波堤的绞刑架上，下一刻我又很清楚我还剩下最后一丝必须唤醒的力气。我一个弓腰从套索里扭出，瞥瞥防波堤的柱子，便一头栽入大海。

不过我得精确一些。

灾难性的事件很快殃及全岛，我们这些死囚牢里的临刑居民和十几个守卫始终都与之保持隔绝的状态。大火迅速攀上紧邻牢房背面的山脊；叛乱者没得到前哨士兵的信任与支持，我们便毫发无伤，也并未意识到海岛另一头的山那边正在发生惊天动地的大事。不过流言满天飞，有说英国皇家海军前一个小时刚开展进攻，有说发生政变，有说指挥官被杀却又奇迹般地复活，而照刚开始向我们这侧赶的浑身湿透的幸存伤者所述，那巨大的爆炸只不过是指挥官复仇的先声，小小的守卫队便越来越紧张。中士召集全员，称大家必须像以前那样干活，否则指挥官肯定会把他们杀了，于是摆在他们面前的第一件事就是执行当日的死刑。

我被带上码头，我爬上绞刑架，我怅惘地凝望烟熏鲑鱼色的天空，凭蒙盖的双眼感受到天空并非空荡荡，而是充斥着向我挥手、唤我快快加入的亡灵。我对教士的祷词充耳不闻，我兴高采烈地向着一个方向挥手，我听见一小群重刑犯聚在那儿，被迫观看。我和他们一起大笑，我沐浴在他们对我那件白色罩衣的赞叹中，袖子没过双手，胸前受漂亮的鱼儿刺绣保佑，海带似的长长飘带精美绝伦，被守卫嘲讽地扔到我身上——嘿嚯，海神！——早在别人看见之前，我就知道自己的下场还会惨得多。

我在黑暗中察觉到他们走来，感到土地在他们沉重的脚步下嗡鸣，便开始在头脑里写下一本书，属于我的六便士小册子，开篇跟每个死刑犯的真心忏悔一样——我母亲是条鱼；结尾是这样的：咔嗒嗒，嗒啦啦，愚蠢的比利·古尔德，骑着海马驰往班伯里十字架。这本鱼之书全是我在头脑中逐字写下、逐笔画出的，而在我的肉身介乎此与彼的瞬间，它出乎意料地终结于——

就在这时传来一声喊叫。我没转身逃跑，而是全身心地面对，以便更好地将一切理智专注于自己的命运。

当他们看见士兵端着装了刺刀的火枪逼近时，那一小撮准备绞死我的、本来忧心忡忡、此刻惊恐万状的守卫慌了。他们朝迫近的士兵开枪，对方便跪在一条松脱的捕鲸船后，准备进入战斗。当然，没有一枪是冲我开的，我现在明白了——这些前进的士兵是想解救我、放我自由，不是吗？

但我的守卫找准位置，用绞刑架当路障，而火枪即便在状况最好的时候，准度都差得要命，我呢，脑袋仍然套在松散的绞索中，是唯一暴露的肉体。

其他人甚至还没看见对手端起火枪、瞄准、射击的时候，我就已经嗅到火药爆炸的气味；只有我感受到火枪子弹在微风中漾起涟漪，翻卷奔腾，以不可阻挡之势，从捕鲸船一侧穿透空气向绞刑架射来，与此同时我平静地等待着胸膛避无可避的爆裂，仿佛耗了几辈子。

所以你瞧，对于命运我既听从又反抗，我注定要义无反顾地用身体承接子弹，又靠这股冲力让自己往后翻倒，脑袋一拧，挣脱松松垮垮的套索，再借它突然弓腰，摆脱束缚，逃离绞刑架，跳上防波堤。我知道自己的身体将会往后弯折，宛若风刚开始拍打、通往未知的旅途即将启程时慢慢向外鼓起的帆，我就这么又张又扬，滚下防波堤，扑通一声坠入赭红的大海，这时眼罩被海水冲走，呆滞的双眸重获光明，我知道我的忏悔已几乎被终结，惩罚则刚刚开始。

我的身体被不可估量的补赎之痛灼烧。由于出水太久，我的平衡受到严重影响，以至于一开始我是侧面朝上漂浮，直到猛呛了好几口海水，丧失力气动弹。

我听见捕鲸船后的士兵队长狂吼：

“我们要的是他，不是其他人。是画家古尔德，我们必须把他带回去！”

我感受到士兵和马屁精踏着沉重的脚步沿防波堤冲来，见证和驳斥刚才发生的奇迹。

我听见混乱不堪的喊叫，虽然是上方传来的古怪而低沉的震动，而非难以置信的惊啸。我感受到目睹的人和永不会目睹的人在争论，那是不温不火、毫无意义的隆隆骚动。我用恢复的视力看见火枪子弹缓缓落下，爆炸的威力遇水便全然丧失，只剩重力拖拽它们下沉，细小的黑色雹子懒散地坠落，船桨继而徒劳地击打水面，看来是想朝我的脑袋来一下，接着，一张更狡猾的渔网从我身边掠过。

然后，我看见鱼叉的钩子向下朝我伸来，便知道他们想把我钩叉上去，再次奴役。带着非人所能理解、非鱼所能描述的疼痛，我迫使身体往下沉，远远、远远逃离了光亮。

2

我漂浮着，呛着水，下沉，上浮，体重和之前相比简直可以忽略不计，我在水中飞翔，在海带舞动的森林间掉落、遨游，触摸石莼、珊瑚、所有我认识的人、膨腹海马、水马鱼、刺鲀、瞻星鱼、单棘鲀、蛇鳗、锯鲨、鸡冠胎鳚、银海鲂，而大海是无尽的爱，不仅包容了我所爱的人，也包容了我不爱的人，有指挥官也有死神卡普瓦，有杀害死神卡普瓦的黑人也有追踪者马克斯，有外科医生也有砸机器的人，他们都在触摸我，我也触摸着他们，正如追踪者马克斯早已伸手触摸过我那般，恍如隔世。

谁会害怕其中的甜蜜呢？

我在礁石边遇到了一只金黄六棱箱鲀，她告诉我自己的真名，我拨开她臀部和大腿间的皱褶舔舐，寻找她的气味所应允的承诺，然后将舌头顺着她的大腿往下，探向她小腿的肌肉，足弓漂亮的弧度，脚趾肥美的欢愉，在这一切中品尝组成她气味却又并非她气味的无数细小的部分，我吐出她的名字却到处是水，我品尝她后背咸涩的盐，她如此缓慢地翻转身子移开目光，而我的眼中只有她水汪汪的奇妙乳房，我用嘴唇感受它们的分量，我品尝她的肩膀，我拱向她空洞而迷人的腋窝，我进而发觉她一开始自愿却僵硬的动作此刻悠长慵懒了起来，然后她看向我，凑得很近，眼眸闭锁，接着四肢绽放，我舔舐那既有点咸又有点酸却也绝非如此的部位，她的气息滚烫而坚实，呼哧呼哧地传来，我将她的臀部翻来转去，我的鼻孔开始扩大，我便开始知晓她的气味所应允的承诺，我记起仅靠气息生存的阿斯托米人，我又怎会知道自己也如此生活了两百年之久呢？——普林尼很久以前就已描述过，莽汉阿玛多不也曾徒劳地搜索过南方的海域吗？——仅靠女人的气味生存，于是我不再舔舐观看嗅闻，而是驾驭她的气味，她也驾驭我的，然后我就成了她的气味，我们超越她的气味，我们以自己的方式进行反抗，我心想，

噢！我的宝贝，我是如何为此而活！

我心想，

明白了这一点我又该如何死亡？

——这超越我们的一切，这不停向前、向外的一切，这无尽的世界，而这，就是我们的第三道圆环。

3

那都是很久、很久以前的事了。

我现在生活在完美的孤独中。我们鱼类始终彼此相伴，这没错，但我们的思想仅属于自己，完全不可传播。我们的思想加深，我们从根本上理解彼此，唯有不为语言及其并发难题所累者方可理解这一点。因此我们既不会思考又不会感受的说法是错误的。事实上，除了进食和游泳，占据我们脑海的全是思考和感受。

我喜欢我的同类。他们不会为小事絮叨抱怨，不会为自己的行为表达内疚，也不会试图传播卑躬屈膝、抢夺先机、贪婪占有的那些疾病。他们不会拿关于自己对社会、科学或无论何种上帝所持有的义务的发言恶心我。他们施加于彼此的暴力，即谋杀、同类相食，都相当坦诚，无关邪恶。

不过有的事情我想得越多，就越想不清楚。

很久以前，我还不是鱼的时候，我唯一关心的就是我的画能否

让人产生共鸣，能否表达超越死亡的情感。面向那些需要慰藉的人。那些感到恐惧的人。

有时候我不得不承认我想重获人类语言的能力，哪怕仅仅几个片刻，这样我就能解释自己曾经多么希望如同色彩爆裂的彩虹般存在，坚实的太阳在细雨中随之分崩离析，却又不得不满足于在廉价的画纸上涂抹污秽的印迹。这样我就能说我曾经多想升入空中震动天堂，沉入汪洋摇撼地球；我多么想知晓这世界的美和奇迹，而如今我意识到这美和奇迹与其反面一样无尽，我多么想让其他人与我一起知晓，而这一切又是多么徒劳。

我想让我的画诉说，但有谁会听？我为此失去生命，你瞧，因为它我的理智沉没。没关系，我不是在抱怨——可那又有何用？我的情感从未化作一种意义告终，有别于掰开面包分享之举所蕴含的那种真谛。我的画有太多的喑哑。

我将自己面向一切敞开。我感受得越多，越是会将那情感倾注到鱼的身上，越是能在我的周围看见情感。每一个破碎的生命、每一个隐藏的心灵中那些痛苦、那些悲哀、那些无望的爱，然后有一天我再也无法忍受目睹这一切情感、痛苦和爱，便将鱼之书付之一炬，向它告别彻底摆脱嘿嚯嘿嘿嚯！我伪装自己，使自己看起来和其他人一个样，在躯干和脖颈四周长出海藻的叶片，游动的时候就会难以与巨藻和海草的密林相区别，如今潜水的人有时会去那里搜寻我。

一些人带着渔网，希望抓到我好卖给中国药剂师。那些制作神秘药物的人秉承的方法，来自很久以前与指挥官有过可观贸易往来的祖先，他们会把我的外皮放入研钵，将我余下的精华研磨成粉，再赋予它传说中的壮阳功效与相应的高价。人们说被渴求是好事，但我不太肯定。任何野心，死神卡普瓦曾告诉我，只要实现便是好的，但我心怀抱负之际曾希望自己能成就的不仅仅是转瞬即逝的勃起。

另一些人带着水下摄像机。他们给我拍视频和照片，因为身为草海龙，我被视作濒临灭绝的物种原始的返祖成员，而我，曾经的艺术家，现在反倒成了被刻画的对象；我，原本承担协助分类的角色，如今成了被分类的那个。我薄膜似的小小鱼鳍像仙子的翅膀扇动，我凝视他们他们也凝视我，敬畏我奇妙的色彩、安详的动作，而我思忖着。

当他们追捕我，当我追捕卤虫、在安家的布鲁尼岛鱼类聚集的海礁间潜伏时，我心里总有一个萦绕不去的问题：对人来说，像鱼一样活着，是不是比接受身为人类这一奇迹更容易？

如此孤独，如此恐惧，如此渴望我们害怕吐露的。介于生与死之间的——是什么？

光与影呈对角线，翻涌间令我的水中世界条纹交错，我身处其间，想要向那些潜水者询问各种各样的问题：为什么我会拥有两种截然相异的情感？解释给我听听？因为这无法解释，但我仍然想要知道为什么——为什么当我生命中的所有迹象都在告诉我这个世界比丹麦老头浮动的尸体更恶臭，我却仍然忍不住相信这个世界一片晴好，且丧失了爱我便什么也不是？

有时候我甚至想用我的长吻轻轻敲击那些潜水者的护目镜，对他们说：你们想知道这个国家会变成什么样吗？来问我吧——毕竟，你们若是不信任撒谎者和造假者、妓女和告密者、获罪的杀人犯和窃贼，就永远无法理解这个国家。因为我们都各自与权力达成和解，我们这群民众为求得一丝丝的和平与安宁会出卖自己的兄弟姊妹。

我们受训过上一种在道德上怯懦的人生，却又同时安慰自己，说我们是自然的反叛者。但事实上我们从来没对任何事苦恼或兴奋；我们跟我们射杀土著人为它们腾地方的羊儿没区别，直到被宰仍温顺驯良。

这个国家的一切过错都从我的故事里开始：自从指挥官试图将萨拉岛重塑为新威尼斯，重塑为遗忘之岛，他们便一直在齐心协力虚构这个地方，毕竟什么都要比回忆来得轻松。他们会将这里发生的事忘却一百年以上，然后会像丹麦老头那样重新想象，因为任何故事都胜过可悲的真相：这样对待我们的不是英国人而是我们自己；是囚犯鞭打囚犯，往黑佬身上撒尿，互相举报；是黑佬把黑女人卖了换狗，刺穿逃跑的囚犯；是捕猎海豹的白人杀害奸淫黑女人；是黑女人杀害这么得来的孩子。

这下你们明白了：有两样东西，我没法把它们放在一起，而它们要把我撕裂。这两种情感，一种认识到世界的可怖，一种体会到生命的不凡——我究竟该如何化解其中的矛盾？人能否变成鱼？你们这些潜水者不远万里，就为了探寻我的神秘，这些问题，这种折磨，这善与恶，这爱与恨，这生命，务必为我解答这一切，理顺我的故事，使我与这生命交融，告诉我这并非我的本性中无从解答的谜——我恳求你们……

因为我并未同这世界和解。

我希望和解却没能办到，所以我想将这个世界重写成一部鱼之书，用我所知的唯一方式驱它返回正道。

但我的做法毫无意义，我的呼告无人听见，我的画被人唾弃，随后彻底消失不见。现在我只会观看，思考荒谬不可能之事：这世界不赖，我心想，这世界不赖，这世界不赖。

这一切完全没用，我知道。

它充其量就是种异端思想，惩罚不可避免，也早该施行。马特·布拉迪的梦之书说得没错：爱并不安全。

眼下，冲我而来的潜水者拖了一张渔网，面罩背后那张脸毫无疑问属于雄先生，他是来给自己的水族箱多弄点样本的，而我知道我迟早会透过那个我曾如此专注地向内凝视的霓虹闪烁的鱼缸向外凝视；当康笳和雄先生策划又一桩骗局，准备伪造一份两个世纪前的囚犯日志当作真实的历史出售，他们时不时会盯着缸里的我看，或许在想当一条鱼会是什么样，我则会凝视缸外的他们，心想像他们一样会如何，明白骗局只不过是一场梦，如果你过于相信，便是危险的。

因为外头，略微超越我们视线之处，渔网正等着我们全体，随时准备囚困我们，往上拉升，任我们纠缠其中，鱼鳍乱摆，身子徒劳地扑腾，就这么向着无人知晓的混沌宿命而去。爱与水。希德·哈梅特盯了我太久。我不害怕，我从来就没害怕过。我会是你。我正自黑夜而上，攀升，翻卷，穿过玻璃和空气融入他哀伤的眼眸。我是谁？他已然无法提问，而我——对夺走一条生命却并未因此获得另一条生命的人，我的惩罚堪称完美——只求给予确定的回答：我是威廉·比洛·古尔德，我的名字是一首终将被唱响的歌，咔嗒嗒——嗒啦嗒啦嗒，一便士一幅画，愚蠢的比利·古尔德骑着海马驰往班伯里十字架……

后记

出自殖民地事务大臣的信函文件，1831 年 4 月 5 日

（塔斯马尼亚档案馆）

古尔德，威廉·比洛，囚犯编号 873645；别名希德·哈梅特，“外科医生”，约恩·约恩森，死神卡普瓦，波布乔伊，“指挥官”；识别标记 左胸上方刺青，为红锚蓝翼，刻字“爱与自由”；1831 年 2 月 29 日，逃离萨拉岛。企图逃跑时溺亡。

图书在版编目（CIP）数据

古尔德鱼之书 /（澳）理查德•弗兰纳根著 ; 张竝译. -- 海口 : 南海出版公司, 2025. 9. -- ISBN 978-7-5735-1042-6

Ⅰ. I611.45

中国国家版本馆CIP数据核字第20254H9K56号

著作权合同登记号 图字：30–2025–019

Sketches c. 1832 by William Buelow Gould from *Sketchbook of Fishes*
courtesy of Allport Library and Museum of Fine Arts, State Library of Tasmania

古尔德鱼之书
〔澳〕理查德 · 弗兰纳根 著
张竝 译

出　　版　南海出版公司　(0898)66568511
　　　　　海口市海秀中路51号星华大厦五楼　邮编 570206
发　　行　新经典发行有限公司
　　　　　电话(010)68423599　邮箱 editor@readinglife.com
经　　销　新华书店

责任编辑　侯明明
特邀编辑　聂小雨　张　典　白　雪
营销编辑　张丁文　刘治禹
装帧设计　韩　笑
内文制作　田小波
责任印制　史广宜

印　　刷　北京盛通印刷股份有限公司
开　　本　710毫米×980毫米　1/32
印　　张　11
字　　数　240千
版　　次　2025年9月第1版
印　　次　2025年9月第1次印刷
书　　号　ISBN 978–7–5735–1042–6
定　　价　69.00元